聚学文丛

拾荒小集

王稼句 —— 著

文匯出版社

出版缘起

曾子曰："士不可以不弘毅，任重而道远。"读书之事，乃名山事业。从古至今，文化事业需要一代又一代人的接续与传承。

"聚学文丛"为文汇出版社推出的一套文化随笔类丛书，既呈现读书明理、知人阅世的人文底色，也凝聚读书人生生不息的求索精神。

"聚学"一词，源于北宋文学家范仲淹的"聚学为海，则九河我吞，百谷我尊；淬词为锋，则浮云我决，良玉我切"（《南京书院题名记》），意在聚合社科文化类名家的治学随笔、读书札记、史料笔记、游历见闻等作品，既有丰富的精神内涵，又有独到的观察与思索，兼具学术性、思想性和可读性，力求雅俗共赏，注重文化价值，突显人文关怀，以使读者闲暇翻阅时有所获益。

文丛致力于文化普及读物的出版，在市场经济的环境中坚守初心，不随波逐流，以平和的心态，做一些安静的书，体现文化人的责任与担当，以此砥砺思想，宁静心灵。

书中日月，人间墨香。希望文丛的出版能为广大读者营造一处精神家园，带来丰富的人文阅读体验与感受。

文汇出版社
二○二四年四月

题　记

自古以来，就有以捡破烂为生的人，谓之拾荒，那是社会最底层的营生，不需一文本钱，只要早出晚归，在垃圾堆里翻寻就是。

晚清以来，有人出于人文关怀，对拾荒生涯予以关注，且绘图以记。同光时佚名所绘《北京民间生活彩图》百幅，中有一幅，画一穷妇背篓俯拾，注文说："此中国捡钩货之图也。其人是贫苦之人，无本钱做买卖，身背一筐，手持竹竿，上捆铁针，沿街捡拾烂纸卖钱也。"宣统《图画日报》之《营业写真》专栏有"拾荒"一幅，拾者行走街头，俯身捡后，旁有小狗跟随，题曰："拾荒哪得算行业，却能救得穷民急。畚箕一只钳一枚，沿街拾取布粒屑。垃圾堆中仔细寻，可能交运拾遗金。不过横财难把穷人富，只恐拾着黄金祸便临。"最有影响的，应该是陈师曾画的《北京风俗图》，其中也有一幅画老者拾荒，青羊居士何宾笙题曰："捡破布，拾残纸，老夫无日不如此。世间之物无弃材，铁钩收入笼中来。"

如果不是因饥寒所驱，百般无奈，还想自食其力地维持最低限度的生活，谁愿意去干这既下贱又辛苦的拾荒呢？

一九三一年，《齐塘月刊》第三期有署名恨人的《故都之社会》，将贫女生活分为十五级，其第七级是"追随于攋搔车后，迨其倾出，即包围人所弃遗之秽物，如破纸、乏煤球之类，争先检取，以篮或筐盛之，应用者用，应卖者卖"。这就是拾荒，将荒拾得，分类清理后，卖给专门收破烂的摊点。另外还有收荒的，也是一种职业，属于拾荒的另类："背负箩筐，左右用绳套挂于肩上，内储各种火柴，谓之'换取洋灯'，一切废物均可换之，如乱头发、破铁烂铜、各种磁罐、琉璃瓶、破烂碎纸、破灯破泡子、破布条片、烟卷盒、烟卷号、裹烟锡纸，均可集成大宗转卖。"这已上升到第五级了。

一九三六年，《机联会刊》第一百五十二期有署名逸初的《拾荒货的人们》，介绍了上海的情形："拾荒货是三百六十行以外的一行，在上海四百多万人口之中，有四万以上的人们是依靠拾荒货来维持生活的。这数目虽然并不能算小，但注意他们的人却是很少的。拾荒货的人们，多半是一些年纪还幼小的男孩或女孩，他们或她们都是来自很远的大江之北，为了饥寒的驱迫，使他们不得不抛弃黄金似的光阴，而提早踏上生活的战线。他们工作的时间，是每天的清晨和朦胧的黄昏。在辘辘的街车声中，人们还在睡乡里寻他们的甜梦的当儿，而拾荒货的孩子们却已经在开始活动了。他们背着一只盛荒货的竹筐，手里拿着一把拾荒货的铁钳，凭着各自的经验和目标，到各处弄堂中的垃圾箱里去寻找他们的目的物。他们的目的物，多半是人家抛弃不要的铁罐头、破玻琅瓶、破布等。拾满了一筐之后，就去卖给收买荒货的荒货店，每天辛劳的结果，平均可以到手一二百钱，听说好的时候也可以有四五百钱的收入呢！有时候，当我们在凄凉的深夜里从别处归来的时候，不是常常可以望见一点一点黄黄的灯光在黑暗中闪烁吗？拾荒货的孩子们还在那里不断地工作着，实在他们是非常辛苦的。"

值得一说的是，拾荒和捡香烟头不属一类，在傅崇矩《成都通览》的《七十二行现相图》中，既有"捡布筋及炭花"，又有"捡烟锅巴"，前者是拾荒，后者则是专项，将香烟头捡来后，挑出残剩的烟丝，专门有人收购。曲彦斌《乞丐史》引录吴元淑等撰《上海七百个乞丐的社会调查》，就将两者分列，拾荒，"这种乞丐，大半是女人和小孩，以江北人、山东人最多，他们背着畚箕、手持竹夹在街头巷尾的垃圾箱中找破旧物，拿去换钱，每天可得两三角钱"；捡香烟头，"这种乞丐，手持铁罐在马路上专拣人们扔下的烟头，卖给人家得钱糊口"。

时至今日，各地城镇仍有拾荒者，仍以垃圾箱为争夺的主战场，但所拾之荒，以大小纸箱、各式塑料瓶为主了。曾几何时，每个城镇都有废品收购站，百姓家的废弃之物都有去处，如今则久违了，"惜物"的传统观念，也渐渐淡漠了。

尽管拾荒是低贱的行当，微不足道，但让人想起它的另一层意思，即人弃我取，物尽其用。如果用之于文字生涯，爬梳文献，捡拾故实，那不是很有意义吗？姚茫父《菉猗室京俗词题陈劢画》有一阕《点绛唇·穷拾人》，题的就是陈师曾之画，词曰："破纸生涯，一生费却钱多少。蛀肥鱼饱，赚我头颅老。尔亦爬搔，竟把微生了。须知道，零笺剩草，中有人间宝。"金城题陈师曾之画则曰："热心偏肯惜丛残，文字无灵且莫叹。大好河山方破碎，几人收拾不嫌难。"鲁迅《〈准风月谈〉前记》也说："这不过是一些拉杂的文章，为'文学家'所不屑道。然而这样的文字，现在却也并不多，而且'拾荒'的人们，也还能从中检出东西来。"

我将这本小集，题名"拾荒"，本来就没有什么微言大义，实在的意思，也就是学学拾荒人，做一点拾遗补阙的小事。

王稼句

二〇二三年五月十六日

目 录

关注过云楼

苏州文物衣冠，蔚为东南之望，族姓之盛，则自东汉以来有闻于世，逮魏晋后彬彬辈出。左思《吴都赋》咏道："高门鼎贵，魁岸豪杰，虞魏之昆，顾陆之裔，岐嶷继体，老成奕世。"陆机《吴趋行》进而咏道："属城咸有士，吴邑最为多。八族未足侈，四姓实名家。"这四姓就是朱、张、顾、陆，民间有所谓"朱文张武，陆忠顾厚"之说，自古就是苏州名门望族的代表。明清以来，苏州著姓更多，他们对社会稳定、经济发展、文化传承等方面所起的作用，大概也是无可否定的事实。

早在我出生之前，"宗族主义"就作为三座大山中的一座给推翻了，宗祠被毁，族谱被烧，于此中消息，自然噤若寒蝉。随着改革开放的深入，政治清明，经济繁荣，世道安稳，各地宗族活动逐渐兴起，对宗族的研究也进入正常途径。就以苏州来说，十几年来也出现了好几本介绍名门望族的读物，虽然普及了地方文化知识，但对于博大精深的苏州宗族文化来说，自然是远远不够的。研究格局的变化，大概也需要机缘。二〇一二年，以宋刻《锦绣万花谷》为代表的过云楼部分藏书上拍，拍出了天价，总金额达二点一六亿元，创造了中国古籍拍卖的最高纪录，在社会上引起很大轰动，一时"人人尽说过云楼"。尘封已久的过云楼，因此而重新进入人们的视野，这是值得庆幸的。

过云楼落成于光绪元年（1875），第一代主人顾文彬，字蔚如，号子山，道光二十一年（1841）进士，官至浙江宁绍台道。性好收藏，宋元以来佳椠名钞、珍秘善本，缥缃盈架，又广搜字画、金石、碑版等，撰《过云楼书画记》以存大概。其幼子顾承，于造园、收藏、著述不遗馀力，惜先于父卒。文孙顾麟士，一生不仕，以绘画为事，祖述先人，广综博收，又撰《过云楼书画续记》。四世孙顾公硕擅长摄影，关注民间工艺，对苏州民间工艺的继往开来和博物馆建设，功不可没。话要说回来，以过云楼为标志的顾氏家族，乃是一个庞大系统，顾承、顾麟士、顾公硕仅是一脉，即便如此，对它作整体研究，仍具有很大意义。过云楼作为苏州的文化符号，本地学者不但义不容辞，并且当仁不让，近年来出版了一批专著。如《过云楼日记》《过云楼家书》，都是据顾文彬的手泽整理，《日记》记录了同治九年（1870）至光绪十年（1884）的生活，《家书》则是同治九年至光绪元年写给顾承和孙辈的信，都具有相当文献价值。王道先生的《过云楼旧影录》，则主要介绍顾公硕的事迹和贡献。前不久，我又读到了高福民先生的《过云楼梦》和《顾公硕残稿拾影》，各煌煌两册，真让我满心欢喜。

福民先生曾长期主管政府文化部门，做过不少功德，这当然是职责所在，而以个人兴趣来研究苏州文化，应该都是赋闲以后的事。我所知道的主要成果，有

《中国木版年画集成·桃花坞卷》和《康乾盛世"苏州版"》，初步总结了苏州年画的历史和艺术，特别是对康乾时代受西方美术影响的苏州年画，习称"姑苏版"，作了比较深入和全面的分析。《虎丘泥人一千年》则第一次对苏州泥人进行系统研究，梳理了它的历史，归纳了它的不同性质，总结了它的艺术成就，具有"筚路蓝缕，以启山林"之功。至于这两部新著，乃应顾公硕哲嗣笃璜先生之约，费时费力，历经四年而了事，被列入"十三五"国家重点图书"过眼烟云——过云楼历代主人手书精粹丛书"，由文汇出版社出版。

《过云楼梦》是整套丛书的总册，全面回顾过云楼的历史、人物、收藏、贡献，有副题曰"大变革时代江南文脉之一隅"，那是确切的。以过云楼的历史来说，它起建于"同光中兴"，传至顾麟士，已时势嬗递，高门大族已作星散，算是告一段落；再传至顾公硕，由"山雨欲来风满楼"而进入"文革"的急风暴雨，终因失望而弃世。在这个"大变革时代"，新旧文化冲突，正邪交织，艺术和文化活动都命运多舛，这一切都与时代风云紧密地联系着。作者以过云楼为中心，以苏州作背景，以一百四十多年的历史为线索，全面解析了过云楼的内核和外延，介绍了它的生存环境，以及由盛而衰、由衰又起的过程。这既是对一个家族的考察，又从一个家族反映了晚近苏州的历史和文化现象，乃至反映出在更大空间里的情形，以小见大，正是有它的典型性。

《顾公硕残稿拾影》的"残稿"，那是经历了"文革"中六次抄家后遗留下来的，放在一个废纸箱里，由顾笃璜先生交给编者整理。顾公硕对苏州民间工艺有广泛的兴趣，计划去作全面研究，他不但走访艺人，深入工场，考察实物，了解流程，同时还做了大量笔记，既有旧籍里的记载，也有调查访问的记录，还有来自各方面的文博工艺信息，林林总总，庞杂而零乱。编者将这些杂纸残片——清理、分类，厘出二十二卷，主要有桃花坞木刻年画、虎丘泥人、苏绣缂丝、佛教工艺品、保圣寺罗汉塑像、造园艺术、苏式彩画、陶瓷、彩陶图案，其他还有《题跋古今》、《图咏汇抄》等。编者《凡例》说："有些手稿字迹潦草，颇难辨识，手稿中不少是笔记，随手的珍贵记录，不宜改动，故部分采用原稿影印件形式。"这虽然与全书体例未能一致，但仍不失为保留文献原真性的办法，想来这就是"拾影"两字的由来。

福民先生对文化有一种天生的向往和热忱。由于职业的原因，他对苏州文化的构成和态势有比较深入的了解，善于找到以往研究的空白，格局上相对博大，有能力把控整个构架，这往往是一般研究者所缺乏的。有馀和不足，相反相成，掌握材料多，要合理利用才好；提出观点新，要稳妥无隙才好。满载而归，负担太重，有的不妨有待以后，自会有更大空间。有时茶酒之馀，我们也常常争论，虽然不至于面红耳赤，但各自固执己见，谁也说服不了谁。反过来说，这不正是我们需要的学术态度吗？

二〇一八年四月三十日

自"孔门十哲"之一的言偃(字子游)"道启东南"后,吴地文风日渐炽盛。汉晋时特别注重儿童早期教育,"陆绩怀橘"就是一个成功的事例。顾恺之曾编《启蒙记》,就可知当时蒙学的普及。自汉至六朝,人才辈出,如朱买臣、张俨、陆机、陆云、张翰、皇侃、陆云公、顾野王等,都以博闻多识著名于史。

苏州立官学,始自唐肃宗时浙西观察使李栖筠,《新唐书》本传称其"又增学庐,表宿儒河南褚冲、吴何员等,超拜学官为之师,身执经问义,远迩趋慕,至徒数百人"。又据梁肃《昆山县学记》记载,唐大历九年(774),王纲兼任昆山县令,"大启室于庙垣之右,聚五经于其间,以邑人沈嗣宗躬履经学,俾为博士,于是遐迩学徒,或童或冠,不召而至,如归市焉"。这种"左庙右学"的建筑格局,后来为天下所效法。

北宋景祐元年(1034),范仲淹诏知苏州,应朱公绰等人之请,始为奏闻,明年立州学于南园一隅。有一个故事,说这南园之地,风水极好,勘舆者对范仲淹说:"公若卜筑于此,当踵生公卿。"范仲淹回答:"吾家有其贵,孰若天下之士咸教育于此,贵将无已焉。"州学规制初备,朱长文《苏州学记》说:"南园者,钱氏之所作也,高木清流,交荫环酾,乃割其巽隅以建学。广殿在左,公堂在右,前有泮池,旁有斋室。是时学者才逾二十人,或言其太广,文正曰:'吾恐异日以为小也。'于是召安定先生首当师席,英才杂沓,自远而至。厥后登科者逾百数,多致显近。"五十多年后,"学者倍蓰于当时,而居不加辟也"。元祐四年(1089),在范仲淹第三子范纯礼的支持下,扩建修葺,期年而成。"公堂廊如也,廊庑翼如也。斋室凡二十二,而始作者十。为屋总百有五十楹,而初建者三之一。立文正公、安定先生祠宇。迁校试厅于公堂之阴,榜曰'传道'。庖厨澡堂,莫不严洁。"范仲淹延请的州学首任长教胡瑗,字翼之,世称安定先生,泰州人,乃是重要的教育思想家,他提出并实行的分斋、讲习、游息、考察的教育方法,史称"安定学法",宋仁宗下令在全国推广。

政和三年(1113),苏州升平江府,始称州学为府学。南宋建炎四年(1130),平江城遭金兵焚毁,府学亦荡然无遗。绍兴至淳熙间陆续重建。宝庆三年(1227)又遭大风雨,建筑大都摧圮,绍定初重建。在绍定二年(1229)镌刻的《平江图》上,"府学"占地广大,体制完备。此后屡经重建、修葺,至今遗规仍在。如果将《平江图》与清乾隆《姑苏城图》比较,府学的标识范围几乎重叠,占地约十万平方米。

当范仲淹创建州学时,建筑整体已作"左庙右学",即文庙和泮宫并列,坐北朝南,文庙在东,泮宫在西。后世不断扩建、修葺,明清时大致形成这样的格局。在文庙中轴线上，依次有黉门、洗马池、欞星门、戟门（又称大成门）、大成殿、崇圣祠（旧称启圣祠）。今存明成化十年（1474）重建的欞星门、戟门、大成殿，及清同治三年（1864）重建的崇圣祠。戟门至大成殿间为广庭，古树参天，东西各有廊庑。大成殿至崇圣祠间，东西亦有廊庑，今仅存西隅一段。在泮宫中轴线上，依次有泮宫坊、学门、锺秀桥、南仪门、泮桥、北仪门、七星桥、明伦堂、敬一亭、尊经阁。南仪门至泮桥间，东有名宦祠、胡文昭祠（胡瑗追谥文昭），西有乡贤祠、范文正祠。泮桥至北仪门间，东有星石、省牲所、韦白二公祠，西有廉石、况公祠、九公祠。过七星桥，东有志道、依仁两斋，西有据德、游艺两斋。敬一亭东有文昌殿，西有洒扫所。尊经阁后则池沼畦圃，长松古桧，亭阁点缀其间。今惟存泮桥、七星桥和同治三年重建的明伦堂。范仲淹立学，本占钱氏南园之地，水木清华，景物明瑟，好事者题有"苏学十景"，风景之佳丽，遂脍炙人口。明洪武六年（1373），贡颖之《苏州府学之图记》说："一郡之胜，学实擅之。交流汇于前，崇山峙其侧，缭以坚墉，引以通衢，飞甍峻桷，俯瞰阛阓，亭池射圃，左右映带，林木蔽蔚，清风穆如，真足以昭圣德于无穷也。"王鏊《苏郡学志序》也说："由今观之，大成之殿，明伦之堂，尊经之阁，高壮巨丽，固已雄视他郡，其间方池旋浸，突阜错峙，幽亭曲榭，穷碑古刻，原隰鳞次，松桧森郁，又他郡所无也。"今除泮池一带外，道山、春雨池、碧霞池等均在苏州中学范围内，尚存遗规。

在中国古代教育史上，苏州府学向以历史悠久、规模宏大、制度规范闻名天下。南宋淳祐六年（1246），李起《苏学重修记》说："吾乡学宫甲于浙右，仪门正殿，授经之堂，肄业之室，若直庐，若廊庑，莫不雄深巨丽。前者规，后者随，殆非一人一日之力起。"元至正五年（1345），郑元祐《重修平江路儒学记》说："维吴有学，肇自范文正公父子。更宋渡南，而吴之文庙与学宫始大备。至国家大一统，兴学劝士，累诏郡国。六七十年之间，所在学校，诵声相闻。"明成化四年（1468），徐有贞《苏郡儒学兴修记》说："苏为郡，甲天下，而其儒学之规制亦甲乎天下。是盖有泰伯至德之化、子游文学之风、安定师法之传在焉，不徒财赋之强、衣冠之盛也。"又说："使世之论者，谓吾苏也，郡甲天下之郡，学甲天下之学，人才甲天下之人才，伟哉！"王锜《寓圃杂记》卷五"苏学之盛"条也说："吾苏学宫，制度宏壮，为天下第一。人才辈出，岁夺魁首。近年尤尚古文，非他郡可及。自范文正公建学，将五百年，其气愈盛，岂文正相地之术得其妙欤？"

二十世纪三十年代，清华大学校长梅贻琦有一句名言：大学者，非有大楼之谓也，乃有大师之谓也。苏州府学不但有宏丽的建筑，更有一代代"大师"。胡瑗当然是第一位的，继之者层出不穷，如宋之王逢、章篆、朱长文、陈造、倪千里、汪亨泰，元之李淦、徐震、郑元祐、周伯琦、魏观，明之贡颖之、王汝玉、陈孟浩、刘谕、黎扩、林智、钱德洪、陈琦，清之程邑、陈菁、朱端、浦起龙、俞昌言、蒲忭、吴履刚等，都是历史上有名的教育家和学者，他们相率推明安定之教，师严道尊，英才辈出。

府学培养了一批又一批优秀人才。如宋之范纯祐、范纯仁、范纯礼、朱长文、滕元发、范成大、钱公辅，元之干文传、王燧，明之吴宽、王鏊、蔡羽、唐寅、文徵明、张灵、王宠、申时行、归有光、顾九思、韩世能、顾炎武，清之钱谦益、金圣叹、徐乾学、叶燮、沈德潜、朱骏声、潘世恩、彭启丰、钱大昕、王鸣盛、翁同龢等，都是历史上的一流人物。

同时，苏州各县学、书院、社学、义塾、私塾等，构架了苏州古代教育的完整体系。就以书院来说，自宋至清，在今苏州范围内，府城（元和、长洲、吴三县）有十七所，常熟（含昭文）有十三所，太仓（含镇洋）有六所，昆山（含新阳）有十一所，吴江（含震泽）有九所。以紫阳书院为例，清康熙五十二年（1713）巡抚张伯行创设于府学内尊经阁，圣祖御书"学道还淳"额，高宗御书"白鹿遗规"额。在清代办学的一百九十一年里，先后有掌院二十七人，皆进士出身，如冯昺、朱启昆、王峻、沈德潜、彭启丰、蒋元益、钱大昕、石韫玉、朱珔、翁心存、俞樾、邹福保等，他们都是素孚众望的博学鸿儒。

其中彭启丰、石韫玉是状元，邹福保、冯桂芬是榜眼，蒋元益是会元，其他掌院也都是进士出身。钮琇《觚賸续编·物觚》"苏州土产"条说，汪琬在词馆日，同僚都各夸家乡土产，惟汪琬嘿无一言，众共揶揄之："苏州自号名邦，公是苏人，宁不知苏产乎？"汪琬说："苏产绝少，惟有二物耳。"众问："二者谓何？"汪琬答："一为梨园子弟。"众皆抚掌称是，汪琬遂止不语。众复坚闻其一，汪琬徐徐地说："状元也。"苏州确实是以"状元"为特产，自唐至清一千三百年间，共出状元（指文状元）五百九十六名，苏州有四十五名，尤其是清代，苏州有二十六名，可谓全国所无也。苏州府学暨紫阳书院，就出了八位，他们是吴宽、彭启丰、潘世恩、石韫玉、钱棨、吴锺骏、翁同龢、陆润庠。因此在文庙东墙外的街上（今人民路址），自北而南立有三座碑坊，依次是状元坊、会元坊、解元坊。状元坊，"明天顺四年知府姚堂为历科状元立"；会元坊，"明弘治十二年知府曹凤为历科会元立"；解元坊，"明天顺四年知府姚堂为历科解元立"。可见这三座牌坊，乃为全府状元、会元、解元而立，属于集体性表彰。明代苏州就有"三元坊"的地名，一直延续至今。

及至晚清，废除科举，兴办新学，先后在府学旧址创办江苏师范学堂、省立第一师范学校、省立苏州工业专科学校。一九二七年，组建苏州中学，迄至于今，仍是全国著名学校，为国家输送了一批又一批优秀人才，包括前沿科学理论、工程技术、生物科技、社会科学、国家行政管理等各个方面。有人说，这是府学锺灵毓秀之气所使然，想来也有一点道理。

府学的前世今生，仅是苏州古今教育情况的一个缩影，如果将各县学、各书院、各试院及教会学校、社会民众教育等一一道来，那是说不尽的。

二〇二一年八月二十九日

石湖烟波望中迷

　　石湖距郡城西南十里，为南太湖白洋湾折北而形成的内湾。莫震纂、莫旦增修《石湖志·总叙》说："石湖在盘门外干一十二里，上承太湖之水，下流遇行春桥以入于横塘，南北长九里，东西三四里，北属吴县灵岩乡界，南属吴江县范隅乡界，盖两县交会之间也。当飙风倏起，云涛雪浪，振动林麓，而雾雨空濛之际，则四顾莫辨，如在混沌中，迨风止波平，则一碧如镜。"虽然石湖水面日渐减小，但在民国时仍有风波之险。叶圣陶《三种船》说："船家一听说要过石湖就抬起头来看天，看有没有起风的意思。到进了石湖的时候，脸色不免紧张起来，说笑都停止了。听到船头略微有汩汩的声音，就轻轻地互相警戒：'浪头！浪头！'有一年我家去上坟，风在十点过后大起来，船家不好说回转去，就坚持着不过石湖。"如今，湖面更小了，又筑了几条堤，潮汐不通，波澜不惊，风平浪静了。

　　石湖之被广为人知，已在南宋。卢襄《石湖志略·本志》说："湖之名，宋以前不大显，自阜陵书

'石湖'二大字以赐其臣范参政成大，于是石湖之名闻天下。"石湖之得名，当与石姓有关，湖之南有石舍，乃石氏的聚落，后改名莫舍。民间口耳相传，石湖石氏的徙居始祖是石崇。

石崇字季伦，西晋渤海南皮人，尝拜卫尉，谄事贾谧，与潘岳等称"二十四友"。其性奢靡，贵戚王恺与之斗富不敌，贾谧被诛，以党羽免官。时赵王司马伦专权，中书令孙秀索其爱妾绿珠，石崇不允，绿珠坠楼而死，孙秀怨怒，劝赵王矫诏杀石崇。据《晋史》本传记载，"崇母兄妻子无少长皆被害，死者十五人，崇时年五十二"。石崇被杀是在永康元年（167），死的地方是洛阳。然而"石崇南来说"在江南很流行，说石崇并非被诛，而是流落到了这里，在湖滨建别墅，湖也因此被称石湖。《横金志·舆地二》孔陟岵续补："自行春桥至北溪桥，中有寺下浜、陈湾浜、卢家浜、张宅浜，相传为石季伦别墅，遭沧桑之变，故湖以为名。"说是石崇死后，也是葬在吴县的，《吴郡志·冢墓》引《吴地记》："兵部侍郎石崇坟在吴县西六里。"高启、周南老等都有凭吊之作。甚至有人径称石湖为石崇湖，明初朱同《舟过石崇湖次韵彦铭》云："山势西来尽，波平接太清。地连天堑重，名盖石崇轻。镜净空无滓，风翻浪忽惊。掀篷莫回首，何限故乡情。"近人高鹤年《名山游访记》第五十三篇记至石湖，称"即古石崇湖也"。应该说，石湖因石崇得名，乃"石崇南来说"的典型事例，也是当地石姓的依托。

春秋后期，吴越争霸，越国经十年生聚，十年教训，终于转弱为强。遂于鲁哀公二十二年（前473年，吴王夫差二十三年）伐吴，大破吴师。大军从槜李北进，至南太湖白洋湾，由一条河道直达石湖，打通了越军主力兵临吴城的通道。这条河道，因此被称为越来溪，朱长文《吴郡图经续记·水》称"盖越王由此水至于吴，故得此名"。洪武《苏州府志·川》特注一笔，越来溪的"来"字当读"厘"，吴音也。越来溪流经南北，南与太湖相通，北与胥江相接。前人有南北越来溪之说，自白洋湾至石湖，称南越来溪；自石湖至胥江，称北越来溪。越兵濒溪筑城，世称越城，与吴大城隔水相峙，故范成大《御书石湖二大字跋》有"吴台其阴，越城其阳"之说。相传范蠡功成身退，由此而遁入五湖，也是说得通的。

隋唐之际，在横山之下曾建苏州新城。当隋平陈后，南方各地纷纷起兵，陷州掠县，文帝以杨素为行军总管征讨。杨素感到苏州城突兀平原，无险可守，开皇十一年（591）就在横山下另建新城，未久，民居栉比，自成坊市。《吴郡图经续记·往迹》说："初，杨素迁城于横山也，匠者以橹木为城门之柱，素见之，谓匠者曰：'此木恐非坚，可阅几年?'匠曰：'可四十年不朽。'素曰：'足矣，是城不四十年当废。'至唐贞观中复旧城，果如其言。"一说复归旧城是在武德七年（624）。苏州迁州治、县治于横山，前后三十多年，今尚有新郭、杨素井、杨素桥等遗存。值得一说的是，新郭是新城的东郭，明清时，与横塘、横金、木渎、光福、社下为吴县六大镇，人烟稠密，商业繁荣。

另外，据《石湖志·山水》记载，治平寺前的寺浜，为僧人泊舟处，"近年寺僧开竣此浜，得石门两柱，并门限俱全，亦有古砖如甓砌状者甚多。按周益公《南归录》谓，姑苏台有城三重，若然，此即姑苏台之城基也。又隋时迁郡治于新郭，而治平寺乃吴县治也，所得石门或县治之古迹欤? 未知孰是"。横山新城的规模、格局，今已无可稽考。同年，杨素也迁杭州州治至柳浦之西；大业元年（605），杨素和宇文恺还设计营造了洛阳新城，即唐东都。两者都尚存文献，可由此追索杨素的建城思想，推想苏州新城的规制。

石湖之东，田圃相属，水港纷错；石湖之西，冈峦起伏，峰岫骈立。蔡羽《石湖草堂记》说："吴山、楞伽、茶磨并缘于湖，茶磨屿为尤美，北起行春桥，南至紫薇村，五步之内，风景辄异，是茶磨使之也。上为拜郊台，下为越来溪，缘溪曲折，旋入山腹。"吴山、上方山、茶磨屿均为横山的支脉别峰。

吴山是横山的东出之支，自陈湾村有砖街历级而上，约半里许，旧有渐佳亭，又半里许至分水岭，旧有施水坊，树林荫翳，泉石清幽，洒然一佳境也。过此又有砖街，历级而下，则至山西矣。山巅则有乾元寺，即古吴山院也。其山峦绵延，东临石湖，水色山光，淡云疏树，仿佛在图画里。史鉴《登吴山绝顶》云："古庙经年久，荒台落叶深。江湖分向背，城市绕山林。尽道迎秋榜，谁同坐夕阴。樵歌归满路，惊散暮栖禽。"吴山之南有昇犹山，俗称吴山嘴，桃花坞漫衍六七里，临南太湖白洋湾，吴山嘴是旧时吴江境内惟一山林，曹基《舟泊吴山嘴》有"松陵烟水地，名胜借吴山"之咏，一抹青山，给只见得水港纵横、桑树遍野的吴江人，带来无限遐想，于是便驾一叶扁舟，烟水迢迢地来作一天半日的胜游。

山间颇多深坞，桃花坞在吴山嘴，漫衍六七里，深邃幽寂，居民在古木丛篁中。丹霞坞在陈湾村北，其上即褒忠岭，旧有褒忠寺、金仙寺、丹霞道院等，均已不存。瑞云坞在陈湾村潘家桥南，与丹霞坞相对，上方孤塔立于前，如卓笔然，游人往来，朝暮不绝。徐家坞在吴山岭下，即陈湾村，居民在白云红树间，有清池数亩，号藕花洲。

上方山又名楞伽山，在吴山东北，夭矫起伏，至石湖而止，如老蛟昂首，势欲飞动。上有楞伽寺，浮屠七级，如卓笔然，林木深秀，台殿楼阁，层见叠出。其北高峻耸拔，其形如椅，俗呼拜郊台，台下有治平寺。钱大昕《游上方山》云："果然奇秀占三吴，楼阁空明入画图。半亩疏篁蟠径曲，百寻绀塔倚云孤。山容蕴藉真名士，波影清妍彼美姝。宜雨宜晴宜月夜，石湖元是小西湖。"

茶磨屿在上方山东北，其形如磨，绝顶平坦，广数十亩，如磨硐然。施清臣《建吴井洌泉亭记》说："夷山之巅，碧藓参差，以巍其层；穴原之腹，翠鸳周匝，以宽其汲。"盖指此山而言也。

明初僧人妙声《衍道原送行诗后序》这样称赞石湖："吴郡山水，近治可游者，惟石湖为最。山自西群奔而来，遇石湖而止，夫山川之气，扶舆磅礴，郁积而不泄，则秀润清淑，必锺乎人。"

淳熙六年（1179）中秋，范成大《中秋泛石湖记》说："至先、至能自越来溪下石湖，纵舟所如，忘路远近，约略在洞庭、垂虹之间。天容水光，镜烂一色，四维上下，与月无际。风露温美，如春始和，醉梦飘然，不知夜如何，其惟有东方大星欲度篷背，自后不复记忆。"同年重阳，《重九泛石湖记》说："与客自阊门泛舟，经横塘，宿雾一白，垂垂欲雨。至彩云桥，氛翳豁然，晴日满空，风景闲美，无不与人意会。四郊刈熟，露积如缭垣，田家妇子着新衣，略有节物。挂帆遡越来溪，源牧渊澄，如行波璨地上。"重阳自然要虚应登高故事，于是"携壶度石梁，登姑苏后台，跻攀勇往，谢去巾舆筇杖，石稜草滑，皆若飞步。山顶正平，有拗堂藓石，可列坐，相传为吴故宫闲台别馆所在。其前，湖光接松陵，独见孤塔之尖，尖少北，点墨一螺为昆山。其后，西山竞秀，萦青丛碧，与洞庭林屋相宾。大约目力逾百里，具登高临远之胜"。

自范成大后，石湖名声渐响，成为苏州近郊的游览胜处，蜡屐故事，不可胜数。这里只举元人的一次"花游"，时在至正八年（1348）三月十日，一起游山的有杨维桢、张雨、顾德辉、袁华、马麐、陆仁、秦约、于立、郭冀，还有伎人琼英等。那天春雨潇潇，张雨为琼英赋《点绛唇》词，午后雨霁登山，歇宝积寺，行禅师西轩，张雨题名壁间，琼英折碧桃花而下，杨维桢作《花游曲》，咏道："三月十日春濛濛，满江花雨湿东风。美人盈盈烟雨里，唱彻湖烟与湖水。水天虹女忽当门，午光穿漏海霞裙。美人凌空蹑飞步，步上山头小真墓。华阳老仙海上来，五湖吐纳掌中杯。宝山枯禅开茗椀，木鲸吼罢催花板。老仙醉笔石阑西，一片飞花落粉题。蓬莱宫中花报使，花信明朝二十四。老仙更试蜀麻笺，写尽春愁子夜篇。"诸人皆有和作。春色明媚，挟伎游山，时以为韵事，杨维桢《游石湖记》就说："白乐天守苏，于虎丘一月一游，至连五日夜遨游太湖不以为过。以乐天之官守不为文法窘束，而肆志山水之乐如此，矧无窘于文法者乎？吾党之将俾命匹挟乎女伶，如容满蝉态以迹夫乐天氏之游者，又何过乎？"

李日华《六研斋笔记》卷四说："至正戊子三月十日，会稽杨维桢同贞居张伯雨诸人游石湖，有侑者琼英与坐，各为《花游曲》一章，词情美丽，实一时之盛。莫氏修《石湖志》，乃以为秽而去之。文太史徵仲深为惋惜，特作蝇头细书录成卷，仍为补图，留作山中故实。余谓志乘成于一人之意，修改不常，如此瑰玮之词，托于志，不若托于太史之宝图名翰为不朽也。"文徵明《追和杨铁崖石湖花游曲》作于正德九年（1514），诗云："石湖雨歇山空濛，美人却扇歌回风。歌声宛转菱花里，鸳鸯飞来天拍水。当时仙伯醉云门，酒痕翻污石榴裙。遗踪无复芳尘步，湖上空馀昔人墓。昔人既去今复来，千载风流付一杯。雪藕紫丝荐冰碗，蛱蝶穿花逐歌板。夕阳刚去画桥西，一片春光属品题。伤心不见催花使，只有黄鹂啼再四。无限春愁谁与笺，玉奴会唱紫霞篇。"并录当时诸和作以寄王守，王守请补图，后六年始成。顾文彬《过云楼书画记》卷八著录《文衡山花游图卷》："全湖风景，历历在目，远望楞伽，焦塔一痕，与夕阳波光相上下，近则宝积诸寺出苍松翠桧间，湖堤游人如织，平头船子系缆行春桥下，犹见当年裙屐之盛。"

莫氏《石湖志·总叙》状写了石湖形胜，并与杭州西湖作了比较："其横山、上方、茶磨、拜郊台诸峰，如屏如戟，如龙蛇狮象，浮清滴翠，气势与湖相雄。两涘皆幽林清树，绿阴团团，而村居野店，佛祠神宇，高下隐见。至其桥路逶迤，阡陌鳞次，洲渚远近，与夫山舆水舫之往来，农歌渔唱之响答，禽鸟鱼鳖之翔泳，皆在岚光紫翠中，变态不一，殆与画图无异，故号吴中胜景。丁晋公、范崇公皆创别业于此，而真、孝两朝皆有宸翰之赐，至今为湖上光。是以历代人才踵生不绝，仕者以功业显，隐者以文行著，而古今名笔，若诗若文，崖镌野刻者亦多。其良辰美景，好事者泛楼船携酒肴以为游乐，无间远近。说者以为与杭之西湖相类，然西湖止水游者，必舍舟于十里之外，而又买舟以游，不若石湖之四通八达，无适而不舟也。每岁清明、上巳、重阳三节，则游者倾城而出，云集蚁聚，不下万人，舟舆之相接，食货之相竞，鼓吹之相闻，欢声动地，以乐太平，此则西湖之所无也。"

袁宏道《上方》则将石湖与虎丘作了比较："去胥门十里而得石湖，上方踞湖上，其观大于虎丘，岂非以太湖故耶？至于峰峦攒簇，层波叠翠，则虎丘亦自佳，徙倚孤亭，令人转忆千顷云耳。大约上方比诸山为高，而虎丘独卑。高者四顾皆伏，无复波澜；卑者远翠稠叠，为屏为障，千山万壑，与平原旷野相发挥，所以入目尤易。夫两山去城皆近，而游人趋舍若此，岂非标孤者难信，入俗者易谐哉？余尝谓上方山胜，虎丘以他山胜。虎丘如冶女艳妆，掩映帘箔；上方如披褐道士，丰神特秀。两者孰优劣哉，亦各从所好也矣。"

石湖与西湖比，山水风光相当，人文遗迹，虽没有苏小小、白娘娘，但自范成大以降，风流翰墨之士，无不留下履痕，诗文歌赋，汗牛充栋。惟石湖不及西湖距城之近，晚近以来，渐归清寂。与虎丘比，虎丘虽是"大吴胜壤"，银勒骄马，花船丽人，笙箫杂闻，欢歌似水，石湖却另有一种林下风韵，龚自珍《己亥杂诗》有云："拟策孤筇避冶游，上方一塔俯清秋。太湖夜照山灵影，顽福甘心让虎丘。"上方山的丰神特秀，因有石湖碧波的映衬，故得湖山之胜，至于挺拔玲珑的楞伽塔耸峙山巅，更是绝妙的点睛之笔。

石湖北渚有行春、越城两桥相接，行春桥在西，如长虹卧波；越城桥在东，如初日出云。华钥《吴中胜记》说："乙未八月丙申，邀听天山人载酒泛月湖上，戊戌抵吴之行春桥，桥九虹蜿蜒百步，东引越城桥，西跨横山之麓，南逼石湖，烟霏翠霭，流动恍惚，即此便非尘境矣。"

　　行春桥始建年代，文献无征。据笔者揣测，既名"行春"，很有可能起建于隋唐之际。杨素所筑横山新城，其东门或正与桥相直，所谓行春，即出东门而迎春也。立春是二十四节气中第一个节气，因与农业生产关系密切，遂形成重要的农业礼仪。早在东汉初，迎春就是顺应时序的五郊迎气礼仪之一。据《隋书·礼仪志二》记载，隋继承了后齐的迎气礼仪，按五行观念分别在东郊八里、南郊七里、中兆五里、西郊九里、北郊六里设祭坛。迎春祭祀所用的牺牲均为青色，青帝、伏羲、始祖和勾芒各用牛犊，而从祀的星辰则用猪和羊。可以想象，迎春那天，浩浩荡荡的队伍从新城东门出来，走过行春桥，再往东走八里地到祭坛。

　　隋唐之际建造的行春桥，应该是木结构或木石结构。由于唐武德七年（624），苏州治、吴县治复迁回旧城，行春桥作为交通设施的作用减弱，甚至废圮了相当时期，故陆广微《吴地记》未记其名，唐人记咏也未提及。至北宋元丰七年（1084），朱长文《吴郡图经续记·桥梁》说："行春桥，在横山下越来溪中。湖山满目，亦为胜处。"当时苏州桥梁大都已叠石甃甓，行春桥想来也不例外，以后又修葺。南宋乾道八年（1172）三月，周必大《壬辰南归录》说："登岸，杖策度行春桥（石桥，极壮大），次度越来溪桥，新修。"

　　淳熙十四年（1187），知吴县事赵彦真重修行春桥，范成大《重修行春桥记》说："太湖日应咸池，为东南水会，石湖其派也。吴台越垒，对立两峙，危峰高浪，襟带平楚，吾州胜地莫加焉。石梁卧波，空水映发，所谓行春桥者又据其会。胥门以西，横山以东，往来憧憧，如行图画间。凡游吴中而不至石湖，不登行春，则与未始游无异。岁久桥坏，人且病涉，湖之万景，亦偃塞若无所弹压，过者为之叹息。"于是"补覆石之缺，易藉木之腐，增为扶阑，中四周而旁两翼之"，明年五月落成。淳祐十一年（1251），尧山主又重建。

明洪武十一年（1378），释善成募资重修竣事，释妙声《行春桥记》说："按状洪武七年四月桥坏，公私大沮，计无所出。盖桥当郡西南孔道，又山水回合，为吴中奇观，据要领胜，桥不可一日废也。明年，优婆塞正宗方事，经始惧，弗克终，乃以属长洲僧善成。成倾诚劝募，寒暑匪懈，由是人孚其化，泉布粟米之施日至。乃大鸠工发材，悉撤而新之，取石必坚，佣工必良，植枋必密以深，以为石湖乃具区之委，至是束为澄渊，湍流剽疾，喜与石斗，弗若是不足以支久也。役且半，会将作有大营缮，尽括匠氏以去，役几中止。秀州人钱玄济素习桥事，机智便巧，并善奢斫，泅深履险，易甚平地，来未期月，而遂以完告。桥之修广制度，一仍其旧，而坚致过之。见者惊喜，以为天实有相之道焉。"

越城桥西接行春桥，跨湖溪之口，即周必大《壬辰南归录》提到的越来溪桥，时新修不久。《石湖志·桥梁》说："淳熙中，居民薛氏重建，越来溪水自此桥北流过横塘。"此后又经多次修葺和重建。张习《重建越城桥记》回忆说："桥之创未可据所可验者，重建于前元之至正，再修于国朝永乐之乙未，风激湖波，旦夜淘啮，岁久渐圮。"此次重建由吴县知县文贵主持，经始于成化十五年（1479）五月，落成于明年六月，"崇广若干丈，视旧各加以尺计者二，旁增石栏，下奏石址。由是人之所履，物之所载，咸出焉入焉而无少窒也"。以后又多次重修，清同治八年（1869）重修后，桥之南北各镌联一副，一曰："十里荷花香连水，一堤杨柳影接行。"一曰："碧草平湖，青山一画；波光万顷，月色千秋。"

行春桥为九孔连拱平桥，越城桥为单孔石拱桥，两桥相接，乃是石湖上一道秀美的景观，历来咏唱者不绝，文徵明《石湖作》云："落日淡烟消，平湖碧玉摇。秋生茶磨屿，人在越城桥。树色晴洲断，钟声古寺遥。西风吹短鬓，还上木兰桡。"沈景运《石湖烟雨》云："细雨轻烟散石湖，望中景色尽模糊。微分远近山容淡，莫认迷离塔影孤。原野春霖多播谷，平堤水暖遍施罛。越城桥外如观画，是否方壶海岳图。"

前人向以越城桥为吞月桥，其实误矣。据《石湖志·图像》标注，越城桥为东西向，西接行春桥，东入新郭；吞月桥则为南北向，西为荷花荡，东为越来溪，桥北与横塘路接引，桥南界行春桥、越城桥之间。文震孟《吞月楼疏》说："石湖之左，有桥名吞月，春秋时名月为越，吴欲吞越也。今四海一家，宁分吴越，则从今名为雅。此桥之外，为治平寺，为行春桥，平湖万顷，与山相映，岚岫郁苍，波光献媚，恍然图画，历代名贤咏歌啸傲，最称胜境。自此桥入，山回水绕，岩谷非一，皆为名公蜕骨之所，春秋祠祀，舟楫往来，悉取道于此。二十年前桥圮复修，有僧不终厥事，草率竣役，水口低隘，不容游舫。凡经此者，或舆或徒，或易小舠，或绕远道，负戴艰苦，人人怨咨。今有长者慨然乐施，欲高此桥，复还旧观。不惟利济普被，抑使水色山光，映带披拂，使吞月之景宛然复现，行春、治平境益增胜。以韵事济物，在因果中所称福慧两修者也。"如果此桥断圮，则陆路不得达石湖也。至清乾隆朝，吞月桥仍在，潘奕隽《石湖春游词》云："吞月桥边水拍天，范公祠畔柳含烟。朝来一阵开门雨（吴语以晨雨为开门雨，无妨晴也），洗得岚光分外妍。"

行春桥北有荷花荡，又称黄山南塘，广数百亩，各有塍段，当地人遍种荷芰，每当花时，红白弥望，香气袭人，游人鼓棹，如入锦云之乡。唐代苏州进贡的伤荷藕，即出此处。李肇《唐国史补》卷下说："苏州进藕，其最上者名曰伤荷藕。或云叶甘为虫所伤，又云欲长其根，则故伤其叶。近多重台荷花，花上复上一花，藕乃实中，亦异也。有生花异，而其藕不变者。"据说，凡花为白色的，藕味佳妙，而中为九窍的，食之无滓。唐人赵嘏《秋日吴中观贡藕》云："野艇几西东，清泠映碧空。寒衣来水上，捧玉出泥中。叶乱田田绿，莲馀片片红。激波才入选，就日已生风。御洁玲珑膳，人怀拔擢功。梯山谩多品，不与世流同。"白居易《六年秋重题白莲》也有"本是吴州供进藕，今为伊水寄生莲"之咏。伤荷藕在历史上声誉隆重，也让后人念念不忘，近人范君博《石湖棹歌》即云："荷花荡水弄潺湲，啮叶虫伤长藕根。九窍玲珑推绝品，伤荷藕进被承恩。"

石湖的夏日风光，确乎让人流连，姜夔是石湖的熟客，有《次石湖书扇韵》云："桥西一曲水通村，岸阁浮萍绿有痕。家住石湖人不到，藕花多处别开门。"曲桥水村，浮萍藕花，真恬静如画。

北宋真宗时重臣丁谓，曾家石湖之滨。丁谓字谓之，更字公言，长洲人，淳化三年（992）进士，官至同中书门下平章事，封晋国公。《石湖志·园第》说："丁晋公宅，在楞伽山下，丁谓故居也，今名丁家山。公建节乡郡，时以为荣。真宗赐以御制诗，尤为盛事，尝刻石立于堂上。今山中尚有子孙名组者，为镊工，尝言先世诰命画像，先人恐惹事，俱火之矣。"大中祥符九年（1016），拜丁谓为平江军节度使，真宗赐御制诗并序，丁谓将之刻石，置于居第厅堂。一说丁家山与丁谓无关，据正德《姑苏志·山下》记载，楞伽山东南麓，"有丁家山，唐人丁公著父丧，负土作冢，故名"。

石湖得大名于天下，因为是有了范成大的石湖旧隐。洪武《苏州府志·园第》就说："石湖之名，前此未曾著，实自范文穆公始，由是绘图以传。"成大字至能，一作致能，号石湖居士，吴县人。淳熙八年（1181）闰六月，成大将赴建康任，去临安朝辞，孝宗赐御书"石湖"两大字，成大《御书石湖二大字跋》说："臣惊定喜极，不知忭蹈，昧死奉觞，上千万岁寿，奉宝书以出。越五日，至于石湖藏焉。石湖者，具区东汇，自为一壑，号称佳山水。臣少长钓游其间，结茅种木，久已成趣。"可见成大的石湖旧隐早已有了，并非因御书而建。早在绍兴三十年（1160），成大三十五岁时，吴儆便有《送范石湖序》，"石湖"的别署，正说明他早年曾寄迹石湖，甚至他十九岁去昆山读书之前，一直是住在石湖的。乾道三年（1167），成大在石湖起建别业，第一个建筑便是农圃堂，成大作上梁文曰："吴波万顷，偶维风雨之舟；越成千年，因作湖山之观。"八年三月上巳，周必大往游，《泛舟游山录》说："初，吴王筑姑苏前后两台，相距半里（俗呼拜郊坛），为城三重，遗基俨然，夫差与西施宴游之地也。前越王勾践由此攻吴，今号越来溪，溪上筑城，与吴夫差夹溪相持。至能之园，因城基高下而为亭榭，所植多名花，别筑农圃堂，对楞伽山，临石湖。"是日饮酒至夜分，周必大题壁间云："吴台越垒距盘门才十里，而陆沉于荒烟野草者千七百年，紫微舍人始创别墅，登临得要，甲于东南，岂鸱夷子成功于此，扁舟去之。天赐绝景，须苗裔之贤者，然后享其乐耶。乾道壬辰三月上巳，东里周某子充侍家兄子上来游，紫微方要桂林组过家，实为东道主云。"同年，成大又约邻人游石湖，《初约邻人至石湖》云："窈窕崎岖学种园，此生丘壑是前缘。隔篱日上浮天水，当户山横匝地烟。春入莳田芦绽笋，雨倾沙岸竹垂鞭。荒寒未办招君醉，且吸湖光当酒泉。"可见石湖旧隐虽小有建筑，但还是庄园的规模，以山水田野风光取胜。

乾道九年（1173）闰正月，成大在临江军清江县，冒雨游览了向子谭的芗林和任诏的盘园，《骖鸾录》说："始，余得吴中石湖，遂习隐焉，未能经营如意也。翰林周公子充同其兄必达子上过之，题其壁曰：'登临之胜，甲于东南。'余愧骇曰：'公言重，何乃轻许与如此？'子充曰：'吾行四方，见园池多矣，如芗林、盘园尚乏此天趣，非甲而何？'子上从旁赞之。余非敢以石湖夸，忆子充之言，并记于此。噫，使予有伯恭之力，子严之才，又得闲数年，则石湖真当不在芗林、盘园下耶。"可见他对石湖旧隐，虽说"未能经营如意"，但自己还是很满意的。

由于成大名重一时，石湖旧隐受到时人的高度赞扬，林光朝《与范帅至能书》说："越城旧隐，在江东为第一。"杨万里《石湖先生大资参政范公文集序》也说："公之别墅曰石湖，山水之胜，东南绝境也。"由于石湖旧隐的影响，湖滨又陆续建起不少园墅来，大小不等，各具胜观，春秋游屐甚盛。龚明之《中吴纪闻》便说："范公文章政事，震耀一世，其地为人爱重。石湖西南一带，尽佳山水，作圃于其间颇众，往往极侈丽之观。春时，士大夫游赏者独以不到此为恨，犹洛中诸园，必以独乐为重耳。"（各本《中吴纪闻》此条存目，据洪武《苏州府志·园第》录出。）

石湖旧隐有农圃堂、北山堂、千岩观、天镜阁、玉雪坡、锦绣坡、说虎轩、梦鱼轩、绮川亭、盟鸥亭、越来城，等等，环濒石湖，主要建筑集中在湖之东北越城下，绮川亭在湖之东南石舍，盟鸥亭在湖之西北行春桥西。至于玉雪坡、锦绣坡都是园圃，其中多植名花，以梅、菊、桂为最盛。成大《梅谱自序》有"余于石湖玉雪坡既有梅数百本"之语，花时暗香浮动，疏影横斜，姜夔《除夜自石湖归苕溪》十首之一云："细草穿沙雪未消，吴宫烟冷水迢迢。梅花竹里无人见，一夜吹香过石桥。"淳熙六年（1179），成大有《重九泛石湖记》记其游赏之乐："檥棹石湖，扣紫荆，坐千岩观下。菊之丛中，大金钱一种已烂熳秾香，正午熏入酒杯，不待轰饮，已有醉意。其傍丹桂二亩，皆盛开，多栾枝，芳气尤不可耐。"成大撰有《梅谱》、《菊谱》，他的观察经验，主要来自在石湖旧隐和城内范村的培植。

遗憾的是，元人于石湖旧隐已少记述，至明初已无踪迹可寻。袁宏道《园亭纪略》感慨说："吴中园亭，旧日知名者，有钱氏南园，苏子美沧浪亭，朱长文乐圃，范成大石湖旧隐，今皆荒废，所谓崇冈清池、幽峦翠篆者，已为牧儿樵竖斩草拾砾之场矣。"

在吴山之麓的陈湾村，有南宋时里人卢璆的南村，俗称卢家园。卢璆字子玉，吴县人，淳熙中为宣教郎，充两浙西路提举、常平茶盐司，历迁至寺簿，致仕归而筑园。洪武《苏州府志·园第》说："南村，在越来溪西吴山下，寺簿卢璆所居，扁曰'吴中第一林泉'，有御书'得妙堂'扁，当时有《卢园三十咏》以纪之。"这三十首诗分咏南村、柴关、带烟堤、吴中第一林泉、佐书斋、吴山堂、正易堂、紫芝轩、瑞华轩、静宜轩、玉华台、苍谷、来禽坞、逸民园、植竹处、江南烟雨

图、香岩、湖山清隐、听雪傲鬘、得妙堂、云村、玉
界、古芳、玉川馆、山阴画中、杏仙台、藕花洲、桃花
源、曲水流觞，缺其一，已不可考矣。园至明中叶已圮
败，惟存藕花洲，卢襄《石湖志略》说："藕花洲在坞
中，积水静深，洲突出水中，术家谓之出水莲花。"
（《流衍》）"今惟藕花洲尚存，小石桥刻三字于上。"
（《古迹》）文徵明往游，得观其故迹，《陪蒲涧诸公游
石湖》云："横塘西下水如油，拂岸垂杨翠欲流。落日
谁歌桃叶渡，凉风徐渡藕花洲。萧然白雨醒烦暑，无赖
青山破晚愁。满目烟波情不极，游人还上木兰舟。"

　　元里人卢廷瑞的求志居，也在陈湾村，人称卢氏山
居。《石湖志·园第》说："卢氏山居，在陈湾，元临安
尹卢廷瑞所居。有《山居八咏》，曰'越溪春水'、'柳
涧啼莺'、'分水松声'、'上方塔影'、'石湖秋月'、'陈
湾古桂'、'横山雪霁'、'吴岭梅开'，题咏甚多。今有
族居南周村，家有芝秀堂。"卢雍、卢襄兄弟即廷瑞后
人，居于乡里，人称"二卢宅"。应卢雍之请，李东阳
为撰《芝秀堂铭》，王鏊为撰《芝秀堂记》。

　　明人王宠的别业在石湖东北越城下。王宠字履仁，
更字履吉，号雅宜山人，吴县人，早年与兄王守及蔡羽
在石湖读书。那里本是王氏祖传田庄，广八十馀亩，王
氏兄弟都称那里为越溪庄。据上海博物馆藏王宠《致长
兄札》，嘉靖九年（1530）七月，王宠告诉王守，计划
在田庄东北隅建屋数间，信中说："昨日我用七两银拆
买了庄上船坊，边新栽四五十竿竹，皆活了，外有一墙
障之。欲于竹之北小山之南作三间书堂，旁作二间书
室，前作一露台对竹。但不知明春成得否，莫计亦须二
十两银，又恐难成耳。"没料想，这个院落当年岁暮就
落成了，中有采芝堂、御风亭、小隐阁诸构，仍以越溪

庄名之，王宠自作《越溪庄十绝句》记之。王宠对越溪庄是满意的，明年二月《致长兄札》说："家事虽贫落，越溪风景日增日胜，望之如图画，独此一事慰怀耳。"

越溪庄既落成，去那里的友人更多了，在《雅宜山人集》中留下诗纪的，就有文徵明、蒋山卿、袁衮兄弟、文彭兄弟、王庭、陆治、毛锡畴、朱浚明、董宜阳、张之象、彭年、金用、杨伊志、何良俊兄弟等。何良俊《四友斋丛说·史十一》回忆往事："王雅宜自辛卯秋在东桥处见余兄弟行卷，是年秋南归，卧疴于石湖之庄，连寄声于张王屋、董紫冈，欲余兄弟一往相见。余与舍弟叔度即移舟造之，雅宜相见甚欢，饭后送至治平寺作宿。寺距其庄三四百步所，寺有石湖草堂，乃蔡林屋与雅宜兄弟读书处也。适陆幼灵芝亦在寺中，遂相与盘桓数日，每日必请至庄中共饭。尔时雅宜虽病甚，必起坐共谈。雅宜不喜作乡语，每发口必官话，所谈皆前辈旧事，历历如贯珠，议论英发，音吐如钟，仪状标举，神候鲜令，正不知黄叔度、卫叔宝能过之否。可惜年四十而卒，今眼中安得复见此等人。"

嘉靖十二年（1533），王宠病卒，其子子阳继承父业。子阳字玄静，曾供职福建提刑按察使司，娶唐寅女，与彭年、张凤翼、王世贞、袁尊尼、冯时可、屠隆等交善。他于越溪庄又断断续续葺治数十年，张茂贤曾绘《越溪庄图》，王世贞为作《越溪庄图记》，其中说："桥之左迂回可数百步，有乔木榆柳之属，沟水湾环清泚，桑圃数亩蔽其阴，而王子玄静之庄据其阳。一衡门自西入，稍东折而南，为舍三楹，客至可以茶；又进之，舍亦三楹而稍宽洁，可以酒；其又进而小东偏则为亭，可以憩；折而西，傍为书屋，可以宿；亭与书屋皆修竹数千竿环之，亡论寒暑雨月，往往助其胜。而最后因地势成小圃，杂树三之，杂花果二之。大堤樊其背，高二十尺，而時长莫知纪极，不石而岩，不甓而垣，记云隋越公素所筑新郭，睥睨也。其树木大皆数拱馀，竹益茂，萝薜灌莽，郁然深山家矣。"时有不少王宠的仰慕者前来拜谒，如王穉登《过王履吉先生故居》云："水木清华地，千峰紫翠明。野人过竹屋，公子出银罂。遗像风云动，残碑翰墨清。虚堂读书处，一种不胜情。"

约万历末天启初，越溪庄开始败落，徐燉《过王履吉石湖故庄》云："蘋叶青青蓼叶残，旧庄零落墨池干。百年谁继风流迹？猿鹤不来烟水寒。"天启六年（1626），姚希孟来游，《石湖泛月记》说："复登舟至越溪庄，乃履吉先生读书地，荒芜甚矣，缅怀昔人，徘徊久之而出。"没想到的是，崇祯九年（1636）文震孟卒，即择地葬于越溪庄故地，徐籀《金明池·石湖雅宜庄》自注："今相国文公墓即雅宜旧庄。"文震孟何以会葬在越溪庄，其墓又何时徙竺坞，则已无可考了。

越城下有张献翼别业。献翼字幼于，后更名敉，长洲人，嘉靖间入赀为国子生。其为人放诞不羁，以声伎自娱，行事骇凡俗。他的石湖别业，记载甚略，仅知有稽范斋、浮黛阁诸构。据王世贞《张幼于生志》记载，献翼崇拜梁代隐士何点，人们"盖咸以何点拟幼于，惟幼于亦自谓通隐也，筑室石湖坞中，貌点兄弟像而祠之"。可见别业里有祠堂，祀奉何求、何点、何嗣三兄弟。祀奉三何，固然是主人出于敬仰，还有一个原因，就是献翼与兄凤翼、弟燕翼皆有才名，人称"吴中三张"，市井间也有"前有四皇，后有三张"之说，以三何为祀，也寄寓了手足之情。万历二十九年（1601），献翼死于非命，钱谦益《列朝诗集小传》丁集说："万历甲辰，年七十馀，携妓居荒圃中，盗逾垣杀之。"这

"荒圃"应该就是他的石湖别业。据徐鸣时《横溪录·古迹》记载，别业中的浮黛阁，明末移建兴福庵，即奎宿楼。

楞伽山下寺下村，又称紫薇村，有里人陈仲孚的溪云山居，仲孚为元末明初全真教学人。释妙声《溪云山居记》说："家在石湖，当山水佳处，而别筑室于楞伽峰下，开户东向，字之曰溪云山居。环树樗、桂、梧、楥之属，幽花美箭，复相经纬，以碧山为屏，白云为篱，篱之外近与人境接。入其门，则清旷幽阒，超然若排埃壒，而出天外，洒然如执热而濯清泉也。仲孚虽从其教，而无枯槁绝物之偏，日与名人士游从其间，以抚花竹，观鱼鸟，谭咏为笑乐，岂所谓托焉以逃者耶？盖尝玩夫溪泉之流行，山云之舒卷，磅礴而若有得焉者，因以自号，亦以表其山居云。"仲孚子尧道，洪武中知青州府，与其弟舜道创石湖书屋，颇具幽胜之致，中有敦义堂、思斋、葺斋诸构，士林题咏甚多。

紫薇村还有陆昶的紫薇精舍。陆昶字孟昭，常熟人，景泰二年（1451）进士，历官福建参政。韩雍《紫薇精舍为陆主事孟昭题》自注："其地范忠宣公别业，旧号紫薇村。今孟昭卜为先垄，故作精舍，植紫薇，以此名之不忘本也。"诗云："精舍初开近寿藏，就中风景有红芳。丝纶阁下传来种，虚白堂前醉后妆。宿草一杯侵艳色，真檀几炷和清香。名山从此增光价，应赖宣公为显扬。"

楞伽山下还有僧人古泉所筑楞伽小隐，王宠绘《楞伽小隐图卷》，并系以诗。顾文彬《过云楼书画记》卷九著录："此作古树绕屋，修竹当门，堂内一朱衣人踞几，与黄衣老衲坐谈。门外松奏笙簧，泉鸣琴筑，不数鼓吹两部。前峰窣堵坡下，琳宫梵宇隐见丛薄间，夕阳一痕射相轮，作绀碧色，与四山紫翠相映带。'绝境阒兰若，金天建旌幢'，斯之谓矣。画后自跋云：'楞伽之麓，有堂三数楹，堂前有竹数百梃，竹间有泉，余与诸友所游憩而藉以遗世者也。掌之者僧方正，遂谓之曰古泉上人。既为之图，又倡短歌二章，诸友和之云尔。'余谓当时吾吴缁流，若治平之听松、竹堂之无尽、东禅之天玑、马禅之明祥、天王之南洲、宝幢之石窝、昭庆之守山，赖与衡山往还，比诸参寥、宝觉之徒。今古泉之于雅宜，亦复如之。虽有高僧，亦藉文士以传耳。"

明人吕纯如的梅隐则在吴山陈湾村，俗称南宅。纯如字孟谐，号益轩，吴江人，万历二十九年（1601）进士，官至兵部左侍郎，添设加兵尚，照旧兼事，寻署戎政。因其名列阉党，崇祯元年（1628）免官，明年致仕，归而筑园。园中有四宜堂诸构，门首凿渠引水通湖，左筑小阁，垒土成冈，因有白鹤飞来而题名鹤坡，伫立坡上远眺，收湖山之胜于襟带间，又有老梅百树，扶疏掩映，游人往来，如在众香国里。时人称园是卢瑢南村后惟一佳境。清初于此建金仙寺，《百城烟水》卷二说："金仙寺在石湖西成湾，旧为吕大司马纯如别业（其子君法坐事籍没），松陵汪仲廉劝缘置，延洞宗蕃光禅师开山。"

清初张大纯、张大绪筑祖茔丙舍于吴山下，号永言斋。因大纯夙抱雅尚，交游广泛，名士往来频仍，故这处墓园就成为他们郊游歇宿的地方，题咏者也就很多。又因大纯与徐崧合辑《百城烟水》，又自辑《采风类记》，将这区区之地反复推介，其声名远播，也是自然的事了。永言斋的主要建筑，仅一堂一楼一亭而已。云绵草堂是主厅，牖延月色，扉纳山光。泛月楼在云绵草堂后，乃登眺玩月佳处，东望石湖，千顷碧波，舟帆隐隐于帘槛之间。志喜亭则在泛月楼西北，墙阴接岫，樵径通幽，曲槛前诸峰环列，宛若翠屏。汪琬《题泛月楼六首序》说："张子成九侍其尊甫丽翁先生与其伯父文一中翰，共营先陇于吴山之麓，前临石湖，后瞩灵岩，其他如楞伽、茶磨、宝华诸境无不映带左右，此吾吴最胜处也。丙舍中构楼，曰泛月，极为幽丽，溪山满目，尤擅登眺之美。诸君子各有赋咏，成九嘱予续貂其后。予闻法不孤起，仗境乃生，维诗亦然，今者凭虚想象，落笔万不能佳，明春小健，当约成九以一叶舟往游，成九其为予烹茗烧笋、市村醪、煮溪鳞以待，俾予得信宿啸歌于楼上，庶或稍出杰句，以慰成九之意乎。"提供了永言斋的故实，惟大纯（字文一）是大绪（字成九）的从兄，何以称为伯父，亦不得解。

　　石湖四周，还有不少第宅园林。如吴山之麓有永乐间隐士丁敏的朦庵，绕屋皆梅树。紫薇村有崇仁县丞锺文奎的具庆堂，乃奉亲之所。巉下村有永乐中里人张宗道的乐善堂，其子运判葺居之。石湖西南前越来溪南周村，元季有吴仲德者，从六合徙来，于饶稼桥侧建西溪草堂，子孙世守，士林多为题诗；元末某部员外郎薛氏于此建西峰庵，有耕云亭、古岩、素轩诸处；洪武中里人袁畦又于此建静斋，弘治初有芝生之祥，故匾其堂曰瑞芝。后陆巷有元末士人顾谅怡斋、洪武中里人金公信三一斋、张氏芳意轩。横山下有洪武中户部尚书郁新的早年读书处倚山堂，又有王行的楮园，故其自号楮园叟。桃花坞有洪武中涿州同知吴文泰的愚庵，又有永乐中吏部侍郎许斯温的吴山书舍。石湖之南的邵昂村，与莫舍隔水相望，有洪熙初里人许士瞻的昂台旧业，中有勤稼堂，其子增建梅庄、竹溪亭，其孙又建南里书舍、梅竹轩、延清馆、揽秀楼等。

石湖东南的莫舍，原名石舍，自后梁开平设吴江县后，向在吴江境，二十世纪五十年代才划归吴县。北宋绍圣间，莫氏先世自湖州徙居于此，子孙蕃衍，满村皆莫氏，遂改称莫舍，后范成大于此建绮川亭，士林文谈则称为绮川。《石湖志·园第》引淳祐间广德知军莫子文自撰墓志云："傍家有小园六七亩，植果数十株，种桑四百本，间以菜茹，四时无缺。堂三间曰观心，取乐天之诗；小楼曰得寓，取诸醉翁之记。日与诸弟子侄讲习期间，亲朋过从，不废觞咏，足了一生，真世之幸民也。"莫氏先后建寿朴堂、竹逸亭、代笠亭、东村精舍等。此外，莫舍有元末隐士张琦的南村，中有陶庵、素心堂、瞰碧楼、雪俏亭、苕翠馆诸构。洪武中，其兄张珵为荆州知府，张瑾为工部员外郎，因坐党锢，俱没入官。天顺中，族孙张旭于溪西后陆巷重建，亭斋楼馆，各有匾额。元末兵部员外郎薛某有竹堂和栖月楼，楼瞰小河，叠石成基，坚固异常，子孙售于他姓而不能拆。莫舍还有洪武初苏学训导朱应宸的寄翁亭、蜕窝；宣德中里人沈澄源青的西陂渔隐，中有晴岚暖翠轩，其子沈綮筑彝轩，其孙沈镛又筑冈东小隐。

石湖西横山的几处寺院，历史沿革颇多夹缠，文献记载也有点混淆不清。朱长文《吴郡图经续记·寺院》说："楞伽寺在吴县西南横山下，其上有塔，据横山之巅，隋时所建，有石记焉，白乐天及皮、陆有诗载集中。寺旁有巨井，深不可测，井有石栏，栏则有隋人记刻，盖杨素移郡横山下，尝居此地。又有宝积、治平二寺相联，皆近建也。"据正德《姑苏志·寺观上》记载，治平寺乃"梁天监二年僧法镜建"，宝积寺乃"隋大业四年僧永光建"，都不能算"近建"。楞伽寺又名上方寺，而治平、宝积两寺皆旧名楞伽，范成大《吴郡志·古迹》说："楞伽寺今名宝积寺，与治平为邻，又知古只一寺。"范成大的判断完全可能，横山的寺院，当滥觞梁天监间，以后不断兴建，时分时合，但相距密迩，只是山之上下左右而已。

前代方志记横山佛刹，都将楞伽、治平、宝积三寺分而记叙，也是因三者关系纠缠难理。今既按旧例，又稍加梳理，略作介绍。

横山古已有寺，其名无考。隋大业四年（608），吴郡太守李显在山巅建舍利塔七级，《吴郡横山顶舍利灵塔铭》称李显由于"树因之最，无过起塔；崇福之重，讵甚建幢"，故"在郡城西山顶上，营造七层之宝塔，以九舍利置其中，金瓶外重，石椁周护"。这方塔铭是横山佛迹的重要文献，也是碑刻中的精品，由司户严德盛撰、司仓魏瑗书。范成大还看到过，特记一笔，《吴郡志·郭外寺》说："山顶有塔，隋人所书塔铭，碑石完好，字画秀整，绝类虞、褚。大抵隋人书法，兼传晋宋间造意，甚可珍。"

此塔经多次修葺，北宋太平兴国三年（978）又修，李根源《吴郡西山访古记》卷二说："塔砖正书阳文曰'宋太平兴国三年戊寅岁重修楞伽宝塔'，字体极刚健。"明正统、崇祯时两度修葺，张世伟《重修上方塔碑记》说："历唐宋迄我明，修废不一，可考者，易塔心木，木穷而刻砖见，并见珠宝、舍利等物，则大明正统年间事焉。其再毁则崇祯壬申之六月，再修则丙子之五月，发愿于孟舒居士张讳世俊，而伟续成之者。工始于丙子九月，取相轮诸铁，毁而未尽，毁者辘轳下之，丁丑四月完铸工，八月上塔心，修第七层。戊寅春修六层、五层、四层，秋修三层、二层。己卯迄庚辰春，完第一层。"此塔虽历经修缮，但塔身结构基本为宋代风貌，全用砖砌，外观似一重楼木塔形式，七层八面，塔刹早毁，仅以葫芦结顶，经千百年岁月风霜，更显苍老古朴。

楞伽寺之名，最早见唐人诗，白居易有《自思益寺次楞伽寺作》，张祜有《题苏州楞伽寺》，许浑有《题楞伽寺》等。其被称上方寺，则已在北宋以后，朱长文《墨池编》卷六著录"隋姑苏上方寺舍利塔铭"。范成大《再游上方》云："僧共老花俱在，客将春雁同回。范叔一寒如此，刘郎前度曾来。"故横山寺院所在的一段，又称楞伽山、上方山，皆由寺名而来也。

会昌灭佛，寺毁，咸通九年（868）重建。入宋后，宝积寺与上方寺并存。周必大《壬辰南归录》说："甲申，大风，至能具饭讫，同跨马游横山宝积寺，寺亦唐馀，本朝祥符中赐额，闻丁谓当国，念其贫，故界此名。有五代时吴越国碑，称宝大二年，亦足证钱氏尝改元矣。寺旁乃唐致远先陇，五代以来接续葬一山，平江世家惟此为久。次登上方教院，在山之巅，即楞伽塔也。望太湖弥漫，石湖仅如断港。有隋大业四年碑，字画类虞书。"至于治平寺，原址在茶磨山下，旧名楞伽寺，北宋治平元年改今额。此后上方（楞伽）、宝积、治平三寺并存，明洪武初，宝积归并治平，其名不废，故所记咏建筑、古迹，时有互见。

明初，谢晋有《题宝积寺八咏》，分咏清镜阁、楞伽室、青莲峰、白云径、双冷泉、翠微亭、先月楼、玩古轩。《石湖志·梵宫》记上方寺，则说："始由宝积寺前行，半里许至半山亭，又半里许至翠微亭，入山门左右历级而上，高二十尺为观音殿，殿后又左右历级而上，高如之，为五显神祠，祠后即塔也。观音之左为方丈，有白云楼，右有猛将庙，馀有白云径、清镜阁、双冷泉、楞伽室、藏晖斋、先月楼、青莲峰，皆穿崖倚壑，扶秀探奇，疑非人境也，古今名人多有题咏。"翠微亭在山门前，在亭中四望，景色如画。《石湖志·宫室》说："翠微亭，在上方寺前。伫立四望，石湖胜景，举在目前，南则太湖万顷，渺茫无际，依稀见吴江孤塔之尖，东望点墨一螺，即昆山也。宣德元年，吴县某官重建，改名望湖，则谬矣。"然望湖亭已成事实，杨循吉有《题上方望湖亭壁》，文徵明有《五月望日登望湖亭》等。因为望湖亭是延揽石湖风月的好地方，在那里题壁的人很不少，褚人穫《坚瓠戊集》卷三"望湖亭绝句"条记了一件事："吴俗好游，遇春花秋月，名山胜景赏玩必至，四方辎轩君子过其地者，无不游览。以故回廊粉壁，写怨抒怀，题咏殆遍。有善谑居士题楞伽山殿壁二绝云：'望湖亭在太湖西，多少游人胡乱题。我也胡题题一首，待他泥壁一齐泥。'又，'多时不见诗人面，一见诗人丈二长。不是诗人丈二长，缘何放屁在高墙。'见者绝倒。"此亦足为涂鸦者戒。

治平寺前有越公井，即吴王大井，周必大《壬辰南归录》说："游楞伽治平寺，僧房有日观，稍佳，门外八角大井，视石栏刻字，云隋开皇十年杨素开。"范成大《吴郡志·古迹》说："越公井，今在治平寺前山冈上，径一丈八尺，石栏如屏绕之。上有刻字，多不可辨。又有唐广明元年（880）僧茂乾《述大唐楞伽殿后重修吴朝大井记》，略云，惟兹巨井，《吴志》：坐当横山艮位，越来溪西百步，隋开皇十年，越国公杨素筑城创斯井焉。时屯师孔多，日饮万人。迩来三百馀年，邑则可改，其道不革。按，此即是杨素井。盖素既平陈，尝迁吴郡于山下，至今谓之新郭。茂乾《修井记》题首乃云'吴朝大井'，盖传袭之误，僧辈不能辨也。"南宋淳祐二年（1242），临安知府赵与𥲤建亭于井上，亲书"洌泉"两字匾之，施清臣因作《建吴井洌泉亭记》，认为是"吴朝大井"而杨素疏浚，他说："顾瞻此井埏土内甃，潭焉一规，衡石外围，觚焉八锐，旁留识勒，模款可辨。首建唐楞伽殿后重修吴朝大井，乃广明元年二月，笺演僧茂乾为之记。法镜禅师初造其寺，井则《吴志》言当横山艮位，越来溪西百步，隋开皇十年，越国公杨素筑城浚之，唐刻颠末如此。"隋人刻字在井口圆石板上，据民国《吴县志·金石考一》引《吴郡金石目》，凡二十四字，"大隋大业七年辛未岁七月甲申朔二日乙酉造，邑主王以成"，作八分书，径六寸许。此井迄在明初已废。永乐二年（1404），朱逢吉来访，《游石湖记》说："观吴之洌泉及深沙神池，泉池所甃石已撤毁，所存潢潦一洼而已。"《石湖志·山水》说："今井在治平寺西南房菜圃中，正当拜郊台下。四十年前亦尝见石栏八角者，今皆不存，惟水一泓而已。"明人称井为第四泉，李诩《戒庵老人漫笔》卷五"第四泉"条说："苏州楞伽上方山治平寺天下第四泉有六角石栏，刻字上。"

治平寺在明代中叶为最盛，《石湖志·梵宫》说："随冈阜高下而为台殿，僧房凡十所，曰环翠轩，曰深秀堂，曰湖山堂，曰永庆堂，曰云深处，曰得月轩，曰足庵，曰枫岩，曰西林，曰中隐，林木蓊蔚，泉石清幽，有八咏，为石湖梵刹之冠。"嘉靖元年（1522），寺僧智晓建石湖草堂。蔡羽《石湖草堂记》说："辛亥之秋，今天子践阼之初，治平僧智晓方谋卜筑，事与缘合，乃诸文士翕至，赞助经画，不终朝而成。明年改元嘉靖壬午，王子履吉来主斯社。爰自四月缩版，尽六月，九旬而三庑落成。左带平湖，右绕群峦，负以茶

磨，拱以楞伽，前荫修竹，后拥泉石，映以嘉木，络以
薜萝，翛然群翠之表。于是文先生徵仲题曰'石湖草
堂'，王子辈以记来属。"其中有竹亭，唐寅有《治平禅
寺化造竹亭疏》。竹亭坐落竹林中，翠幄张天，最是幽
寂。蔡羽《石湖草堂后记》说："以吴之胜，湖得其小
矣，湖之胜，竹得其小矣，然而皆全焉。湖之观，非楞
伽之亭不获尽，至于风雨不侵，人声不至，岩峦巉屼，
阴翠蒙翳，暑多其凉，雪多其煦，晨作暮休，怃心醉
睐，谓亭克尽之乎，微是堂将无归夫。"嘉靖三十三年
（1554），文伯仁绘《石湖草堂图卷》，描写了石湖草堂
及周边的景色，湖上有一叶扁舟，两岸卧虹贯渡，山径
迂回，山门前寺僧虔诚拱立，似迎候施主状，门后石级
缘山而升，草堂掩映于郁郁松林之间，堂上老者端坐，
正欲运笔挥毫。正因为石湖草堂与正德、嘉靖间苏州文
人有相当因缘，后人立五贤祠于寺内西南房，祀唐寅、
文徵明、王守、王宠、汤珍五人。至清乾隆二十七年
（1762），高宗南巡，御书题治平寺额曰"水观澄因"，
联曰："户外一峰秀，阶前众壑深。"又联曰："峰顶香
云凝妙鬘，湖心宝月印摩尼。"

治平寺旧藏苏轼手帖二纸，《石湖志·翰墨》说：
"东坡先生与巴县治平寺僧二帖墨迹，今藏石湖治平寺，
赵文敏公及本朝名人皆有题跋，为山中传世之宝，僧辈
秘藏，不敢轻出示人，恐为豪有力者取去。人或曰，成
化辛丑被锦衣王千户取去矣。"苏轼之帖并非与横山治
平寺僧，因与巴县治平寺僧有关，故而珍藏。寺中又藏
宋释巨然山寺图，《清河书画舫》卷七下著录："巨然山
寺图，绢本细山水，所谓淡墨轻岚、自为一体者乎。后
有虞集、杨维祯、钱甫、吴宽、沈周、陈蒙、文徵明
诗，马愈、陈淳同观。旧藏治平寺中，今归太仓周氏，

余屡见之。"吴宽云："盖巨然此图，摹写山寺景物，殆预为治平设也。"巨然所画也非治平寺，因藏于治平寺，故也被误为画的是治平寺。

卢襄《石湖志略·梵宇》说，宝积寺"为石湖梵刹之冠，唐人如罗隐、白居易、许浑、皮陆俱曾留题"。唐人所咏者，皆楞伽寺，当时尚未有宝积之名。至明嘉靖时，"寺今渐废，为人葬地，所存者正殿耳"。至晚近仅存遗址了。李根源《吴郡西山访古记》卷二说："出紫薇村，俗呼司号街，寻宝积寺遗址，在紫薇坞中，已废，墙基半存，顾、陆、欧姓界石插遍矣。"

茶磨屿东南有观音岩，有深池在峭壁下，两崖壁立如削，萝木交映，崖间跨以石梁，池水大旱不竭，流丹浸碧，丘壑静深，诚然也是山中景物清胜之处。观音岩又称普陀岩，又称妙音庵、潮音庵、海潮庵，俗称石佛寺，相传南宋淳祐间尧山主开山，有石观音造像一尊，高丈六。郑元祐《石湖十二咏·观音岩》云："碧潭通海眼，崖设大士座。宛如访天台，石梁飞度过。"陈基《观音岩》云："补陀原是海中山，谁遣移来此地安。岩下碧潭常浸月，云根瑶草不知寒。波涵南国秋千顷，景薄西山日半竿。为问此行诗几首，一时收拾与人看。"佛境深远，令人如闻梵音。明洪武中重建，有"石湖佳山水"额。永乐初，朱逢吉《游石湖记》说："崎岖而下，入面湖佛祠，祠裂巨石凿岩洞，幽邃清绝，杂树荫翳，樛枝交其上，岩下泉一池，黝碧深百尺许，鱼洋洋游其中，飞石梁其上，逾数仞。过此而北，岩中立石，斫大士像。前为小轩尤奇，因少憩。"《石湖志·山水》说："石观音岩，在茶磨山下，面临石湖，就岩石琢大士像，立于陡崖裂罅之间，庇以危亭，有水一泓，下视沉沉，静深莫测。跨石为桥，长二丈许，护以扶栏，过者股慄眩视。左右绝壁巉岩，寒藤古木，蔽亏掩映，清气洒然，殆非人景，俗呼为小补陀。前有佛殿，山门临通衢，亦有僧房数间，规制小巧，甚可人意。"

崇祯四年（1631），郡绅申用懋倚山构阁，重建大殿，更名妙音禅院，汤传楹《七子游吴山记》有比较详细的记述："因傍湖而行，游妙音禅院。院背山而立，忍殿后即为山根，平波磐礴，石壁兀起，其下汇为石池，方广数尺，水中落叶纵横，不鉴人影。旁有石门，方寸出水上，不测何许长，亦不测泉底深浅。灵长语予，相传此间为吴夫差葬地。予思夫差国破台焚，生死一剑，不荡为荒烟腐草，亦已厚幸；彼长颈乌喙，肯为之凿山筑室，作此千年计乎？当缘阖闾葬虎丘剑池下，致后人附会为此说耳。从其旁级而上，得一石屋，为古石佛涧，筑坂作池，压岩成梁，都无槛柱垣闼之类，其前仅置朱扉一扇，以蔽风雨，其中就壁刬为莲瓣形，位大士像，其侧累石崚峋，多出人工补缀，其下临石池。此间即非深山，静同太古，可忘昏晓，不惟悄无人声，兼绝不闻鸟声。予与二子顾而乐之，支颐倚石，坐蒲团少憩。更上为补陀岩，一兰若，窗户静掩，窄廊仅容一人往来，三子复倚栏，信口评古人诗文，孤云澹对，益助幽赏。"

乾隆二十五年（1760），高宗南巡，驻跸灵岩寺，书赐石佛寺额曰"普门香梵"，联曰："愿力广施甘露味，闻思远应海潮音。"又赐海潮庵额曰"海潮"。当事又将乾隆二十二年（1757）高宗南巡御制诗《罢渔》刻碑，置于庵中。至咸丰庚申毁，后又重建。李根源《吴郡西山访古记》卷二说："至海潮寺，古名妙香禅院，额潘遵祁书。旧寺毁，新建数楹，有乾隆丁丑御书《罢渔诗》碑。普陀岩摩崖三段，一乾隆诗，馀剥泐不明，都元敬'小天台'三字摩岩已无存，上为石观音阁。"
"文革"初期，庵又遭毁，观音造像上部不知所在，一
九八六年才从涧底捞出，得以整修如旧。

这尊观音造像，乃宋代石雕作品。张朋川《苏州宋
代雕刻艺术》说："殿中的观音像为立像，通高二点六
五米。头戴高大宝冠，宝冠下部小而上部大，在宝冠正
面中央刻一尊小型的浮雕弥勒立像，顶戴包头披肩长
巾。观音像头型长方，双眉细长而弯曲，有一双丹凤
眼，鼻挺而鼻头大，嘴唇小而厚。在额头中央饰有圆宝
石（此观音头像上饰的宝石已失，留下圆凹孔），双耳
的耳垂有铛形装饰。佛像上的衣纹较低平，并且贴身。
右臂略抬，右手下垂，左手搭于右手腕上。此观音像这
些方面的特点，都是南宋观音造像具有的特点。"又说：
"佛像下半身衣服边缘刻的牡丹花卉图案，为宋代全株
花牡丹的典型样式。这种样式的牡丹纹常见于宋代瓷器
的装饰纹样中，进一步证明了此石观音像为宋代遗物，
为江南罕见的大型宋代圆雕像。"如此说来，这尊观音
造像与甪直保圣寺罗汉一样，都具有重要的文物价值。

行春桥西本有盟鸥亭，亦称御碑亭，置宋孝宗赐范
成大"石湖"两大字碑，岁久废圮。弘治六年（1493），
吴县知县史俊重建。七年（1494），继任者邝璠即亭改
石湖乡贤祠，于御书碑后立神主奉祀之。莫震纂、莫旦
增修《石湖志·图像》有石湖乡贤祠图，祠之建筑体量
较大，做长方形，仿佛敞厅，歇山顶，四角发戗，升阶
而上，周围以栏，门悬"石湖乡贤祠"额，正中须弥座
列十三位神主，两侧有楹联曰："奎壁增辉，宸翰有碑
传不朽；山川出色，乡贤名世祀无穷。"祠之大意尚在，
惟孝宗御书"石湖"两大字碑并非在乡贤神主前，而另
置于御书亭。这也不难解释，《石湖志》刊刻已在正德、

嘉靖之际，御书碑已移置范文穆公祠，为存历史记忆，故图绘如此，此亦为古人实景图所常见。

莫旦《石湖乡贤祠记》说，祠中入祀二十三人，而据《石湖志》之《图像》、《乡贤》记载，入祀则十三人，依次是范成大、莫子文、盛逮、郁新、吴文泰、朱应辰、陈尧道、莫礼、张琦、莫辕、盛启东、许斯温、莫震，图文完全一致。几乎与此同时，石湖东南莫舍绮川亭亦为祠祀之所，《石湖志·祠祀》说："绮川亭在莫舍村，范文穆公别墅之一也。洪武中，里人莫芝翁建奉文穆及广德知军莫子文二位，久废。弘治六年，吴江金知县洪重建，增奉文穆而下乡贤共一十二人，有记刻石。"去其重复，有薛某、莫谌、张瑆、张瑾、李鼎六人。乾隆《吴县志·祀庙》记石湖乡贤祠的入祀名单，也不一样，他们是范成大、莫子文、卢瑢、卢廷瑞、卢守仁、薛某、袁黼、袁㩝、顾亮、金问、莫谌、莫礼、莫辕、陈尧道、朱应辰、吴文泰、张琦、王行、李鼎、盛寅、莫震，仍不足二十三位。

嘉靖七年（1528），吴县知县苏佑重修石湖乡贤祠，增祀莫旦、卢雍。二十八年（1549），知县宋仪望再修，越五年遭倭寇之难被毁。万历九年（1581），知县傅光宅重建，又增祀卢襄、袁袠、王宠。

就在邝璠建石湖乡贤祠不久，卢雍在行春桥西茶磨屿东崖买地数亩，建范文穆公祠。卢雍字师邵，号古园，正德六年（1511）进士，授御史，尝巡按四川，有惠政，擢四川提学副使，未仕卒，著有《古园集》十二卷，并另撰《石湖志》，已佚。其弟卢襄字师陈，号五坞山人，嘉靖二年（1523）进士，历官陕西右参议，著有《石湖志略》一卷，今存嘉靖刻本，卷首有《石湖山水之图》，可见当年石湖全貌，全书分本志、流衍、诸山、古迹、灵禀、物产、灵栖、梵宇、书院、游览十目，简核有法，乃属石湖重要文献。卢氏兄弟故家在石湖南周村，故卒后均入祀石湖乡贤祠。

范文穆公祠落成于正德十六年（1521），移置昆山石湖书院旧额，故又称石湖书院。卢襄《石湖志略·书院》说："昆山荐严寺之左，故有石湖书院，又有范公亭，盖公读书处也。其后大臣循行，至则莅焉，额虽存而人但知为抚臣行台而已。予兄弟家食时，往来湖上，每慨公宅里芜废，子孙罔闻，曰他日有馀力，当作书院，以祀公。正德戊寅，兄以御史在告，思毕往志，乃白于家君，请于有司，购茶磨山之地，作书院一区。郡守永康徐公赞以昆山旧额来揭之。经始于己卯，落成于辛巳。湖山负带，树木荫翳，称伟观焉。大学士王文恪公鏊为之记。予兄方图异时投老其间，谈道讲学，以淑乡之后进，不幸赍志而殁，有司并奉其主以配云。书院之设，其一别封限，其二妥神灵，其三宝宸翰，其四重手泽，其五给岁时，其六表休祥，其七择居守。"卢襄对这七条，作了详细解释。

关于卢雍所得并刻石范成大行书《四时田园杂兴》卷子，则可补说几句。此卷系范成大为抚州使君和仲书，毛晋辑《诗词杂俎》本《石湖诗集》一卷有范成大跋，曰："比尝《夏日》拙句，寄抚州使君和仲同年兄。使君辱和，甚妙，且欲尽得《四时杂兴》，今悉写寄。仆既归田，若幸且老健，则游目骋怀之作，将不止此，诗筒往来未艾也。石湖居士寿栎堂书。"卷子之归卢襄，亦颇奚巧，见王鏊跋，惜碑已漫漶，文字残阙。幸得上海古籍出版社吴建华点校本《王鏊集》，补遗有《石湖诗序》一篇，未注出处，其文字与跋相同，照抄于下：

"卢侍御师邵既作文穆公祠，欲求公遗墨刻之祠中，未得也。闻公尝为《田园杂兴诗》以寄其同年抚州使君和仲，刻之临川学宫，亦已毁于火。庚辰冬，客有自浙东携一卷来者，初亦不知其为贵，识者观之，曰：'文穆真迹也，出入苏、黄，典刑有在。'侍御闻，百方购得之。见其复有'卢氏家藏'四字，益惊且喜，曰：'岂故吾家物乎？'四字下有印章二，一漫漶不可复辨，一曰'建武军节度使之印'。宋世州刺史建节者称节度使。是卷岂即和仲家藏？和仲岂亦卢姓乎？未可知也。独念兹卷始藏卢氏，复数百年，兵火乱离，几经变故而以归焉。复归之卢氏，其不有数乎。岂文穆冥冥之中，来歆庙祀。鉴侍御之诚，特以其家故物完璧归之乎。乃手摹入石，嵌之祠之壁。辛巳五月，王鏊谨题。"

成大此卷，堪称诗字双绝，王世贞跋《范文穆吴中田园杂兴卷》说："此盖罢金陵阃以大资领洞霄宫，归隐石湖时作，即诗无论竹枝鹧鸪家言，已曲尽吴中农圃故事矣。书法出入眉山、豫章间，有米颠笔，圆熟遒丽，生意郁然，真足二绝。"祠壁石刻，亦为观者所难忘。华钥《吴中胜记》记至石湖，"桥右有亭，亭右有石湖书院，宋参政范文穆公成大之归隐也。书院有文穆《田园杂兴》六十首，翰墨流丽，风裁可想"。姚希孟《登尧峰诸山记》也说："还至行春桥，第礼范文穆公祠，读残碑所刻田园诗数首。"

岁久祠坏，万历四十年（1612）参议范允临重建。陈继儒《重建范文穆公祠堂记》说："范文穆公祠，创于侍郎卢公雍，在茶磨山北，行春桥西，有司岁时俎豆如仪，而久且莫废。自学使范公允临来游，得一穿碑于丰草萦蔓之中，宋阜陵手书'石湖'宸翰岿然在焉，于是始复故址，而学使方叱驭滇南，吏事鞅掌，未遑也。既捐产五百亩以益义田，修文正、忠宣遗庙事竣，乃命

犹子必溶复建文穆公祠，而从孙弥裕为任董庀。祠有重
奎堂、寿栎堂、天镜阁、说虎轩、玉雪坡，皆创建洗
剔，顿换旧观，中祀文穆公像，而奉光禄少卿公惟丕、
乡贡士公允谦左右侑食焉，盖学使之父若兄也。"

崇祯十二年（1639），江苏巡抚张国维重修。嘉庆
二年（1797）范来宗又修，来宗《重建石湖文穆公祠
记》说："本朝乾隆十六年后，庄费不足，祠屋日颓。
宗乙酉归田，清理义泽，渐有储馀，爰商重建，鸠工庀
材，计费千缗，制加坚壮，不日竣事。郡侯任晓村先
生，政暇来游湖上，见祠旁有馀地，因捐廉建天镜阁，
艺花叠石，有亭有池，以为登眺游憩之所，俾先哲风
流，依然未坠。"

范文穆公祠毁于咸丰十年（1860）兵燹，同治间重
建。一九二六年，李根源来访，《吴郡西山访古记》卷
二说："至先贤范文穆公祠，额潘志万篆书。入门有万
历年'荣光奕世'横刻置地上。二门壁砌二石，左右分
三层，上刻篆额，仅见'皇宋'两篆文，中刻宋孝宗赐
文穆'石湖'两大字，钤御印，下层模糊，惟'大拜手
稽首谨记'数字尚明，必为文穆自记御书之文，右石则
全剥矣。中堂奉宋参知政事资政殿大学士开国侯赠少师
崇国公谥文穆范公讳成大神位，两壁嵌六尺高文穆《田
家杂兴》诗碑八块，末附至正辛巳长至鄱阳周伯琦、正
德辛巳五月王鏊、正德十六年都穆三跋。伯琦使吴，为
张士诚留参政事。堂正面右壁嵌二石，一《重修石湖范
文穆祠记》，嘉庆三年文正二十四世孙前史官来宗记，
钱唐吴锡麒书；左二石，《天镜阁记》，嘉庆三年郡守任
兆炯撰，王文治书。"

及至"文革"，祠几遭毁，碑石星散。二十世纪八
十年代重又整理土木，有门厅、正厅、享堂等建筑，壁

间嵌置新旧碑刻，旧石稍完整者仅"荣光奕世"横刻，《天镜阁记》后半石，《四时田园杂兴》七方，其他都残阙。虽然其规制远逊明清盛时，但地仍原处，加之湖光山色，旖旎秀美，不失为怀古吊贤的清静之处。

二〇二一年九月一日修改

破山清晓

　　常熟虞山古名乌目山，状如卧牛，故又名卧牛山，襟江带湖，风物清嘉，尤是山脉蜿蜒，半抱城邑，因此而有"七溪流水皆通海，十里青山半入城"之说。历来名胜佳处，都有凑数的景点，虞山也有十八景，其中"破山清晓"一景，凡读过《千家诗》与《唐诗三百首》的都知道它的由来。唐开元间诗人常建有一首脍炙人口的五律——《题破山寺后禅院》，诗云："清晨入古寺，初日照高林。竹径通幽处，禅房花木深。山光悦鸟性，潭影空人心。万籁此俱寂，但馀钟磬声。"这首诗确乎写得格调高古，在盛唐山水诗中独具一格，此刻此景此情，诗人似乎领悟了空门禅悦的奥妙，摆脱了尘世间一切烦恼，如山林里的飞鸟，自由自在，无忧无虑，大千世界似乎是一片寂静，惟有钟磬之音，这悠扬、洪亮的佛音引导人们进入纯净恬悦的境界。"竹径"两句妙在意外，尤被后人称道。欧阳修《题青州山斋》便说："欲效其语作一联，久不可得，乃知造意者为难工也。"在江南的许多园林庙宇，我都见过这副现存的楹联：

"竹径通幽处，禅房花木深。""竹"字也有写作"曲"字的，私下也很佩服改字的工于造意。

破山寺因坐落虞山北麓破山之上而得名，破山即世传因龙斗而形成的深涧，也称斗龙涧、破龙涧。寻寺之滥觞，远在南齐，邑人郴州刺史倪德光舍宅为寺，初名大慈，梁大同三年（537）改名兴福。唐咸通六年（865）懿宗赐大钟，九年（868）赐"兴福寺"额。千百年来，香火不绝，乃是名闻遐迩的江南古刹。

到常熟的第二天，友人便陪我去领略这"破山清晓"。

晨雾初散，虞山在一片鸟声里。远望山坳深处，黄墙黑瓦的一群建筑，仿佛被绿色浸湿了，比起宁波天童寺、杭州灵隐寺，这破山寺是小了，但绝非那种一殿一佛一僧人的荒村野寺。小则小矣，却古意盎然，且看寺前的参天大树，枝繁叶茂，至少都有几百年的历史了。踏上石桥，渡过破龙涧，涧水哗哗，据说每逢雨后，山瀑飞腾，水声隆隆，呼啸而过，令人惊魄。这道破龙涧就仿佛划断了红尘世界。

寺以诗名，常建的一首诗平添了兴福寺多少光彩，因"潭影空人心"句，寺内便有空心潭与空心亭。空心潭，乃破山涧奔泉流入寺，潴为深潭，水质清冽，可供煮茗。潭前衔一小池，池呈荷叶状，池周黄石堆砌，高低起伏倒映水中，宛若图画。潭与池中曾产无尻螺，传说常熟特产的绿毛龟，也首先在这里发现。潭畔有亭，系因潭而建，故名空心亭，构制精巧，飞檐凌空，曲廊环抱，四周植有古柏修竹，丹枫金桂，幽雅别致。亭内有篆额"空心亭"三字，为华阳洪钵畦次子所书，据说洪子书额时年仅十三岁，然写得苍劲古朴，可见书法功力之深。另又有日照亭，取常建诗"初日照高林"句，在寺北山坡上，正峰回路转，有亭翼然，亭周老松繁茂，怪石嵯峨，身在此亭，可俯视全寺景色，亭内石刻"日照亭"三字，为该寺高僧持松所书。在大雄宝殿东，又有米碑亭，亭壁嵌碑，乃米芾书常建那首五律，洒脱俊秀，摹刻也可谓神品，故人称"三绝"。

破山寺以破山名，何故又称兴福，经僧人指点，终于明白了。在大雄宝殿里的西北角上，有一石大如伏牛，纹筋暴出，左看像一个"兴"字，右看又像一个"福"字。梁代修建大殿时，发现此石奇特，便视为祥瑞，将寺名改作兴福，历代游客，都喜欢践踏此石，以示沾得吉祥，年长日久，石的表面光滑如镜。

在金刚殿左侧，有一救虎阁，也有一个美好的佛门故事。相传五代时寺内有一位百岁高僧彦周，某日午夜时分在阁中坐禅，突然听得阁下有吼声，只见一只老虎中箭负伤倒在地上，彦周便为之拔箭裹伤，放纵而去。不多时，只见一朱姓猎户追虎而来，彦周便向其宣讲戒杀放生之道，猎户感而改业。数日后，那老虎来到寺前，伏在桥上大吼三声，向高僧致谢，故至今寺东有伏虎桥。

泗水有盗泉，广州有贪泉，而兴福寺却有君子泉。在寺后石壁下端有一泉，其水不论汲用多少，未半日又盈满如初，干旱不涸，久雨不溢，人称它是大度如君子，清康熙时邑人曾倬题额"君子泉"。泉水甘醇，据说寺僧遇有贵宾，常用此泉来烹茶款待。

我和朋友在水榭里泡了杯茶，不知用的水，是来自空心潭，还是来自君子泉，总之很是甘洌，清风过处，荷芰低垂。

日已近午，便离寺归去，只见一位远道而来的僧人，扛着亮铮铮的禅杖，挑着灰布包袱，大踏步地走向寺门。

二〇二一年九月四日修改

站在阳台上南望，隔着滔滔东流的运河，就是宽阔的南门路，车水马龙，昼夜不息，路之南是一片高楼错落的建筑，夜来灯火烂然，如今已很难想象它的过去了。

苏州城南自盘门外至灭渡桥（今讹作觅渡桥），北沿运河一带，苏州人称为青阳地，或写作青杨、青旸、青洋，这个地名起于何时，已不可考，也许是民间的习惯叫法。清初那里是有名的赏荷去处，康熙时仁和人杨模《吴中竹枝词·观荷》云："画舫朱栏映碧纱，赏荷载酒兴偏奢。葑门城外青阳地，相对惟看解语花。"至晚清，甚至更早，那里就是一片坟场，荒冢累累，白杨萧萧，景象颇为荒凉。

甲午战争失败后的光绪二十一年（1895），中日两国政府在日本马关签订和约（史称《马关条约》），其中第六款约定："现今中国已开通商口岸之外，应准添设下开各处立为通商口岸，以便日本臣民往来侨寓，从事商业、工艺、制作。所有添设口岸，均照向开通商海口或向开内地镇市章程一体办理,应得优例及利益等亦当一律享受:一、湖北省荆州府沙市;二、四川省重庆府;三、江苏省苏州府;四、浙江省杭州府。日本政府得派遣领事官于前开各口驻扎。"根据这个条约,二十二年(1896)正式宣布苏州开埠。二十三年(1897)又签订《中日通商苏州租界章程》,辟青阳地一段为日本租界。

旧中国租界有两种形式,一种由一国单独管理,享有行政、司法等管理权,称专管租界;另一种由本国自主管理,其他签约国共同参与管理,称公共租界,又称通商场。苏州日本租界属专管租界,《中日通商苏州租界章程》第一条确定了它的范围:"中国允将盘门外相王庙对岸青阳(旸)地,西自商务公司界起,东至水绿(渌)泾岸边止,北自沿河十丈官路外起,南至采莲泾岸边止,照竖界石,作为日本租界。"面积共计四百八十三亩八分七厘六毫。各国公共租界的范围,东起灭渡桥苏州洋关,西至水渌泾,南至绵长泾,北至沿河十丈官路南,扣除洋关用地两方,实测面积四百三十二亩八分三厘二毫。日本租界,由日本国派驻苏州领事管理;各国公共租界,由苏州洋务局管理。

早在日本租界开辟前,一批日本商人已从上海乘船到苏州,居住在闾门外一带。租界开辟后,就纷纷到那里从事商贸活动。界内设领事署、警察署、小学、邮局、中村旅社、妓馆等,并建住宅公寓二十馀幢,筑横贯东西大道,又筑南北向小路与大道垂直,纵横道路遍植樱花。

就在苏州被辟为通商口岸后,官府就有意识地在城南规划经济开发区。在灭渡桥成立苏州关监督公署和苏州税务司署,开始与各国通商贸易;民族企业苏经丝厂、苏纶纱厂、恒利丝厂等建成投产。自日本租界和各国公共租界开辟后，苏州的外资企业特别是洋货代理企业更多了，有日资的大东轮船公司、繁乃家旅馆、吉原繁子旅馆、菜籽公司、蓬莱轩饼干公司、东洋堂、丸三药店，有英资的麦兹逊茧灶公司、老公茂汽轮公司、亚细亚油公司油栈，有法资的立兴汽轮公司，有意中合资的中欧缫丝公司，有德中合资的延昌永丝厂等。苏州府邮政总局也在灭渡桥成立，开展邮政业务。封闭的苏州古城，迅速向近代开放城市转进。近代工商业的发展，不仅标志着苏州城市的进程，并且改变了城南的面貌，烟囱高耸，厂房林立，盘门外、葑门外出现市廛繁华的景象。

关于青阳地，光绪二十二年（1896）春，俞樾作《青杨叹》，小序曰："苏州盘门外有地曰青杨，时于此创设缫丝、纺纱诸局，平治地基，掘出骸骨一万馀具，且有甚异者。余为赋此歌，以寄浩叹。"歌云："汉广川王好田猎，境内古坟皆被搰。魏王铁冢掘到泉，袁盎瓦棺穿见骨。后来炀帝开汴河，汴堤冢墓伤残多。千载大金仙蜕骨，亦遭浩劫无如何。尝疑此事未堪信，小说家言难尽听。谁料吴中真有之，古事茫茫今可证。一从机器西洋来，纱厂丝厂同时开。盘门城外青杨地，千夫椎凿声如雷。哀丘莽莽无封树，旧是义园丛葬处。闪烁青磷黯有光，纵横白骨森无数。冢中枯骨亦太奇，或黔或赭或则黟（骨色不同，或云地气使然）。或为白鼠走踯躅，或为赤蛇蟠躨跜（皆冢中所有者）。更有一坟完且固，巨灵力擘才呈露。中有楩楠两具棺，不知何代何人墓。一时吴下偏传闻，倾国来看冥漠君。名流凭吊孙王冢（盘门外孙王墓，或云孙坚，或云孙策，宋滕宬有记，明卢熊有辨，今相传亦被发，然实无据也），妇竖喧传阁老坟（得楠木棺二，父老相传云王阁老坟，然明代王文恪公鏊墓在东洞庭，王文肃公锡爵墓在阊门外，则此亦不足据）。岂无义士同陈向，枯骸八万将收葬（尤中书先甲主锡类善堂之事，使人检拾掩埋，然日不暇给也）。数十轻舠载不完，半填沙土半随浪。呜呼重泉一闭便千秋，谁料中郎善发丘。剧贼如逢朱漆睑，谶言岂应刘黄头。阴风惨淡无从绘，每过午时天必晦（自正月来大率如此）。今宵雨雪昨宵雷（二月初五日大雷电，初六日大雨雪），人事天时吁可慨。才完商局又洋场，日夜丁夫奋搤忙。道畔髑髅如解语，莫将至乐傲侯王。"

当时苏州士大夫咏青阳地者很多，反映了那里的历史、开辟、迁坟、建设等，抄录几组于下。

王慎本《青阳地竹枝词》云：

"侧身南望不胜愁，沧海桑田一转眸。可惜吴都清凉地，顷来云气结高楼。"

"当年帝子住临安，吴水盈盈接越蛮。灯火六街民万户，繁华富盛说胥盘。"

"伪王坚壁抟泥丸，割据年年闹鼓鼙。一火齐云楼已倒，将军于此筑鲸鲵。"

"麦饭何人哭北邙，累累碑碣对斜阳。绝怜一片膏腴壤，不种青秧种白杨。"

"□埋素禁莠民顽，今日科条一例删。白骨髑髅遭浩劫，玉鱼金碗出人间。"

"隐隐秋坟有哭声，青磷来往暗还明。一翻掩骼埋胔案，□吏居然得重名。"

"浒墅荒凉锁白云，捐民水卡设纷纷。明年又设洋关后，赋税先商金几分。"

汪述祖《苏州青阳地吟》云：

"金阊自古说繁华，比拟青阳地尚差。雨雨风风三月暮，清明有客不思家。"

"和议新成互市开，忽教平地起楼台。三吴繁盛行消歇，渐见东瀛估客来。"

"佳城何处卜牛眠，旧冢累累一例迁。那似杭州张道士，灵祠香火自年年。"

"粥粥群雌去复回，楼头瀹茗笑颜开。莫言柳絮轻狂甚，半是斯饥季女来。"

秦福基《青洋地竹枝词》云：

"马关四埠约通商，李相和戎气不扬。独落旧圩逢劫数，苏垣划地在青洋。"自注："独落圩。"

"广仁义冢一朝休，枯骨纷纷日夜收。可笑好奇成癖者，犹将古董暗中搜。"自注："广仁阡。"

"西式洋房起水滨，苏经厂外又苏纶。利权持不太阿倒，共让状元领袖人。"自注："公司丝纱厂，陆凤石相国等创办。"

"不分短陌与长阡，都把砖沙处处填。十丈沿河开道路，开轮待发马加鞭。"自注："开筑马路。"

"苍凉古庙说天坛，一旦相将胜景看。门外行人成海市，蜃楼不幻构何难。"自注："天坛庙。"

"茶棚改造瓦房幽，五字招牌金耀眸。直上青云称捷足，春风得意又成楼。"自注："华界茶室。"

"华夷尚少集新关，税务叶君到此间。未造洋房先赁宅，卯金旧第得千镪。"自注："苏新税关。"

"共道盘蛇冷水多，孰知今日热如何。吴门桥下人声沸，小火轮拖官舫过。"自注："冷水盘门。"

"办理洋场拟十条，足征罗道识才超。当年记否英公廨，竟敢扭胸独建标。"自注："洋务局。罗少耕观察前往上海，充英公堂会审，因案扭洋员之胸。"

"南面澹台北枕城，通仙桥畔水流清。应疑徐福东瀛返，居得利津丹诩成。"自注："澹台湖通仙桥。"

"东西划界最分明，蓺水回环密渡营。恼煞相王千古庙，桑田沧海者番更。"自注："密渡桥营垒相王庙。"

"小旗红白插当风，云是欧西与亚东。领事已临须擘画，欲将沪上比来同。"自注："划界标竿旗。"

张一麐《青阳地竹枝词》云：

"无穷心绪触沧桑，一霎千秋石火光。犹忆放翁诗自好，满川鼓吹入盘闾。"

"张王崛起亦英雄，猿鹤虫沙一劫中。遂使前朝歌舞地，秋来磷火闪青红。"

"荒冢垒垒不计年，红颜白骨等黄泉。山丘零落墟烟绝，可有人来舍纸钱。"

"千年遗蜕埋幽壑，一纸官书辟广场。故鬼无灵新鬼大，红毛碧眼尽披猖。"

"佳城负郭本非宜，凄绝阳明瘗旅词。终是太平官吏事，他年免遇摸金时。"

"老人结草恩曾报，杜伯弯弓怨亦伸。厉鬼有时能杀贼，愿君毋祟此邦人。"

"陵谷迁移事偶然，从今车马更喧阗。吴侬喜作诙谐语，冷水盘门热水船。"

"群工邪许运风斤，画栋高飞陡入云。不见春申江浦上，电灯如月白无垠。"

"寸丝尺缕焕红女，何似机轮百倍加。南国蚕桑中土宝，要将价夺米囊花。"

"范蠡湖边景色幽，吴江东去浙西头。缘知今岁中秋夜，串月还应看赛舟。"

"遥空蜃气结楼台，酒地花天孰主裁。寄语吴中诸子弟，销金一窟又安排。"

"白云苍狗太荒唐，旷野偏成一哄场。十万弥罗弹指合，生天何必铁轮王。"

青阳地自辟日本租界后，确乎一度热闹，《点石斋画报》有一则《冶游海淫》的报道："苏州青旸地一带，自日本开辟租界以来，市面虽日见兴旺，而烟户寥寥，尚多荒地。吴人囿于耳目，已诧为热闹之场得未曾有，以故倾城士女挈伴出游者，扇影衣香，络绎如织，而游手好闲之辈亦多错杂其间。"另一方面，因为日本人的关系，不少苏州人对那里很忌讳，包天笑《钏影楼回忆录·外国文的放弃》就说："青旸地却是苏州一块荒僻地方，苏州人谁也不和日本人有什么交易，这地方冷冷清清的，鬼也不到那里去。虽然日本人到苏州来的不少，却只在城里做一点小生意。"

好景不长。光绪三十四年（1908），沪宁铁路全线通车后，阊门商市复兴，青阳地就开始萧条起来了。

退庵《吴门观感琐志》回顾了青阳地的盛衰过程："苏州市场，已盛衰屡移矣。当沪宁路未通之前，最热闹者为盘门之青阳地，该处为日本租界，当时戏院、书场（即女唱书，系各院之妓女，每日至茶园内会唱者）、妓馆等，均在日租界上，而烟间又多，故极盛一时，游女如云，夜中又辟夜花园，火树银花，金吾不夜，时余尚在幼稚也。迨沪宁路落成，钱万里桥之车站告竣，苏沪宁通车以后，市面又一变。阊门开辟马路，直达车站，自广济桥起，至新开河桥止，此一段内，百店林立，戏园、妓馆由盘移阊，城内士女游玩者，亦以路近争趋之。"（见《申报》一九二九年九月七日）

郑逸梅《逸梅小品·青阳地之残碣》也说："青阳地，在我苏盘门外，逊清时因倭人马关条约，辟为商埠者也。其时青阳地为全邑最繁盛之区，市廛栉比，女闾似云，昔人遂有'阊门过去盘马路，一树垂杨一画楼'之句，方诸珠帘十里之烟花胜地，无多让焉。不料事变沧桑，有出人意外者，长房缩地，疾走飙轮，盖京沪间之长车轨辙通行也，车驿设置阊门外，于是青阳地畔，莺燕纷飞，商贾徙易，竞趋黛桥昌亭，顿成闹市。青阳地日就荒芜，古道斜阳，徒见牧童踯躅。倭人虽力谋重振，某夏特开放桐荫园以招徕士女之游踪，然因途纡境僻，绝少览胜之流，卒以不敷开支而闭歇，'冷水盘门'之谚，固早有由来也。每岁暮春时节，倭领事署旁，夹道植樱，花白如雪，颇多雅人骚客来兹，平章玩赏，并于附近一吊宋蚱蜢墓，及汉破虏将军孙坚、吴夫人、子讨逆将军策墓，以为咏叹而已。"

关于那方残碣，郑逸梅说："近有自吴中青阳地来者，谓该地某户掘井，获一石碣，摩挲之，有文可辨，曰：'憔侥子，气骄骄，江海倒兮山岳摇；朝吹角，夜鸣刁，将军一怒走八幖……'以下残阙，不知作何语，亦无款识年月，味之似为今日倭寇之隐谶，文字古茂可诵。但'将军一怒走八幖'句，晦涩莫知所指。姑揭录之，便日后以觇应验与否也。"这方残碣，未见其他人提到，似可编入地方志金石录。

至民国初年，青阳地市面清冷，行人寥落，只是租界开辟后栽植的樱花树年年开花，每当花时，枝头烂漫如轻云，游人纷至沓来。郑逸梅《逸梅小品续集·樱花》说："我苏盘门日领署畔，樱花夹道，缤纷映丽，瓣缘微晕轻红，然自远望之，则一色纯白，似凝雪也。厥状如梅，但有梅之妍而无梅之韵致，且更乏香气，初蓓蕾时，亦不著叶，及花谢而嫩叶渐舒，则又与萼绿梅相类无异。予在苏时，曾驱车往赏之，奈已时序入夏，花半辞柯，因作《吊樱记》一文以志予感。"

一九二三年，郁达夫从上海来苏州，去看望住在葑门内严衙前（今十梓街）的施君。当时平门尚未开辟，从火车站到葑门，得绕道城外，经由钱万里桥，阊门外、胥门外、盘门外的大马路，而盘门外大马路，即青阳地的沿河官路（即今南门路址），然后过灭渡桥，经西街而进葑门。他在《苏州烟雨记》中说："起初看不见的微雨，愈下愈大了，我和沈君坐在马车里，尽在野外的一条马路上横斜的前进。青色的草原，疏淡的树林，蜿蜒的城墙，浅浅的城河，变成这样，变成那样的在我们面前交换。醒人的凉风，休休的吹上我的微热的面上，和嗒嗒的马蹄声，在那里合奏交响乐。"就在这雨中的马车上，他还口占一首新诗："秋在何处，秋在何处？/在蟋蟀的床边，在怨妇楼头的砧杵，/你若要寻秋，你只须去落寞的荒郊行旅，/刺骨的凉风，吹消残暑，/漫漫的田野，刚结成禾黍，/一番雨过，野路牛迹里贮着些儿浅渚，/悠悠的碧落，反映在这浅渚里容与，/月光下，树林里，萧萧落叶的声音，便是秋的私语。"

俱往矣，岁月无情，几乎已看不到一点旧时的遗迹，惟静静流淌的大运河还在，残存的城墙，给深绿色的杂树覆盖了，还有苏州关署的几栋西式建筑，作为文物保护着，其他都看不到了。

二○二一年十一月十日

苏州盆景旧闻

　　盆景，依藉人工，再现自然，使湖光山色、奇峰偃松毕陈于几席之间，较之造园置景，不仅是微缩，而且更有创意，具有"小中见大"的特殊之美。

　　盆景由来已久，浙江馀姚河姆渡新石器遗址出土一枚五叶纹陶片，就有植物载入器皿的图案。河北望都东汉墓壁画绘有一陶质卷沿圆盆，盆内栽六枝红花，置于方形条几上。这已是植物、盆盎、几架三位一体了。唐章怀太子墓壁画上侍女手持盆栽，其中有假山和小树。阎立本《织贡图》有进贡山石的情景，行列中有人手托浅盆，盆中有玲珑剔透的山石。这些都是盆景历史的图像记录。

　　唐宋时期，流行盆池，这是当时普及性盆景的主流。韩愈有《盆池五首》，一云："老翁真个似童儿，汲水埋盆作小池。一夜青蛙鸣到晓，恰如方口钓鱼时。"二云："莫道盆池作不成，藕梢初种已齐生。从今有雨君须记，来听萧萧打叶声。"黄公度《晚自东湖携藕花归儿辈争插盆池香艳不歇亦供两日嗅玩因成》云："怪底儿童无远图，埋盆注水插芙蕖，人心不作非真想，便觉东湖入座隅。"那是将瓦盆埋在地里，宛如小池一般，在盆中植莲，以作观赏。此后，瓦盆未必埋于地里，或架于石上，所植也不仅是莲，常见的有水竹、万年竹、石菖蒲、虎须蒲、吉祥草、运草、四季槐、火榴、天目松、芭蕉、棕榈、石斛、栀子等。同时，盆中有的以山石作点缀，有的索性以山石为主景，袁说友《植花于假山》云："岩石稜稜巧，盆池浅浅开。空山初幻化，方丈小飞来。屈曲清泉溜，参差细草栽。只今山在眼，着眼便徘徊。"陆游《盆池》云："人生何处不儿嬉，一世元知孰是非。汲井埋盆凿苔破，敲针作钓得鱼归。萧萧菰叶风声细，袅袅蘋花雨点稀。并舍老翁能喜事，为添拳石象苔几。"自注："盆池初成，邻人吴氏老送小石置池上。"李衎《竹谱·异形品下》说："予顷过一朋旧家，见盆池昆石上有小竹一竿，长六寸许，枝叶苍翠。"有的还放置一两个陶瓷小人，如僧人、渔翁、农夫之类，李新《磁钓翁》云："磁钓翁宁傍钓几，且当兀坐小盆池。模形陶氏不须怪，入手苍鲸未可知。风雨不渝端此志，江湖归去定何时。间惟秋水磻谿客，船入芦花笛卧吹。"至此，盆景已大致完备了，不但有讲求审美意象的树桩盆景，也有讲求审美意境的水石盆景。王十朋的《岩松记》，即为松树盆栽所作，而赵希鹄的《洞天清录》就提到将奇石置景的清供。宋元人又称水石盆景为些子景，陈亮《与朱元晦秘书》说："亮人品庸俗，本非山水好乐，此间亦无所谓山水可乐者，且于平地妆点些子景致，所谓随分春者是也。"刘銮《五石瓠》卷三"盆景"条说："今人以盆盎间树石为玩，长者屈而短之大者，削而约之，或肤寸而结果实，或咫尺而蓄虫鱼，概称盆景，想亦始于平泉艮岳矣。元人谓之些子景，亦韵。"

唐代苏州，造园已广泛采用太湖石。李绅《开元寺石》小序说："此寺多太湖石，有峰峦奇状者，顷年多游寓于此。及太和七年往来，皆不复到寺中，石大半亦无也。"李绅多年未至开元寺，而寺中之石"大半亦无"矣，可见它们已流散民间，被造园者取去点缀庭院或堆叠假山了。园林是艺术化地缩小自然，盆景则是艺术化地缩小园林，取园林一角半边之景缩于盆盎之间，以供赏玩。因此盆景的发展与造园中湖石的运用，极有关系。诗人顾况是唐苏州海盐（今属浙江）人，至德二年（757）在苏州刺史、江东采访史李希言榜下登进士第，从此宦游江南。他曾在苏州城里住过，朱长文《吴郡图经续记·园第》说："辟疆园唐时犹在，顾况尝假以居，郡守赠诗云：'辟疆东晋日，竹树有名园。年代更多主，池塘复裔孙。'今莫知其所。"顾况写过一首《苔藓山歌》，所谓苔藓山者，也就是盆景小山，在石上贴以苔藓。歌曰："野人夜梦江南山，江南山深松桂闲。野人觉后长叹息，贴藓黏苔作山色。闭门无事任盈虚，终日敧眠观四如。一如白云飞出壁，二如飞雨岩前滴，三如腾虎欲咆哮，四如懒龙遭霹雳。嶮峭嵌空潭洞寒，小儿两手扶栏杆。"这是水石盆景制法之一，至今仍然沿用。再说，顾况是擅长绘画的，张彦远《历代名画记》、封演《封氏闻见记》都有载记。园林和盆景，都以有画意者为上。

北宋后期的"花石纲"，给苏州留下许多湖石名峰。黄省曾《吴风录》说："自朱勔创以花石媚进建节钺，而太湖石一座得银碗千，役夫赐郎官金带，石封为盘固侯，垒为艮岳。至今吴中豪富竞以湖石筑峙奇峰阴洞，至诸贵占据名岛，以凿琢而嵌空妙绝，珍花异木，错映阛闉，虽闾阎下户亦饰小小盆岛为玩。"所谓盆岛，也就是盆景，这固然不是高门大族的雅好，他们的园亭别墅首先要的是奇峰异石，而小户人家的玩意儿，便是盆岛了。寺院僧人，亦以此为玩，元人丁鹤年《些子景》（为平江韫上人作）云："尺树盆池曲槛前，老禅清兴拟林泉。气吞渤澥波盈掬，势压崆峒石一拳。仿佛烟霞生隙地，分明日月在壶天。旁人莫讶胸襟隘，毫发从来立大千。"

随着苏州商品经济的发展，明清时期，虎丘山塘一带的花市十分繁荣，正德《姑苏志·风俗》说："虎丘人善于盆中植奇花异卉，盘松古梅，置之几案间，清雅可爱，谓之盆景。春日卖百花，更晨代变，五色鲜秾，照映市中。其和本卖者，举其器；折枝者，女子于帘下投钱折之。"相传其滥觞，可追溯朱勔子孙，黄省曾《吴风录》说："朱勔子孙居虎丘之麓，尚以种艺垒山为业，游于王侯之门，俗呼为花园子。其贫者，岁时担花鬻于吴城，而桑麻之事衰矣。"乾隆《元和县志·风俗》也说："虎丘人善以盘松古梅、时花嘉卉植之瓷盆，为几案之玩，一花一木，皆有可观。人家苑囿中，有欲栽培花果、编葺竹屏草篱者，非其人不为功。相传宋朱勔以花石纲误国，其子孙屏斥，不与四民之列，因业种花，今其遗风也。"这就形成了一个传统产业。

关于虎丘花市的盆景，袁学澜《吴郡岁华纪丽》卷三"虎阜花市"条说："种树多寄生接本，剪丫除肄，根枝盘曲，有环抱之势，其下养苔如翠毯，点以小石，谓之花树点景。又以高资石盆，增土叠小山数寸，多黄石、宣石、太湖、灵璧诸石为之，岩岫起伏，径路潜通，点缀山亭桥杠，空处有池沼，蓄养小鱼，谓之山水点景。"

　　无论是树桩盆景，还是水石盆景，除一般市货外，都受到士大夫审美观念的影响。文震亨《长物志·花木》专有一节谈到"盆玩"，主张盆景要追求画意，追求古朴之风："盆玩时尚，以列几案者为第一，列庭榭中者次之，余持论则反是。最古者以天目松为第一，高不过二尺，短不过尺许，其本如臂，其针若簇，结为马远之欹斜诘曲、郭熙之露顶张拳、刘松年之偃亚层叠、盛子昭之拖拽轩翥等状，栽以佳器，槎牙可观。又有古梅，苍藓鳞皴，苔须垂满，含花吐叶，历久不败者，亦古。"此外，他还谈到盆盎的选择和摆放的位置："盆宜圆，不宜方，尤忌长狭。石以灵璧、英石、西山佐之，馀亦不入品。斋中亦仅可置一二盆，不可多列。小者忌架于朱几，大者忌置于官砖，得旧石凳或古石莲磉为座，最佳。"这些见解，都是这位贵族鉴赏家的经验之谈。

　　苏州盆景一向讲究画意，清康熙间陈淏子《花镜·课花十八法》有"种盆取景法"，其中谈到苏州盆景："近日吴下出一种，仿倪云林山树画意，用长大白石盆或紫砂宜兴盆，将最小柏、桧，或枫、榆、六月雪，或虎刺、黄杨、梅桩等，择取十馀株。细视其体态参差高下，倚山靠石而栽之。或用昆山白石，或用广东英石，随意叠成山林佳景，置数盆于高轩书屋之前，诚雅人清供也。"可见当时苏州盆景高手，着意仿照倪瓒画意来制作。这样的假山水，竟可与真山水作比较，《徐霞客游记·粤西游日记四》记广远府城外香山寺，"寺前平地，涌石环立，为门为峡，为屏为嶂，甚微而幻，若位置于英石盘中者，且小峰之上，每有巨树箕踞，其根笼络，与石为一，干盘曲下覆，极似苏阊盆玩"。

　　明清时期，各地都以苏州盆景为尚，如万历时江宁

（今南京），顾起元《客座赘语》卷一"花木"条说：
"几案所供盆景，旧惟虎刺一二品而已。近来花园子自
吴中运至，品目益多，虎刺外有天目松、璎珞松、海
棠、碧桃、黄杨、石竹、潇湘竹、水冬青、水仙、小芭
蕉、枸杞、银杏、梅华之属，务取其根干老而枝叶有画
意者，更以古瓷盆、佳石安置之。其价高者，一盆可数
千钱。"如乾隆时扬州，据李斗《扬州画舫录·冈西录》
记载，苏州僧人离幻"好蓄宣炉砂壶，自种花卉盆景，
一盆值百金。每来扬州，玩好盆景载数艘以随"。宫中
好以盆景作妆点，高士奇《金鳌退食笔记》卷下说：
"凡江宁、苏松、杭州织造所进盆景，皆付浇灌培植。"
又"五月进菖蒲、艾叶、茉莉、黄杨树盆景"；"十月进
小盆景、松、竹、冬青、虎须草、金丝荷叶及橘树、金
橙；十一月、十二月进早梅、探春、迎春、蜡瓣梅，又
有香片梅，古干槎牙，开红白二色，安放懋勤殿"。清
圣祖六十大寿，进贡的盆景，就有万岁山呼盆景、群仙
庆寿寿山珐琅盆景、福禄寿三星仙山松竹盆景、万寿百
禄仙芝天然盆景、万寿十锦吉祥四时盆景、仙山珊瑚彩
石盆景、松鹤献寿珊瑚盆景、万寿长春瑞芝盆景等。圣
祖御制《盆景榴花高有数寸开花一朵》云："小树枝头
一点红，嫣然六月杂荷风。攒青叶里珊瑚朵，疑是移根
金碧丛。"想来这些供陈设、作贺仪的盆景中，定有苏
州织造采办于虎丘花市的佳品。

　　这就形成了一个良性循环，时风的好尚，让虎丘花
市更加繁荣。张英《吴门竹枝词》云："吴市花儿半塘
住，小小盆景索千钱。酒船摇向河堤看，三月家家卖杜
鹃。"杨模《虎丘竹枝词》云："山前多半卖花翁，茉莉
洋茶间鹿葱。白石长盆栽小树，俨然林壑是天工。"沈
朝初《江南好》词曰："苏州好，小树种山塘。半寸青

松虬千古，一拳文石藓苔苍。盆里画潇湘。"

盆景制作在苏州带有普遍性，诚如黄省曾说的"虽间阎下户亦饰小小盆岛为玩"。如《浮生六记》的作者沈复，就热衷于制作盆景，还时与妻子芸娘商略，《闲情记趣》说："余扫墓山中，检有峦纹可观之石，归与芸商曰：'用油灰叠宣州石于白石盆，取色匀也。本山黄石虽古朴，亦用油灰，则黄白相间，凿痕毕露，将奈何？'芸曰：'择石之顽劣者，捣末于灰痕处，乘湿掺之，干或色同也。'乃如其言，用宜兴窑长方盆叠起一峰，偏于左而凸于右，背作横方纹，如云林石法，嶙岩凹凸，若临江石矶状，虚一角，用河泥种千瓣白萍，石上植茑萝，俗呼云松。经营数日乃成。至深秋，茑萝蔓延满山，如藤萝之悬石壁，花开正红色，白萍亦透水大放，红白相间，神游其中，如登蓬岛。置之檐下，与芸品题，此处宜设水阁，此处宜立茅亭，此处宜凿六字，曰'落花流水之间'，此可以居，此可以钓，此可以眺，胸中丘壑，若将移居者然。"平时注意收集做盆景的石头，也成了沈复的习惯，《闺房记乐》记某年与芸娘、王二姑去西跨塘福寿山扫墓，过戈园，"芸见地下小乱石有苔纹，斑驳可观，指示余曰：'以此叠盆山，较宣州白石为古致。'余曰：'若此者，恐难多得。'王曰：'嫂果爱此，我为拾之。'即向守坟者借麻袋一，鹤步而拾之"。《浪游记快》记嘉庆六年（1801）春，沈复为借钱去上海，归途游常熟虞山，"拾赭石十馀块，怀之归寓"。

晚近周瘦鹃，更是一位享有盛誉的盆景家。早年数次参加在上海举行的中西莳花会展出评比年会，获得两次总锦标杯，一次特种锦标杯。一九四一年，他在上海王家库静安寺路口创设香雪园，展销自己的盆栽、盆景作品。一九五七年，与长子周铮合作的《盆栽趣味》，由上海文化出版社出版。一九五八年，上海科教电影制片厂为他拍摄了彩色纪录片《盆景》。他的晚年散文，不少有关于盆栽、盆景的，反映了他的盆景艺术和美学思想。

二〇二一年十一月十八日修改

二十四番花信风

"花信风"，乃应花期而吹来的风。程大昌《演繁露》卷一"花信风"条说："三月花开时，风名花信风，初而泛观，则似谓此风来报花之消息耳。按《吕氏春秋》曰：'春之得，风。风不信，则其花不成。'乃知花信风者，风应花期，其来有信也。"约唐五代时，江南就流行"二十四番花信风"之说，自昨年小寒起，至来年谷雨止，凡二十四候，每候有一番花信风，凡二十四番。叶秉敬《书肆说铃》卷下"花信风"条说："花信风自小寒起，至谷雨，合八气，得四个月，每气管十五日，每五日一候，计八气，分得二十四候，每候以一花之风信应之。"

北宋王逵《蠡海集·气候类》较早对"二十四番花信风"作了梳理："详而言之，小寒之一候梅花，二候山茶，三候水仙；大寒之一候瑞香，二候兰花，三候山矾；立春之一候任春，二候樱桃，三候望春；雨水一候菜花，二候杏花，三候李花；惊蛰一候桃花，二候棣棠，三候蔷薇；春分一候海棠，二候梨花，三候木兰；

清明一候桐花，二候麦花，三候柳花；谷雨一候牡丹，二候酴醿，三候楝花。花竟则立夏矣。"这"二十四番花信风"，泛指了江南花事与气候的关系。陈元靓《岁时广记·春》"花信风"条说："《东皋杂录》：'江南自初春至初夏，五日一番风候，谓之花信风，梅花风最先，楝花风最后，凡二十四番，以为寒绝也。'后唐人诗云：'楝花开后风光好，梅子黄时雨意浓。'徐师川诗云：'一百五日寒食雨，二十四番花信风。'又古诗云：'早禾秧雨初晴后，苦楝花风吹日长。'"

徐应秋《玉芝堂谈荟》卷十九"花信风"条说："按花信风，凡二十四番，阴阳寒暖，各随其时，但先期一日有风雨微寒者，是《吕氏春秋》称春之德风，风不信，则花不成是也。梁元帝《纂要》：'花信曰鹅儿、木兰、李花、杨花、桤花、桐花、金樱、黄芳、楝花、荷花、槟榔、蔓罗、菱花、木槿、桂花、芦花、兰花、蓼花、桃花、枇杷、梅花、水仙、山茶、瑞香。'然难以配四时，盖通一岁言也。《荆楚岁时记》：'小寒三信，梅花、山茶、水仙；大寒三信，瑞香、兰花、山矾；立春三信，迎春、樱桃、望春；雨水三信，菜花、杏花、李花；惊蛰三信，桃花、棠棣、蔷薇；春分三信，海棠、梨花、木兰；清明三信，桐花、麦花、柳花；谷雨三信，牡丹、荼蘼、楝花。此后立夏矣。'徐师川诗：'一百五日寒食雨，二十四番花信风。'崔德符诗：'清明烟火尚阑珊，花信风来第几番。'晏元献诗：'春寒欲尽复未尽，二十四番花信风。'此用花信风也。尹迁诗：'晓雨催花信，春衣污酒痕。'张泽诗：'春容将变腊，暖信已惊花。'则但言花信而不言风。蒋竹山词：'春晴也好，春阴也好，着些儿春雨越好，春雨如丝，绣出花枝红袅，怎禁他孟婆合皂。梅花风小，杏花风小，海棠风蓦的寒峭，岁岁春光，被二十四风吹老，楝花风尔且慢到。'又元人'榆荚雨酣新水滑，栋花风软薄寒收'，正用《荆楚岁时记》耳。"

前人多用"二十四番花信风"入诗，可见着它深入人心，试举数例。

楼钥《山行》："行入春山紫翠中，入山深处更桃红。一百五日麦秋冷，二十四番花信风。千顷摇青几蔽地，四山耸翠欲浮空。野桥横跨溪如练，待买轻舟下钓筒。"

魏了翁《次韵王茶马海棠四绝·燕王宫》："二十四番花信风，川原何处著繁红。逢人谩说燕宫旧，废址荒营暝霭空。"

韩淲《走笔答上饶》："闲花羞对去年丛，君正青春我秃翁。夜来一阵催花雨，二十四番花信风。"

张侃《近于小圃筑堂名曰秀野隔河插木芙蕖旧有诗云》："二十四番花信风，凝脂剪翠巧妆容。谁言桃李芳春后？不似沿流锦绣中。"

释善住《遣兴》："天运循环杳莫穷，生生化化古来同。一百六日寒食雨，二十四番花信风。此身不寄鹊巢内，孤迹聊藏人海中。深院日长新睡足，倚阑闲数北归鸿。"

胡奎《落梅风》："二十四番花信风，此风先到寿阳宫。若教吹入罗浮洞，笑杀江南白发翁。"

童轩《寒食漫兴》："黄鸟绿阴春树浓，韶光大半转头空。一百五日寒食节，二十四番花信风。杜老只应偿酒债，步兵何用哭途穷。人生遇景且为乐，莫遣霜华点镜中。"

"二十四番花信风"，虽然反映的是冬春间时序的演进，但实际已成了一个成句，拈来入诗，也就不拘自小寒至谷雨的花期了，如袁华《水调歌头·宴顾仲瑛金粟影亭赋桂》云："三百六桥春色，二十四番花信，重会在苏州。"桂花不在"二十四番花信风"的时段，但在词中照样十分妥切。

二〇二一年十二月四日

丰台芍药

旧时燕京，花事甚盛。《北平风俗类征·游乐》引方濬颐《梦园丛说》："极乐寺之海棠，枣花寺之牡丹，丰台之芍药，什刹海之荷花，宝藏寺之桂花，天宁、花之两寺之菊花，自春徂秋，游踪不绝于路。又有花局，四时送花，以供王公贵人之玩赏，冬则唐花尤盛，每当毡帘窣地，兽炭炽炉，煖室如春，浓香四溢，招三五良朋，作消寒会，煮卫河银鱼，烧膳房鹿尾，佐以涌金楼之佳酿，南烹北炙，杂然前陈，战拇飞花，觥筹交错，致足乐也。"民国以后，禁籞开放，于是御苑的太平花，颐和园、中央公园的牡丹、芍药、丁香，北海的桃花、牡丹、荷花，先农坛的桃花，南海丰泽园的海棠，农事试验场的菊花，也为平民百姓所欣赏。至于北京的花业，则主要是丰台芍药，正如王士禛《香祖笔记》卷一说："京师鬻花者，以丰台芍药为最。"周筼《析津日记》也说："丰台芍药，连畦接畛，荷担市者，日万馀茎。"

丰台在宛平县西南草桥南，芍药之盛，弥野绚烂。

相传元人园亭都集中在那里，栽花产业的形成，或许就是这个时段。潘荣陛《帝京岁时纪胜·四月》"丰台芍药"条说："花木之盛，惟丰台芍药甲于天下。旧传扬州刘贡父谱三十一品，孔常父谱三十三品，王通叟谱三十九品，亦云瑰丽之观矣。今扬州遗种绝少，而京师丰台于四月间连畦接畛，倚担市者日万馀茎。游览之人，轮毂相望，惜无好事者图而谱之。如宫锦红、醉仙颜、白玉带、醉杨妃等类，虽重楼牡丹亦难为比。考丰台本无台，金时郊台在南城外，丰宜门者金之南门也。丰台疑即拜郊台，因门曰丰宜，故目为丰台云耳。今右安门外十里草桥，唐时有万福寺，寺废而桥存。明天启间，建碧霞元君庙其北，土近泉而宜花，居人以种花为业。冬则蕴火暄之，十月中牡丹已进御矣。桥去丰台十里，中多亭馆，元廉右丞之万柳堂，赵参谋之匏瓜亭，栗院使之玩芳亭，要在弥望间，然莫详其处矣。"

麟庆《鸿雪因缘图记》第三集《丰台赋芍》说："丰台在右安门外八里，前后十八村，泉甘土沃，养花最宜，故居民多以种花为业，而花又以芍药为最。村中有花神庙二，一花王，为春社所；一花姑，以卖酒名。惜塑工拙劣，恨不得西子湖竹素园妙像一堂易之。村东草桥普济宫，祀碧霞元君，俗称中顶。北有三官庙，即古花之寺，曾宾谷醝使（名燠，江西进士）题额尚存。左为尺五庄，别名小有馀芳，恒介石太守（名豫，满洲举人）丙舍。右颐园，邻万泉寺，诚树堂都护（名端，满洲生员）别墅。村西自张村至樊村，尽芍药田，接畛连畦，开时烂如锦绣，但看花须趁清晓，迟则剪之出售矣。按芍药，载在《毛诗》，因有谑赠之辞成趣品。唐陆龟蒙《采药赋》序云：'美人香草，比之君子定情属思。'又刘贡父、王通叟《芍药谱》，载一百三品，有御衣黄、宫锦红、试晓妆、聚香丝等名色，而以扬州金带围为最著。洪姬友兰，扬州人也，通丝竹，工诗画，侍余二载而亡，时已周岁矣，对花有感，因赋一律，曰：'轻风片片雨丝丝，正是丰台四月时。恼我韶光刚娶尾，恨他名字是将离。扬州自昔夸金带，梁苑空伤倒玉卮。惆怅曼殊多历劫，不堪重咏落花诗。'考曼殊，丰台卖花张翁女，名阿钱，美而慧，归毛大可检讨，未几没，自言为芍药花神，陈其年检讨为文记事，并赋落花诗以吊之。"

丰台前后十八村的芍药盛观，乃一方经济命脉，龚鼎孳《丰台看芍药醉后口占》云："种花园叟养花天，十亩花田胜秫田。荷锸不妨花下卧，村庄全是太平年。"王鸿绪《燕京杂咏》云："燕京五月好风光，芍药盈筐满市香。试解杖头分数朵，宣窑瓶插砚池旁。"北京唐花技艺非常高超，但惟有玫瑰、芍药是窖熏不出来的，富察敦崇《燕京岁时记》"玫瑰花芍药花"条说："玫瑰，其色紫润，甜香可人，闺阁多爱之。四月花开时，沿街唤卖，其韵悠扬，晨起听之，最为有味。芍药乃丰台所产，一望弥涯。四月花含苞时，折技售卖，遍历城坊，有杨妃、傻白诸名色。是二花者，最为应序，虽加蘸煴之力，不能易候而开，是亦花中之强项令矣。"因此玫瑰、芍药只能买时花，也就使得丰台芍药的销场极大。

于丰台芍药，前人有不少咏唱，这里抄录数首。

陈维崧《丰台看花歌》云："南人为园种花蕊，北花只在野田里。园里栽花爱惜多，花时其奈狂风何。田里栽花不如草，偏到开时花倍好。燕市风光谷雨馀，丰台芍药弄晴初。绝怜紫艳红香队，不在高楼小院居。畴醉曲栏供掩映，谁添软幔助抉疏。空村细雨行人摘，破庙斜阳野叟锄。今年偶向花间走，狼藉娇香一回首。人世遭逢亦复然，沉吟且进杯中酒。更忆睢阳看牡丹，鞓红欧碧望中宽。我怜青帝千堆锦，人作神农百草看（中州种牡丹，止取丹皮入药）。刘去宋清帝底卖，捆归扁鹊市中摊。将花持比南中菜，菜亦南中有人爱。君不见四月东吴赏菜花，千围绣幄烂朝霞。此间芍药如泥贱，苦荬瓜蒌共一车。"

施闰章《丰台看芍药歌》云："屡约寻花游未果，骤喜良朋坚促我。花茵十里浑无赖，肯数翻阶红几朵。尚书潇洒有孤亭，宴会偶闲容客坐。好风驶荡香满衣，随意清樽倾白堕。燕山莫问黄金台，眼前且看丛花开。一岁牡丹先落尽，三春忍复遣空回。慈仁偃松久断折，韦公西府已蒿莱。帝京奇树称六七，繁华胜事馀荒苔。即今西南犹战斗，那免忧乐私徘徊。请君痛饮歌莫哀，毋使花前白发催。园人摘花如摘菜，日日担来城市卖。花多全不恤花稀，卖花声里春光归。"

张英《丰台芍药吟》云："竹篱茅舍傍清湍，种菜家家间药栏。独有宛平丞相圃，留花未折待人看。""四月薰风晹复晴，通衢委巷卖花声。緅英尽在长安陌，误赚游人蚤出城。""红雪歌儿斗粉脂，南窗北牖列参差。晚花珍重莲香白，别贮银瓶三两枝。""移植城中百不成，泉甘土沃始敷荣。由来不解随人意，小草偏生物外情。"

据李乔《行业神崇拜》等介绍，当地有东西两座花王庙，都始建于明代。东庙在草桥村，即麟庆说的花姑庙，毁于庚子之乱。西庙在花神庙村纪家庙北，即麟庆说的花王庙，有两层大殿、戏楼等，大门嵌石刻"古迹花神庙"额，有"万古流芳"碑，殿内供奉十三位花神像，丰台各处花行以此为会所，每年农历二月十二日花神诞日，附近乡人都来庙中进香，异常热闹。二十世纪四十年代后期改花神庙中心小学后，不断拆建，今旧时建筑已荡然无存。国家图书馆藏清《花王庙碑》拓片，有云："兹因右安门外丰台者，所属十八村也，中有花王庙，此庙建自圣朝，相传百有馀年。此地居民植木养花为业，仰赖神庥，树木丛生，蕃花茂盛，名园异苑，普被恩泽。"这方碑刻当年应该是置于西庙的。

二〇二一年十二月五日

苏州花事

　　苏州人爱花，由来既久，渐成传统。邈远的事，可以不说，延至宋代，爱花之风已大盛了。陆友仁《吴中旧事》说："吴俗好花，与洛中不异，其地土亦宜花，古称长洲茂苑，以苑目之，盖有由矣。吴中花木，不可殚述，而独牡丹、芍药为好尚之最，而牡丹尤贵重焉。旧寓居诸王皆种花，往往零替，花亦如之。盛者惟蓝叔成提刑家最好，并有花三千株，号万花堂，尝移得洛中名品数种，如玉碗白、景云红、瑞云红、胜云红、玉间金之类，多以游宦不能爱护辄死，今惟胜云红在。其次林得之知府家有花千株。胡长文给事、成居仁太尉、吴谦之待制家，种花亦不下林氏。史志道发运家亦有五百株。如毕推官希文、韦承务俊心之属，多则数百株，少亦不下一二百株，习以成风矣。至谷雨为花开之候，置酒招宾就坛，多以小青盖或青幕覆之，以障风日。父老犹能言者，不问亲疏，谓之看花局。今之风俗不如旧，然大概赏花，则为宾客之集矣。"

　　且以南宋范成大、史正志两人为例。范成大字至能，吴县人，在石湖别墅的玉雪坡和城内第宅的范村广植梅花，蔚然可观，自撰《范村梅谱》，起首说："梅，天下尤物，无问智贤愚不肖，莫敢有异议。学圃之士，必先种梅，且不厌多，他花有无多少，皆不系重轻。余于石湖玉雪坡，既有梅数百本，比年又于舍南买王氏僦舍七十楹，尽拆除之，治为范村，以其地三分之一与梅。吴下栽梅特盛，其品不一，今始尽得之，随所得为之谱，以遗好事者。"谱中记梅十二种，皆范村所出。他又在范村栽植菊花，《吴郡志·土物下》说："菊所在固有之，吴下尤盛，城东西卖花者，所植弥望。人家亦各自种圃者，伺春苗尺许时，掇去其颠，数日则歧出两枝，又掇之，每掇益歧，至秋则一干所出数百千朵，婆娑团圞，如车盖熏笼矣。人力勤，土又膏沃，花亦为之屡变。淳熙丙午岁，成大植于范村者，正得三十六种，尝为谱之。"此即《范村菊谱》。史正志字志道，江都人，致仕后居平江，在带城桥建万卷堂，不但有牡丹五百株，还悉心栽植菊花，并自订谱录，《史氏菊谱》起首说："余在二水植大白菊百馀株，次年尽变为黄花，今以色之黄白及杂色品类，可见于吴门者二十有七种，大小、颜色殊异而不同。"

范、史两位都是朝廷高官，不但爱花如命，并且还有著作。再举一位平民，即《醒世恒言》第四卷《灌园叟晚逢仙女》的主角秋先，虽是小说家言，也可反映出当时苏州"花痴"的情形："那秋先从幼酷好栽花种果，把田业都撇弃了，专于其事。若偶觅得种异花，就是拾着珍宝，也没有这般欢喜。随你极紧要的事出外，路上逢着人家有树花儿，不管他家容不容，便陪着笑脸，挨进去求玩。若平常花木，或家里也在正开，还转身得快。倘然是一种名花，家中没有的，虽或有，已开过了，便将正事撇在半边，依依不舍，永日忘归。人都叫他是'花痴'。或遇见卖花的有株好花，不论身边有钱无钱，一定要买。无钱时，便脱身上衣服去解当。也有卖花的知他僻性，故高其价，也只得忍贵买回。又有那破落户，晓得他是爱花的，各处寻觅好花折来，把泥假捏个根儿哄他，少不得也买。有恁般奇事，将来种下，依然肯活。日积月累，遂成了一个大园。那园周围编竹为篱，篱上交缠蔷薇、荼蘼、木香、刺梅、木槿、棣棠、金雀，篱边遍下蜀葵、凤仙、鸡冠、秋葵、莺粟等种，更有那金萱、百合、剪春罗、煎秋罗、满池娇、十样锦、美人蕉、山踯躅、高良姜、白蛱蝶、夜落金钱、缠枝牡丹等类，不可枚举。遇开放之时，烂如锦屏。远篱数步，尽植名花异卉。一花未谢，一花又开。"

相传苏州花业的繁荣，与北宋后期的朱勔有关。朱勔，平江府吴县人，因主持花石纲而臭名昭著。据说其人擅长种植花木，《吴郡志·土物下》说："牡丹，唐以来止有单叶者，本朝洛阳始出多叶、千叶，遂为花中第一。顷时朱勔家圃在阊门内，植牡丹数千万本，以缯彩为幕，弥覆其上，每花身饰金为牌，记其名。"朱勔被诛后，其家人蹿海岛，后裔回吴，世代以种花为业。黄省曾《吴风录》说："朱勔子孙居虎丘之麓，尚以种艺垒山为业，游于王侯之门，俗呼为花园子。其贫者，岁时担花鬻于吴城，而桑麻之事衰矣。"乾隆《元和县志·风俗》也说："虎丘人善以盘松古梅、时花嘉卉植之瓷盆，为几案之玩，一花一木，皆有可观。人家苑囿中，有欲栽培花果、编葺竹屏草篱者，非其人不为功。相传宋朱勔以花石纲误国，其子孙屏斥，不与四民之列，因业种花，今其遗风也。"花农都集中居住在虎丘山塘附近，乾隆《虎阜志·物产》引文肇祉《虎丘山志》："山东有花园巷，花园人皆种奇花异卉售于人，遂成村市。"因地制宜，这个产业就逐渐形成了。

虎丘花市的盛况，袁学澜《吴郡岁华纪丽》卷三"虎阜花市"条作了介绍："虎阜山塘多花市，居民以艺花为业。晓来担负百花，争集售卖。山塘列肆，供设盆花，零红碎绿，五色鲜秾，照映四时，香风远袭。街头唤卖戴花，妇女投钱帘下折之。圃人废晨昏，勤灌溉，辛苦过农事，终岁衣食之资赖焉。入春而梅，来自邓尉，有九英、绿萼、缃白、玉蝶，而山茶、宝珠、玉茗，而水仙、金钱、重台，而探春、白玉、紫香。仲春而桃李，而海棠，桃李兼实，海棠上垂丝，西府次贴梗，赝者为木瓜，而丁香，紫者繁，白者香。春老而牡丹最重矣，其分栽接种之法，有其时，有其地，花备诸色，红者贵，玉楼春贱，花最易开，而芍药为蝼尾春，酴醾为之殿。入夏，榴花外皆草花，花备五色者，蜀葵、莺粟、凤仙；三色者，鸡冠；二色者，玉簪；一色者，十姊妹、乌丝菊、望江南。秋花耐秋者，红白蓼；不耐秋者，木槿朝鲜夕萎，金钱午开晚落。秋海棠不任霜。木樨，南种也，其用最繁；菊，北种也，其品最多。花有历三时者，长春、紫薇、夹竹桃也；有历四时者，月季也。养花人谓之花匠。莳养盆景，则有短松、矮柏、黄杨、海桐、虎刺、红梅之属，实以磁盆，装以宜兴土，缀以高资石，为园亭之清供。种树多寄生接本，剪丫除肆，根枝盘曲，有环抱之势，其下养苔如翠毯，点以小石，谓之花树点景。又以高资石盆，增土叠小山数寸，多黄石、宣石、太湖、灵璧诸石为之，岩岫起伏，径路潜通，点缀山亭桥杠，空处有池沼，蓄养小鱼，谓之山水点景。其折枝为瓶罍赏玩者，名供花。至于春之玫瑰，夏之珠兰、茉莉，秋之木樨，所在成市，为居人和糖熬膏，点茶酿酒煮露之用，色香味三者兼备，不徒供盆玩之娱，尤足珍也。"

前人于虎丘花市都有吟咏，如高启《卖花词》云："绿盆小树枝枝好，花比人家别开早。陌头担得春风行，美人出帘闻叫声。移去莫愁花不活，卖与还传种花诀。馀香满路日暮归，犹有蜂蝶相随飞。买花朱门几回改，不如担上花长在。"李渔《虎丘卖花市》云："疑是河阳县，还如碎锦坊。评来都入画，卖去尚留春。价逐蜂丛涌，人随蝶翅忙。王孙休惜费，难买是春光。"沈德潜《山塘竹枝词》云："花市家家草木酣，朱朱白白映疏帘。看花劣有童心在，折取繁枝插帽檐。"顾文铁《虎丘竹枝词》云："苔痕新绿上阶来，红紫偏教隙地栽。四面青山耕织少，一年衣食在花开。"

按顾禄《桐桥倚棹录·园圃》记载，花的商品化，大致有戴花、供花、花篮三种形式：

"鬓边香，俗呼戴花。春则有红绿白梅、草兰、蕙兰、碧桃、寿李、蔷薇、玫瑰、棣棠、木香、野木香、杜鹃、藤花，夏则有梧桐花、玉堂春、金雀、珠兰、石榴、栀子、茉莉、水木樨、金丝桃、夜来香、醒头草、五月菊、蓝菊、紫萼，秋则有凤仙、建兰、木樨球、菊花、橘花，冬则有山茶、蜡梅、芙蓉、桔梗花，皆以朵衡值。惟玫瑰、茉莉、珠兰市在花园弄口场上，馀在半塘花市。贩儿鬻之，先在场左右茶肆啜茗，细细扦插，而后成群入市，拦门吟卖，紫韵红腔，宛转堪听。吴城大家小户，妇女多喜簪花，特歌伎船娘尤一日不可缺耳。有等日供于门，以为晓妆之助者，计月论值，俗呼包花。"

"供花皆折枝，便人插胆瓶盂钵之玩。市在半塘怡贤寺一带，日出即散。贩鬻之徒多集阊门渡僧桥、钓桥及元妙观门首，寄人庑下求售。往往以堕果残花，伪矗枝干之上，买者不知，辄受其欺。”

“茉莉花篮，总名也，如木香、玫瑰、山茶、蜡梅、梅花、桃花，皆可扦之，但茉莉花为盛行耳。篮有两种，一为草棕结成，一以秦嘉州溅色牦尾为之。篮腹实以磁盂及琉璃杯，可养鱼、花，大者腹可燃灯，俗呼灯花篮。花朵何止六七层，小者亦有四五层，每层花农以铜线为花骨，复为络索之状，摇摇下垂，或有用粗细麻骨，以铜丝扎成三足蟾蜍、蝴蝶双飞、元宝、鞭剑、扁额之形，簪花于上，皆由花农臆造，无定格也。豪民富贾，楚馆秦楼，多争买之，晨悬斗室，昏绉罗帏，梦醒花放，尤繁华中之色香世界也。每值市会，花农又多携篮蝶之属，夕阳将坠，操小艇至山浜或野芳浜画船停泊之处，拦舱揶买，一篮一蝶，动索千钱。”

珠兰、茉莉等主要用于窨茶。顾禄《清嘉录》卷六“珠兰茉莉花市”条说：“珠兰、茉莉花来自他省，薰风欲拂，已毕集于山塘花肆。茶叶铺买以为配茶之用者，珠兰辄取其子，号为撇梗；茉莉花则去蒂衡值，号为打爪花。”六月间，茉莉、珠兰南来，成为一大集市，袁学澜《吴郡岁华纪丽》卷六“珠兰花市”条说：“茶叶铺撮取其子，号为撇梗，以为配茶之用。山塘花市于六月间称衡论值，售广利蕃。”王穉登《花市茉莉曲》云：“赣州船子两头尖，茉莉初来价便添。公子豪华钱不惜，买花只拣树齐檐。”“花船尽泊虎丘山，夜宿倡楼醉不还。时想簸钱输小妓，朝来隔水唤乌蛮。”“满笼如雪叫拦街，唤起青楼十二钗。绣箧装钱下楼买，隔帘斜露凤头鞋。”“乌银白镪紫磨金，斫出纤纤茉莉簪。斜插女郎鬅鬙髻，晚妆明月拜深深。”“卖花伧父笑吴儿，一本千钱亦太痴。侬在广州城里住，家家茉莉尽编篱。”“章江茉莉贡江兰，夹竹桃花不耐寒。三种尽非吴地产，一年一度买来看。"又，蔡云《吴歈百绝》云："提筐唱彻晚凉天，暗麝生香鱼子圆。帘下有人新出浴，玉尖亲数一花钱。"自注："夏月卖茉莉、珠兰者，声不绝耳。俗谓数钱五文曰一花。"

玫瑰、荷花、桂花、栀子等，则作花露之用。顾禄《清嘉录》卷六"珠兰茉莉花市"条："至于春之玫瑰、膏子花，夏之白荷花，秋之木樨米，为居人和糖、舂膏、酿酒、钓露诸般之需。"又《桐桥倚棹录·市廛》说："花露以沙甑蒸者为贵，吴市多以锡甑。虎丘仰苏楼、静月轩，多释氏制卖，驰名四远。开瓶香洌，为当世所艳称。"顾瑶光《虎丘竹枝词》云："晚来无伴立雕檐，笑把玫瑰露指尖。酿得碧清花露酒，醉乡须要使人甜。"

此外还有窨花。袁学澜《吴郡岁华纪丽》卷十一"窨花"条说："窨花始于马塍，亦名唐花。康熙初，山塘陈维秀始得窨熏之法，腊月中能发非时之品，如牡丹、碧桃、玉兰、梅花、水仙之类，鲜艳夺目，供居人新年陈设之需。"蔡云《吴歈百绝》云："牡丹浓艳碧桃鲜，毕竟唐花尚值钱。野老折梅柴样贱，数枝也够买春联。"自注："往时诏唐花甚珍贵，今则视同常品，特较他卉价昂耳。"尤维熊《虎丘新竹枝词》云："花市人家学种兰，春兰未发蜡梅残。试灯风里唐花早，烘出一丛红牡丹。"袁学澜《吴门新年词》云："太平鼓响冻春寒，出窨唐花满市栏。雪地金貂骑马去，一枝红药载雕鞍。"

盆景则是虎丘花市上的大项。乾隆《元和县志·物产》说："梅花以惊蛰为候，各处皆有。惟虎丘人取江梅以佳本栽接之，开花敷腴，名玉蝶梅，间有一枝上作两色三色者，亦取他本栽接，离奇蟠曲，古意可观。"又说："盆景，四时花卉，皆植磁盆，有一树一石仿云林、大痴画本者，出虎丘山塘。"顾禄《桐桥倚棹录·园圃》说得更具体："花树店，自桐桥迤西，凡十有馀家，皆有园圃数亩，为养花之地，谓之园场。种植之人，俗呼花园子，营工于圃，月受其值，以接萼、寄枝、剪缚、扦插为能。或有于白石长方盆叠碎浙石，以油灰胶作小山形，种花草于上为玩者，优劣不侔。盆景则蓄短松、矮柏、古桧、榆桩、黄杨、洋枫、冬青、洋松，并有所谓疙瘩梅者，咸以错节盘根、苍劲古致为胜。"

明末清初，虎丘山塘一带已是花木集散地。市上花木品种繁多，有的本地所出，徐珂《清稗类钞·农商类》"苏女卖花"条说："苏州花圃，皆在阊门外之山塘。吴俗，附郭农家多莳花为业，千红万紫，弥望成畦。"顾禄《桐桥倚棹录·场弄》也说："山塘诸弄内皆通郊野，多艺花人所居。"并引元人任仁发诗："幽栖无所事，园圃足生涯。荒径多闲地，随时好种花。"有的来自近郊，袁学澜《吴郡岁华纪丽》卷三"谷雨看牡丹"条说："艺花之人，率皆在洞庭山及光福里，人家以课花为业，花时，载花至山塘花市卖之。"更多则来自江西、福建、广东、浙江等地，如茉莉，文震亨《长物志·花木》"茉莉素馨夜合"条说："章江编篱插棘，俱用茉莉，花时千艘俱集虎丘，故花市初夏最盛。"蒋宝龄《吴门竹枝词》云："蘋末风微六月凉，画船衔尾泊山塘。广南花到江南卖，帘内珠兰茉莉香。"如兰花，张应文《罗锺斋兰谱》说："兰产于闽而芳袭于吴，夫楚材晋用，少林西来，皆此意也。"（《封植第二》）又说："宜兴、杭州皆有本山兰蕙，土人掘取以竹篮装售吴中。"(《列品第一》）如水仙，乾隆《龙溪县志·物产》说："闽中水仙以龙溪为第一，载其根至吴越，冬发花时，人争购之。"甚至还有海外引进的花木，如洋枫（日本红枫）、洋松（五针松）、洋茶（日本山茶）、洋鹃（日本杜鹃）、洋千年蒀（日本万年青）、旱金莲（原产南美，又称金莲花）、西番莲（原产南美，又称计时草）、晚香玉（原产南美，即夜来香）等。不少花木由虎丘花市转贩，以水仙种球为例，屈大均《广东新语·草语》说："水仙头，秋尽从吴门而至。"黄叔璥《台海使槎录·泉井园石》说："广东市上标写台湾水仙花头，其实非台产也，皆海舶自漳州及苏州转售者，苏州种不及漳州肥大。"康熙《漳浦县志·风土下·土产》说："土产者亦能着花，然自江南来者特盛。"故沈德潜《一剪梅·白堤花市》上阕云："七里山塘傍水涯。红艳家家。绿荫家家。曲阑磁盎贮英华。宇内名花。海外名花。"

苏州四郊的花圃，以光福青芝山西北麓的天井最有名，这是一个村落，红绿梅最盛，居人多栽植梅桩以卖。其实也不仅是梅花，那里四季花事不绝，牡丹、蔷薇、海棠、杜鹃、茉莉等各擅胜场，特别是桂花，天井的桂花以朵大瓣厚、色黄味厚而享有盛名，担卖桂花也成为一种营生。沈颢《青芝坞》云："山中花市在中秋，日夜提筐采未休。卖与维扬商客去，香油都上美人头。""黄家坟上桂连冈，采去花行动斗量。才到开时旋摘尽，不留枝上有馀香。"至二十世纪三十年代，天井花事依然，庄俞《邓尉山灵岩山记》说："循大路至天井上（吴人读若浪），盛开红绿梅，尤多盆栽，每盆售价五角至一元不等，白梅亦盛。山中女子升梯采红梅，胸悬笆斗承之。问之，将售于药肆及茶肆，每斤可得洋两三角，白梅则不采，以其能实也。"天井的盆栽、鲜花，也时时出现在虎丘花市上。

花场是花农与花树店、花贩子的交易之处。《桐桥倚棹录·园圃》说："花场，在花园弄及马营弄口。每晨晓鸦未啼，乡间花农各以其所艺花果，肩挑筐负而出，坌集于场。先有贩儿以及花树店人择其佳种，鬻之以求善价，馀则花园子人自担于城，半皆遗红剩绿，即郑板桥所谓'如何滥贱从人卖，十字街头论担挑'是也。"

虎丘花业的繁荣，使得花农生涯不薄，年景丰裕，远超种田之农，租税负担也较轻，这是很让一般农人歆羡的。

邵长蘅《种花》云："山塘映清溪，人家种花树。清溪鸭头青，门前虎丘路。春阳二月中，杂花千万丛。朝卖一丛紫，夕卖一丛红。百花百种态，牡丹大娇贵。一株百朵花，十千甫能卖。朱门买花还，四面护红阑。绣幕遮风日，娇歌间清弹。复有些子景（元人呼盆景为些子景），点缀白石盆。咫尺丘壑趣，屈蟠松桧根。买置几案间，一盆直十镮。老圃解种花，老农解种谷。种谷输官租，种花艳侬目。种花食肉糜，种谷食糠秕。还复受敲扑，肉剜难为医。嗟呀重嗟呀，老农苦奈何。呼儿卖黄犊，明年学种花。"

石韫玉《山塘种花人歌》云："江南三月花如烟，艺花人家花里眠。翠竹织篱门一扇，红裙入市花双鬟。山家筑舍环山市，一角青山藏市里。试剑陂前石发青，谈经台下岩花紫。花田种花号花农，春兰秋菊罗千丛。黄磁斗中砂的皪，白石盆里山玲珑。山农购花尚奇种，种种奇花盛篾笼。贝多罗树传天竺，优钵县花出蛮洞。司花有女卖花郎，千钱一花花价昂。锡花乞得先生册，医花世传不死方。双双夫妇花房宿，修成花史花阴读。松下新泥种菊秧，月中艳服栽莺粟。花下老人号花隐，爱花直以花为命。谱药年年改旧名，艺兰月月颁新令。桃花水暖泛晴波，载花之舟轻如梭。山日未上张青盖，湖雨欲来披绿蓑。城中富人好游冶，年年载酒行花下。青衫白袷少年郎，看花不是种花者。"

袁学澜《虎阜花市行》云："十亩红成海，异种平泉寡。栽培胜橐驼，来买停骢马。主人衣食只在花，不知播谷浇桑麻。窗外梨云欺白雪，阶前芍药流丹霞。绿盆小树陈几案，贵客时抛三两贯。叶经水洒根泥封，移入朱门供清玩。老农来观自叹愚，年年种谷输官租。官租日重输不足，典去田宅还徭逋。行当教子卖黄犊，春种牡丹秋种菊。上避征税下免租，笥有衣裳饭有肉。"

然而花农的辛苦劳作，诗人是体会不到的。

花神为花业所奉祀，苏州的花神庙不止一处。清代虎丘就有两座，一在桐桥内花神浜，顾禄《桐桥倚棹录·寺院》说："桐桥内花神庙，祀司花神像，神姓李，冥封永南王，傍列十二花神。明洪武中建，为园客赛愿之地。岁凡二月十二日百花生日，笙歌酬答，各极其盛。"一在云岩寺东，乾隆《虎阜志·寺院》说："花神庙，在聚星楼旁，一名罗浮别墅，乾隆四十九年，织造四德、知府胡世铨即梅花楼址建，徐嵩记。"徐嵩《花神庙记》说："乾隆庚子春高宗南巡，台使者檄取唐花备进，吴市莫测其术。郡人陈维秀善植花木，得众卉性，乃仿燕京窖窨熏花法为之，花乃大盛。甲辰岁翠华六幸江南，进唐花如前例。繁葩异艳，四时花果，靡不争奇吐馥，群效于一月之前，以奉宸游。郡人神之，乃度地立庙，连楹曲廊，有庭有室，并莳杂花，荫以秀石。今为都人士游观之胜。"另外，还有几处，据民国

《吴县志》记载，"一在管山东岳庙内，清嘉庆十年建；一在清真馆侧，建置无考"（《坛庙祠宇二》）；"一在定慧寺西（旧在齐门星桥巷），绒花、象生花同业奉香火，道光十六年移建，咸丰十年毁"（《坛庙祠宇三》）。绒花、象生花属于民间工艺业，同样奉祀花神，可见他们对"以假乱真"的追求。

桐桥浜花神庙奉祀的花神，除那位李姓外，还"傍列十二花神"，究竟是哪十二位，没有记载。其实民间的十二月花神，都是随便凑数的，如正月梅花林和靖，二月杏花燧人氏，三月桃花崔护，四月蔷薇汉武帝，五月石榴花张骞，六月荷花杨贵妃，七月槿花蔡君谟，八月桂花窦禹钧，九月菊花陶渊明，十月芙蓉花石曼卿，十一月枇杷花周祗，十二月蜡梅苏东坡。更多则是一位花王，十二位花神，花神手中各执一花，究竟是谁，也就留给谒庙人自己去想了。还有一说，则有十四位花神，依次是正月柳梦梅，二月杨贵妃，三月杨六郎，四月貂蝉，五月锺馗，六月西施，七月石崇，八月谢素秋，九月陶渊明，十月张丽华，十一月白居易，十二月老令婆，闰月杨再兴，四季沈月姑。也真有意思，闰月也不能没有花开，就让杨再兴主之，另外再让沈月姑来总督四季花事，也就安排得严密了。

二月十二日为花神生日，从事花业者争于花神庙陈牲献乐，以祝神厘。尤维雄《虎丘新竹枝词》云："花神庙里赛花神，未到花时花事新。不是此中偏放早，布金地暖易为春。"徐谦《春日吴阊棹歌》云："花落花开春不知，百花造命有专祠。愿司香尉恐绿薄，日祝花神唐宝儿。"雪樵居士《虎丘竹枝词》云："侬有心香好去烧，花神庙里正花朝。休伤迟暮悲双鬓，一样花神也白头。"范君博《山塘倚棹词》云："卍字红栏六柱船，清流如带绕堤边。花朝酹酒花神庙，香火尘缘杂管弦。"
自注："花神庙在桐桥内十二图花神浜，山塘花市，以
每岁花朝奉牲奏乐，庙赛款神。"

随着时代变迁，虎丘花业也在发生变化，戴花、供
花、花篮已逐渐衰落，盆景还有，但已经不多，梅花、
桂花、菊花的盆栽，仍有一定销路，占据花市的，以珠
兰、茉莉、玫瑰、白兰、栀子、山茶、玳玳花等为主，
因供窨茶之用，故统称为茶花。玳玳花，植物学上称
"代代花"，为芸香科柑橘属的常绿灌木，乃酸橙的一个
变种，因其开花时，前年、昨年的果实仍在枝头，由橙
黄色渐渐转绿，犹如"三世同堂"，故其花称代代花，
其果称三代圆、代代橘、回青橙。有一个时期，窨茶主
要是用玳玳花。至于花露，晚近只有金银花露了，中药
铺里有售，那是夏日里解暑清热的妙品。

苏州属邑常熟，花事亦盛，花圃较多集中在城北菜
园村。一九三〇年秋，有徐养文者访游，他在《常熟三
日游记》中说："驱车出水北门，抵菜园村。村居数十
户，皆以种花为业，四时名花常鲜，值兹初冬，只菊花
独傲其孤芳矣。花占地十数亩，傍河而植，便于灌溉，
河为通福山干流，交通要道也。花圃四周，修竹成林，
青翠竹叶，与红白黄赭色菊花相掩映，极初冬佳境。圃
中支架茅棚三四，出售茶酒，以备赏花者兴至，飞觞而
畅聚幽情。种花者争欲售花，各尽其心智，叠成种种形
式，奇其状，矜其色，以谋美化，粉团者白，赤炎者
红，五光十色，有美皆备。种花者谓余曰，此名'菜色
蝴蝶'，此名'金凤带'，此名'鹤舞云霄'，皆为罕有
名产，谈其品种，历历如数家珍，滔滔不绝。徘徊其
间，令人有潇洒出尘、终长是乡之想。"

既以花为业，花神庙也应该有的，但常熟方志没有

记载。偶翻《点石斋画报》，有一则《祝花神诞》的报道："花朝有二，唐人于二月十五，今则概从十二矣。世俗所称之花神，近乎傅会，且亦不伦不类，而相沿既久，何妨人云而亦云，但必指其人以实之，且又拘于十二之数，泥矣。东方为木，青帝司之，言乎木而花可该也。阅日报，昭文花神庙酬神一节，想见金樽酒满，庆八千岁春光，羯鼓声催，占廿四番风信，听鹧人至，扑蝶会开，绿女红男，瓣香争祝，洵足继觞咏之风流，觇太平之景象矣。"从点石斋人所绘来看，殿中塑有十六尊像，中坐一人为花王，两侧各有一童子，其他都站立于塑壁假山之上，竟有十三位花神，神采奕奕，造型生动。不知是点石斋人实地看来，还是凭空想象，如果真有其事，那实在是常熟历史上的珍奇了。

二〇二一年十二月七日

花朝者，百花生日也，早先是二月十五日，田汝成《西湖游览志馀·熙朝乐事》说："二月十五日为花朝节，盖花朝月夕，世俗恒言二八两月为春秋之中，故以二月半为花朝，八月半为月夕也。"或在二月十二日，《广群芳谱·天时谱》引《诚斋诗话》："东京二月十二日曰花朝，为扑蝶会。"也有二月初二日的，《月令辑要·二月令》引《翰墨大全》："二月二日，洛阳风俗以为花朝节。"更有改在二月初一日的，孔尚任《节序同风录·二月》说："是日为花诞，俗曰百花生日，言诸花从此始放也，老圃以晴雨验花果之有无。旧以十二日为花朝，今改之。盖花朝与月夕相对，朝必朔，夕必望也。"

在这一时段，南方正是二分春色之际，花苞孕艳，芳菲酝酿，天地间的万紫千红渐渐拉开序幕。北方则天气尚寒，袁宏道《满井游记》说："燕地寒，花朝前后，馀寒犹烈，冻风时作。"虽然已是春天，但离百花盛开还有一段时候，故康熙《宛平县志·风俗》说："十五日曰花朝，小青缀树，花信始传，骚人韵士，唱和以诗。"终然还只能在清冷寂静中作春天的遐想。

宋元时，花朝是个隆重节日，吴自牧《梦粱录》卷一"二月望"条："仲春十五日为花朝节，浙间风俗以为春序正中，百花争放之时，最堪游赏，都人皆往钱塘门外玉壶、古柳林、杨府云洞，钱湖门外庆乐、小湖等园，嘉会门外包家山王保生、张太尉等园，玩赏奇花异木。最是包家山桃开浑如锦障，极为可爱。此日帅守、县宰率僚佐出郊，召父老赐之酒食，劝以农桑，告谕勤励，奉行虔恪。天庆观递年设老君诞会，燃万盏华灯，供圣修斋为民祈福，士庶拈香瞻仰，往来无数。崇新门外长明寺及诸教院，僧尼建佛涅槃胜会，罗列幡幢，种种香花异果供养，挂名贤书画，设珍异玩具，庄严道场，观者纷集，竟日不绝。"徐釚《词苑丛谈·纪事三》说："世俗以二月十五为花朝节，杭城园丁，竞以名花荷担叫鬻，音中律吕。乔梦符有《卖花声》词云：'侵晓园丁，叫道嫩红娇紫。巧工夫、攒枝饾蕊。行歌伫立，洒洗妆新水。卷香风、看街帘起。　深深巷陌，有个重门开未。忽惊他、寻春梦美。穿窗透阁，便凭伊唤取，惜花人、在谁根底。'"

虽说江南春早，但二月时的花还没有烂熳枝头，有的花蕾绽开了，有的才苞出蓓蕾，民间就在花朝那天，举种种仪式，以作祈祷，如孔尚任《节序同风录·二月》说："制金彩小旗幡，标花名号，挂庭树上，曰'祝花生'，又曰'赏花朝'。羯鼓于花前，曰'催花鼓'。系铃索花枝上，曰'护花铃'，其铃即缀于旗幡。"这都是古已有之的，王仁裕《开元天宝遗事》卷上"花上金铃"条说："天宝初，宁王日侍，好声乐，风流蕴藉，诸王弗如也。至春时，于后园中，纫红丝为绳，密缀金铃，系于花梢之上，每有乌鹊翔集，则令园吏掣铃索以惊之，盖惜花之故也。诸宫皆效之。"陈元靓《岁时广记·春》"击春曲"条引《酉阳杂俎》："唐明皇好羯鼓，云：'八音之领袖，诸乐不可为比。'尝遇二月初，诘旦，巾栉方毕，时宿雨初晴，景色明丽，小殿亭前，柳杏将吐，睹而叹曰：'对兹景物，岂可不与他判断乎！'左右相目将命备酒，独高力士遣取羯鼓，旋命之临轩纵击一曲，名《春光好》。神思自得，及顾杏花，皆已发坼，指而笑之，谓嫔嫱内宦曰：'此一事，不唤我作天公可乎！'皆呼万岁。"苏轼《虢国夫人夜游图》有云："宫中羯鼓催花柳，玉奴弦索花奴手。坐中八姨真贵人，走马来看不动尘。"这些本来都是春日故事，后世将之移于花朝。

除此之外，闺中女子有"赏红"之举，即将鲜艳的彩缯、红纸系扎枝头，在暖风中微微飘动，既引诱苞蕾绽开怒放，又构成一道绚丽的景观，枝丫上正像萦绕着明媚的春色一样。

如苏州，蔡云《吴歈百绝》云："百花生日最良辰，未到花朝一半春。红紫万千披锦绣，尚劳点缀贺花神。"自注："二月十二，俗呼百花生日，结红绿绢于树枝，以为花寿，或且讹是日为花朝矣。"顾禄《清嘉录》卷二"百花生日"条说："十二日为百花生日。闺中女郎剪五色彩缯，黏花枝上，谓之赏红。"袁学澜《吴郡岁华纪丽》卷二"百花生日"条也说："是日，闺中女郎为扑蝶会，并效崔元微护百花避风姨故事，剪五色彩缯，系花柱上为彩幡，谓之赏红。"昆山、太仓情形相同，道光《昆新两县志·风俗》说："十二日为花朝，各花卉粘红纸，曰赏红。"道光《直隶太仓州志·风土上·节序》说："十二日为花朝，以彩缯或红纸条系花树上，谓之赏红。"

其他地方，也有这样的风俗。如仪征，厉秀芳《真州竹枝词》引曰："十二日花朝，闺中裁红，系之卉木，风来招展，红绿参差，亦春光之小点缀者。"《花朝裁红系木》云："昔日戏将罗绮集，今朝都用剪刀分。攀枝系入东风里，一片红云倚绿云。"如丹阳，光绪《重修丹阳县志·风土》说："十二日为花朝，是百花生日，剪彩挂花枝，花则繁茂。"如如皋，嘉庆《如皋县志·礼典·岁时》说："十五日花朝，名扑蝶会，好事者置酒园亭，或嬉游郊外，人家咸剪碎彩，为百花挂红。"如杭州，吴存楷《江乡节物诗·挂红》题注："花朝为百花挂红，即护花幡之遗制也。"诗云："惜花心事太殷勤，一色颓霞树底分。寄语封姨莫傔侬，春红不是石榴裙。"如绩溪，嘉庆《绩溪县志·舆地·风俗》说："十二日为花朝日，粘红纸于花果树，祝其繁茂，谓之挂红。"如上海，康熙《上海县志·风俗》说："二月十二日为花朝，凡卉木俱系彩以旌之。"沿至晚清，不但要"赏红"，还要张花神灯，同治《上海县志·风俗·岁时》说："二月十二日花朝，剪彩赏红，张花神灯（俗呼凉伞灯，剪纸为伞，镂刻人物花鸟，细于茧丝。出灯用十番锣鼓，又有纸扎花枝、花篮，击细腰鼓，扮采茶女，杂逻而歌，后装台阁，小儿彩服乘坐）。"

追溯起来，"赏红"之俗滥觞于彩花。汉晋时已剪彩为花，以作妇人妆饰。至萧梁时，已有彩花系树的景象，鲍泉《咏剪彩花》云："花生剪刀里，从来讶逼真。风动虽难落，蜂飞欲向人。不知今日后，谁能逆作春。"最铺张奢侈的，莫过隋炀帝，《资治通鉴·隋纪四·炀皇帝上之上》记大业初建西苑，"堂殿楼观，穷极华丽。宫树秋冬凋落，则剪彩为华，缀于枝条，色渝则易以新者，常如阳春；沼内亦剪彩为荷芰菱芡，乘舆游幸，则去冰而布之"。至唐代，彩花系树已是立春风俗，段成式《酉阳杂俎·忠志》说："立春日，赐侍臣彩花树。"《太平御览·时序部五》引《唐书》："景龙中，中宗孝和帝以立春日宴别殿内，出剪彩花，令学士赋之。"赵彦昭《立春日侍宴别殿内出彩花应制》云："剪彩迎初候，攀条写故真。花随红意发，叶就绿情新。嫩色惊衔燕，轻香赚采人。应为薰风拂，能令芳树春。"刘宪《和立春日内出彩花树》云："禁苑韶年此日归，东郊道上转青旗。柳色梅芳何处所，风前雪里觅芳菲。开冰池内鱼新跃，剪彩花间燕始飞。欲识王游布阳气，为观天藻竞春辉。"

至晚清，"赏红"仍在民间流行，《点石斋画报·百花生日》说："一架蔷薇，半篱木槿，地不满笏，而点缀花卉数种于其间，自具一种幽趣。二月十二日为花朝，剪绫罗片片黏诸枝间，五色缤纷，仿佛姹紫嫣红迎风招飐，小儿女膜拜其下，口中喃喃，致颂词为花寿。司花有神，神其首肯。所可异者，果实之树，易其本者必繁盛，毋亦取乎阴阳相通之义乎。"

宫中过花朝，也当作一桩大事。《清稗类钞·时令类》说："二月十二日为花朝，孝钦后至颐和园观剪彩。时有太监预备黄红各绸，由宫眷剪之成条，条约阔二寸，长三尺。孝钦自取红黄者各一，系于牡丹花，宫眷太监则取红者系各树，于是满园皆红绸飞扬，而宫眷亦盛服往来，五光十色，宛似穿花蛱蝶。系毕，即侍孝钦观剧。演花神庆寿事，树为男仙，花为女仙，凡扮某树某花之神者，衣即肖其色而制之。"孝钦后即慈禧太后。魏程搏《清宫词》也咏及此事："春城景物爱朝暾，一路香风出禁垣。剪取红绫花树杪，园中草木亦承恩。"

　　花事未至，要迎接；花事将去，要饯行。《红楼梦》第二十七回说："至次日，乃是四月二十六日。原来这日未时交芒种节，尚古风谷，凡交芒种节的这日，都要摆设各色礼物，祭饯花神，言芒种一过，便是夏日了，众花皆谢，花神退位，须要饯行。闺中更兴这件风俗，所以大观园中之人，都早起来了。那些小孩子或用花瓣柳枝编成轿马，或用绫锦纱罗叠成干旄旌幢的，都用彩线系了，每一棵树、每一枝花上，都系了这些物事，满园里绣带飘飖，花枝招展。更兼这些人打扮的桃羞杏让，燕妒莺惭，一时也道不尽。"可见迎花送花，都有用彩带系树的风俗。

　　如今移风易俗久矣，那绚丽景象已不可复睹，聊缀数语，以追寻花梦。

　　　　　　　　　　　　　　　　二〇二一年十二月八日

像生花果

"像生"一作"象生",指模仿真物。像生花果,即仿制真花真果的装饰品,这在宋代就很流行了。吴自牧《梦粱录》卷十三"夜市"条提到"像生花果",同卷"诸色杂货"条提到"像生花朵"。贺铸《和崔若拙四时田家词四首》之一云:"鼓声迎客醉还家,社树团栾日影斜。共喜今年春赛好,缠头红有象生花。"杨万里《三月三日上忠襄坟因之行散得十绝句》之一云:"粉捏孩儿活逼真,象生果子更时新。输赢一掷浑闲事,空手入城羞杀人。"

延至明代,像生花果的制作和销售,仅局限于江南一隅,外路人见了,往往惊诧不已,因为太像真花真果了。安徽休宁人叶权到苏州看到像生花果,就将它当作诳人的假货,《贤博编》说:"今时市中货物奸伪,两京为甚,此外无过苏州。卖花人挑花一担,灿然可爱,无一枝真者。杨梅用大棕刷弹墨染紫黑色。"他不知道这是工艺品,本身就假,因为假得乱真,让他误会了。

像生花果主要用之于妇人插戴、室内陈设,流行于江南，北方市面上很少见到逼真的佳品。毛奇龄《胜朝彤史拾遗记》记崇祯朝田贵妃事："先是宫中凡令节，宫人以插戴相饷，偶贵妃宫宫婢戴新样花，他宫皆无有。中宫宫婢齐向上叩头乞赐，上使中官出采办，越数百里不能得。上以问妃，妃曰：'此象生花也，出嘉兴，有吴吏部家人携来京，而妾家买之。'上不悦。"相传这也是田贵妃失宠的一个原因。但用之于妇人插戴的假花，还是很多的，且有专业市场，富察敦崇《燕京岁时记》"花儿市"条说："花儿市在崇文门外迤东，自正月起，凡初四、十四、二十四日有市，市皆日用之物。所谓花市者，乃妇女插戴之纸花，非时花也。花有通草、绫绢、绰枝、捽头之类，颇能混真。"虽然也是像生手法，却不流行"像生花"这个词儿，大概是要与江南的出品区别开来。

入清以后，杭州承临安工艺传统，仍有像生花果，康熙《杭州府志·物产》有"像生花"之记。嘉兴也有，项映薇《古禾杂识》卷一说："赶集人沿路结棚，泥孩儿、不倒翁、卧美女、象生花，摆列精致。"海盐人彭孙遹《小年朝词十首》之一云："偏髻慵开宝镜前，像生花朵辟寒钿。宿醒未解屠苏醉，昨夜原来是小年。"

这个行业主要集中在苏州，既有风俗底蕴，又有悠久历史，民国《吴县志·物产二》引元高德基《平江记事》："随时扎成花朵，以佐闺中首饰，端阳以老虎花，年节以柏柳花，四时各以其花，象生为之，或以通草，或以丝绒，或以茧以纸，穷工极巧，殊艳人目。"此条不见通行本《平江记事》，若然，则苏州像生花果业在元代已盛。延至清代，顾禄《桐桥倚棹录·工作》说："像生、绒花，山塘亦一聚处，其店不下十馀家，拈花作叶，各有专工，散在虎丘附近一带并城中北寺、桃坞等处。多女红为之，专做夹瓣、旋绒、裹绒、刮绒等对花并通草、蜡花。千筐百筥，悉售于外府州县，尤多浙、闽及江西诸省之客，郡人间有过而问者。"并在"虎丘泥货"中提到"像生百果"。

关于苏州的像生花果，前人多有吟咏，试举数首。

舒位《象生花》云："剪彩作花花欲语，女红疑是司花女。有时兰叶蚀青虫，或爱梅花栖翠羽。花能相对叶相当，宛然春色偷东皇。定知有梦迷蝴蝶，不为无香恨海棠。谁家著钏牵衫早，个镜相宜倚花扫。水精帘卷十分妆，翡翠簪斜一枝好。吴侬作事殊等闲，不独时花弃两鬟。都将旧曲翻新曲，抛却真山看假山。那知相率趋为伪，金错钱刀买憔悴。一丛花当十户赋，几朵云收数乡税。可怜名字满头花，花开花落委泥沙。若为拈向灵山会，且莫携来吏部家。"

周琳《虎丘竹枝词》云："斜阳垂柳鸟嘤嘤，更向花神庙里行。红紫千般怎幻出，欲将消息叩神明。""四季花开不断香，粘绒翦彩竞春光。阿侬只说真花好，怪煞假花夺众芳。"

袁学澜《虎阜杂事诗》云："市廛巧制像生花，刻翠裁红点鬓鸦。从此人间春不老，隋宫剪彩未繁华。"自注："山塘多像生花店，远方游女买归簪髻，样极新鲜。"

范君博《山塘倚棹词》云："长春不老竞芳华，装点山塘四五家。巧夺天工像生果，算来妙手擅吴娃。"自注："山塘附近居民，以泥为佛手、莲蓬、桃子之类，备极工巧，饰以彩色，无不毕肖，名曰像生果。"

最有意思的是清初洞庭东山诗人周惟正，斋中瓶梅已谢，另插入像生梅花，似更有一番生意，作《瓶中老梅一枝生意已尽复以象生生之清古转胜见者惊赏忘其非春时也》云："巧摄春魂使蝶惊，花花不改旧枝情。客方入座先征候，月更窥窗又写生。若有冷香流四壁，却饶清韵倚孤檠。嗟嗟一夜江城笛，吹裂曾无落瓣声。"

逢年过节，像生花铺还要做点其他产品，顾禄《清嘉录》卷十二"老虎柏子花"条说："年夜，像生花铺以柏叶点铜绿，并剪彩绒为虎形，扎成小朵，名曰老虎花。有旁缀小虎者，曰子孙老虎。或剪人物为寿星、和合、招财进宝、麒麟送子之类，多取吉谶，号为柏子花。闺阁中买以相馈贻，并为新年小儿女助妆。"

像生花果业与花树业一样，都奉祀花神，但行业毕竟不同，祭赛的花神庙不在一处，顾震涛《吴门表隐》卷八说："一在定慧寺西（旧在齐门新桥巷），绒花、象生花业守之，道光十六年移建。"沧海桑田，像生花果的消费者消逝了，技艺淘汰了，在苏州工艺史上再也不见这个词儿，如今走过定慧寺巷，哪里还找得到这座花神庙的一点影迹。

二〇二一年十二月十八日

『花盆底』和『马蹄底』

　　"男靴女履"是满族服饰的特点，满族女子从小习骑射，无缠脚之俗，都是天足，加之北地气候寒冷，因为既要宽舒，又要防冻，故习惯穿高底木跟鞋，这也是"削木为履"的传统。入关后，这种高底木跟鞋被称为旗鞋。旗鞋与汉族女子的高底弓鞋不同，弓鞋之底多垫在后跟，旗鞋之底则垫于中间，前后两端多不用衬垫。郝懿行《证俗文》卷二"履"条说："今人削木为履底，京师妇人好高底履，有至七八寸者，蒙之以布，所谓复舄者也。"这种旗鞋的厚木底，一般都用杉木，以其坚而轻也，外蒙白布，以蛋清和粉涂之。其不着地部分，常用刺绣或穿珠加以装饰。跟底的形状，如像马蹄的，俗称"马蹄底"；如像花盆的，俗称"花盆底"。旗鞋往往配合旗袍穿着，显得体态修长，别饶风韵。福格《听雨丛谈》卷七"裹足"条说："八旗妇人履底厚三四寸，圆其前，外衣通长掩足，轻裾大摆，亦与古装无异。"夏仁虎《旧京琐记·仪制》也说，旗下妇装，"履底高至四五寸，上宽而下圆，俗谓之花盆底。袍不开气，行时以不动尘为有礼云"。

沈太侔《东华琐录》说："京师妇女多大脚者，故某名士曾集句云：'朝云暮雨连天暗，野草闲花满地愁。'状态可晒。盖缠足之风既深入人心，人情见少则怪，无足异者。清初宫妆，尚严体制，故妇女下裳犹掩履舄，而鞋底不露。中叶以后，宫中高髻，四方一尺，梳头既较前为大，而大脚又无法缠足，因为高履而杀其底，谓之'花盆底'，底高则足小也。初尚长其下裳，掩映而行，后乃复短其衣边，故示流露。风俗颓靡，必有为之俑者，故不仅缠足可罪杳娘也。"

徐珂辑《清稗类钞·服饰类》"旗女之马蹄底鞋平底鞋"条说："八旗妇女皆天足，鞋之底以木为之。其法于木底之中部（即足之重心处），凿其两端，为马蹄形，故呼曰'马蹄底'，底之高者达二寸，普通均寸馀。其式亦不一，而着地之处则皆如马蹄也。底至坚，往往鞋已敝而底犹可再用。向以京师所制之形式为最佳，着此者以新妇及年少妇女为多。年老者则仅以平木为之，曰'平底'，其前端着地处稍削，以便于步履也。处女至十三四岁，始用高底。"

在北京街市上，时时可见着高底旗鞋的满族女子，那正是一道风景线，前人颇多咏及，如杨米人《都门竹枝词》云："一条白绢颈边围，整朵鲜花钿上垂。粉底花鞋高八寸，门前来往走如飞。"许乃毅《续闺中消夏词》云："花帮粉底绣鞋工，朵朵梅花出绮枕。清脆鹦声伶俐语，槟榔香沁口脂红。"芝兰主人《都门新竹枝词·闺阁》云："性情恬静更温存，脂粉新施为站门。也是洋镶针线巧，木头厚底号花盆。"李若虹《厂甸正月竹枝词》云："花盆鞋底样翻新，扁担长弯入座人。到耳一声糖豌豆，蔗霜五色杂瓜仁。"

汉族女子以"三寸金莲"为美，故明末清初流行的高底弓鞋成为时尚，李渔《闲情偶寄·声容部·治服》"鞋袜"条说："鞋用高底，使小者愈小，瘦者越瘦，可谓制之尽美又尽善者矣。然足之大者，往往以此藏拙，埋没作者一段初心，是止供丑妇效颦，非为佳人助力。"正如叶梦珠《阅世编·内装》说："崇祯之末，闾里小儿，亦缠纤趾，于是内家之履，半从高底。窄小者，可以示美；丰跌者，可以掩拙。本朝因之，满装则否。康熙之初，禁民间女子，不许缠足，然奉行者固多而风俗相陈，亦一时不能遽变者。迨八年己酉，复除其禁。至今日而三家村妇女，无不高跟笋履，纤趾愈多是藏拙者亦复不少。"这高底弓鞋有两种做法，一是将木块钉于鞋下，属于明底，称"外高底"；一是将木块衬在鞋内，属于暗底，称"里高底"。《清稗类钞·服饰部》"高底"条说："高底，削木为之，上丰下杀，略如弓形，缠足之妇女以为鞋底，欲掩其足之大也。垫于鞋之外者，谓之外高底；垫于鞋之内者，谓之里高底，取其后高而足尖向地也。"范寅《越谚·名物·服饰》说："高底鞋，即古重台履也。越女缠足耻大，削木为光橛，上撅下平，暗藏履跟内，使趾督立，鞋样缩小，名此。"此为"里高底"。"外高底"式样更多，如李斗《扬州画舫录·小秦淮录》说："女鞋以香樟木为高底，在外为外高底，有杏叶、莲子、荷花诸式；在里者为里高底，谓之道士冠。平底谓之底儿香。"

苏州人奇技淫巧，清初有镂空高底弓鞋之根者，暗藏香粉在内，使步步生梅花。汤寅《柳初新·咏美人高底鞋》云："琼玙一捻双鸾衬。喜隔却、台边润。寻常斟酌，身材长短，增减一分不定。响屟廊前香醒。一声声、玉人教近。　点点芳尘不信。尽由人、乱红偷印，梅花糁雪，春罗立月，赢得檀郎傒幸。却三寸、尖儿褪。又折叠、鞋帮半寸。"作者于"梅花糁雪"句下注道："今吴人为梅花高底，空其中，实以香粉，行步时便印出梅花。"

无独有偶，弓鞋既能步步生梅花，旗鞋也能步步生莲花，《清稗类钞·宫闱类》"高宗斥秀女"条说："高宗尝选秀女，忽见地上现粉印若莲花，推问。有一女雕鞋底作莲花形，中实以粉，故使地上莲花随步而生。上怒，遽令内监逐之。"

这是关于汉满女子高底鞋的两个小插曲。

二〇二一年十二月二十日

十梓街·十全街·平江路

　　十梓街和十全街是苏州城内东南隅两条平行的东西向干道，平江路则是城内东北隅的南北向长街。这三条街在苏州都很有历史了，但绍定《吴郡志》、正德《姑苏志》都没有著录，绍定《平江图》上也没有标识。

　　十梓街，西起人民路，东至凤凰街、甫桥西街口（今统称凤凰街），今则再东延严衙前、天赐庄，统称十梓街。"梓"即梓树，属紫葳科落叶乔木，高可达六米馀，多栽植作行道树或遮荫树。陆佃《埤雅·释木二》说："梓为木王，盖木莫良于梓，故《书》以《梓材》名篇，《礼》以梓人名匠也。"又说："《诗》曰：'树之榛栗，椅桐梓漆。'言其宫中所植，皆能预备礼乐之用。语曰：'一年之计，莫如种谷；十年之计，莫如种木。'故文公于初作宫室之时，早计如此。"故官衙门前的行道树，一般都是梓树，俗语有所谓"太平署前树十梓"，"十梓"者，喻其多也。历史上，唐宋苏州州署、宋平江府署、元平江路总管府署都在子城，大门对直平桥直街（今五卅路），十梓街乃其正南横街，宋元时是否栽植梓树，找不到记载。自明初起，府署移至歌薰桥东（今会议中心址），苏州人怀念张士诚，就将那条旧署门前的道路称为"十梓街"，既反映了历史事实，又避了时讳。

十全街，旧时分两段，西起人民路，东至乌鹊桥，称大太平巷；西起乌鹊桥，东至葑门，称十全街。二十世纪七十年代统称友谊路，后统改为十全街。十全街旧称十泉街，因沿街有古井十口得名。十泉街改十全街，有人认为高宗南巡以十泉街织造府为行宫，高宗自称十全老人，以所建武功有十个方面，御制《十全记》说："则予之十全武功，庶几有契于斯，而可志以记之乎！十功者，平准噶尔为二，定回部为一，扫金川为二，靖台湾为一，降缅甸、安南各一，即今二次受廓尔格降，合为十。"故苏州地方当事为迎合圣意，改"十泉"为"十全"。这是无稽之谈。查清代苏州古城地图，印于光绪二十九年（1903）前的《苏城厢图》，仍标识"十泉街"，至印于光绪三十二年（1906）前的《苏城全图》，才标识"十全街"。揣测其改名之由，至晚清，十口古井已陆续湮塞，不能再用"十泉"了，取谐音"十全"者，出自《周礼·天官·医师》："岁终，则稽其医事，以制其食，十全为上，十失一次之。"郑玄注："全犹愈也。"贾公彦疏："谓治十还得十。""十全"也是个吉祥词儿。

平江路，沿第四直河，作南北走向，南出今干将东路（原新学前、濂溪坊衔接处）苑桥，向北直至东北街（原迎春坊段）华阳桥。乾隆《长洲县志》卷首《学宫图》标曰"平江大路"。古称十泉里，因有十口古井而得名。顾震涛《吴门表隐》卷四说："平江路古名十泉里，有古井十口，华阳桥南一，奚家桥南北各一，徐家弄北一，魏家桥南北各一，朱马高桥北一，混堂巷口一（今无），张家桥南一，苑桥北一。"范君博《吴门坊巷待辘吟》卷四咏"平江路"云："风土清嘉话昔年，辘轳声起晓风前。人家独爱平江路，携绠方便汲十泉。"至今平江路上仍保存着三口古井。

苏州地名，都有点来龙去脉，万不可借着"民间故事"来说事。再说那些所谓"民间故事"，都是当下无聊文人编造出来的。

二郎庙

祭祀灌口二郎神的清源妙道真君庙，俗称杨山太尉堂，苏州不止一处。一在娄门内平江路胡厢使桥南，俗称古太尉堂，明弘治时分建，清嘉庆十六年（1811）僧德士重修，庙有"清净慈悲"四字石刻。一在西教场桥，明正德四年（1509）建，清咸丰十年（1860）毁，光绪初重建。一在田基巷，名清源禅院。一在葑门内西营，向在水中，突起一阜，宋绍兴初建，古名溪山第一祠，清嘉庆二十年（1815）重建，傍祀消毒司神，神为唐诗人贾岛，咸丰十年毁。一在社坛巷，明洪武十三年（1380）道士冯本原、杨处静建，久废。又唯亭有行祠二，一在水东村，一在超网港。

苏人俗信二郎神，以为可治疡，隆庆《长洲县志·坛祠》说："邑中患疡者，祷之辄应。相传六月二十四日为神生辰，倾城男女奔赴，以祈灵贶云。"所谓"疡"，即痈疮，旧时也是疑难杂症，只能借助神的力量，驱除病魔。

在苏州诸多二郎庙中，葑门内的一处最有灵验，故香火特别旺盛。钱希言《狯园》卷十二"二郎庙"条说："相传灌口二郎神在四川成都府灌县，香火甚盛。今吾吴葑门内水中涨一小洲汜，方广不逾数弓，土人立二郎庙于其上。殿堂甚湫溢，临水开窗，如人家斋舍一楹，神像亦小，长可二尺许，著金兜鍪，衣黄袍，坐帷帐中，而香火之盛，莫与比者。自春徂冬，祭享不绝。疮疾之家，许一白鸡还愿，既瘥，乃宰鸡往献，又裹面为饼，以饲庙中白犬。尚白者，岂谓蜀在西方，取义于金，以神其说欤？此不可晓。宋朝有《紫罗盖头词话》，指此神也。又传六月廿四日是神诞生之辰，先一夕，便往祝厘，行者竟夜不绝，妓女尤多，明日即醵钱为荷荡之游矣。吴城轻薄少年，相挈伴侣，宣言同往二郎庙里结亲。一进庙门，便阑入珠翠丛中，双拜双起，日以为常，神亦了不为异。若果清源真君，安得不降之罚乎？疑是花木之妖尸之矣。海淫败俗，莫此甚焉，未知作俑于何年也。"顾禄《清嘉录》卷六"二郎神生日"条也说："患疡者拜祷于葑门内之庙，祀之必以白雄鸡。先夕，土人于庙中卖萤灯、荷花、泥婴者如市。"

六月二十四日是二郎神生日，又是荷花生日，苏州人是将荷花生日当作"狂欢节"的，不能轻易放过。因此就将祭祀二郎神的仪式放在前夜，即六月二十三日晚上，也就出现了《狯园》说的"海淫败俗"之事。混过一夜后，第二天就赶到荷花荡去。葑门内二郎庙在今二郎巷，到荷花荡就很近了。

半塘寺

半塘寺遗址，在今山塘街彩云桥西，初名法华院，以雉儿塔（又称稚儿塔）闻名。绍定《吴郡志·郭外寺》说："寺有雉儿塔，晋道生法师有诵《法华经》童子，死葬此。义熙十一年，商人谢本夜泊此岸，闻诵经声，旦寻求，见坟上生青莲华。郡以闻，诏建是塔，号法华院。绍兴七年重修，鸠工之始，夜闻塔中诵经声数夕不绝。"治平间赐额半塘寿圣院。元至正间建千佛阁、毗卢阁。明洪武二十四年（1391），僧南宗重建大雄殿、四天王殿、西方殿、演法堂、集僧堂等。崇祯间重修。

至晚明，寺已破败不堪。潘之恒有《半塘小志》记之，称"雉儿塔，旧垒石所成，规制古秀，旧址千佛阁下。云间陈继儒云，今王穉登半偈庵中者是。余至半塘寺后，惟落落长松而已，以塔宜还本处，以标灵迹"。其他就只有森森竹树了，如"银杏树，在天王殿前，可泉上人房之侧，本大五抱，藤绕修条，鳞次齾张，俨如龙甲而体无枯瘁。当夏有浓阴可庇十乘，余题曰'龙树'"。如"松林，在千佛阁后，仅存百株，风涛鼓之，如数部鼓吹。晴岚烟翠，映带阁间，俨然宋人图画"。如"竹苑，在大雄殿西北隅，守一上人房，最盛。余每造之，其径窦甚窄狭，以拒显贵人，惟当容王子猷啸咏其下耳"。如"翠幄，在寺东东舟上人房，合抱树四五当门，游者衣皆染绿，而庭积美荫，如坐翠波中"。

元代有僧善继，字绝宗，号幻灭，俗姓娄，浙江诸暨人。大德间剃染，从天竺大山恢法师习天台教，后往南竺谒湛堂澄公，澄公深器之。天历初，主大雄教寺，改荐福寺，迁能仁寺，后居南山寺明静院。元末兵乱，东迁华径寺。晚岁专修净业，系念弥陀，昼夜不辍。一日，忽告大众曰："我归矣。"无疾端坐而化。善继尝刺血缮写《大方广佛华严经》全部，旧藏半塘寿圣寺，明黄淳耀有诗《半塘寺》，题注："寺有胜国善继上人血书《华严经》。"诗云："半塘禅寺古，屈铁变樛枝。白业三生力，苍烟六代思。法衰龙象至，经妙鬼神悲。一悟真空理，沧江月上迟。"血书《华严经》今藏西园寺。

天镜阁·湖心亭

天镜阁、湖心亭都在石湖，乃是两处景观。

天镜阁是范成大石湖别墅中一景，陆友仁《吴中旧事》说："范文穆公成大，晚岁卜筑于郡之盘门外十里。盖因阖庐所筑越来溪之故基，随地势高下而为亭榭，所植多名花，而梅尤盛，则筑农圃堂，对楞伽山，临石湖，所谓姑苏前后台，相距亦止半里耳。孝宗尝御书'石湖'二大字以赐之。公作上梁文，所谓'吴波万顷，偶维风雨之舟；越成千年，因筑湖山之观'者是也。又有北山堂、千岩观、天镜阁、寿栎堂，他亭宇尚多，一时胜士赋咏，无不极铺张之美。"正德《姑苏志·园池》也说："又有北山堂、千岩观、天镜阁、玉雪坡、锦绣坡、说虎轩、梦鱼轩、绮川亭、盟鸥亭、越来城等处，以天镜阁为第一。"天镜阁乃临湖而筑，以蓝天碧水作镜，其坐落约在今新郭渔家村南。至明代，天镜阁早已毁了，王鏊《范文穆公祠堂记》说："数世之后，求其仿佛不可复得，所谓天镜阁、玉雪坡之类，皆已沦于荒烟野草之中，过者伤之。"

清嘉庆三年（1798），苏州知府任兆炯在范文穆公祠添建一阁，题名天镜阁，范来宗《重建石湖文穆公祠记》说："郡侯任晓村先生，政暇来游湖上，见祠旁有馀地，因捐廉建天镜阁，艺花叠石，有亭有池，以为登眺游憩之所，俾先哲风流，依然未坠。"任兆炯自撰《天镜阁记》，有曰："去春，余以公暇偶至湖上，拜公之遗像，见其祠宇颓坏，有志修葺，而公之宗人芝岩太史力任其事，遂于今夏鸠工，复其旧观。断手之日，亲往瞻礼，昔贤灵爽如式凭焉。夫湖由公得名，祠又因别墅而筑。昔人因胜地而乐咏游之，趣后人寻遗墟而想弋钓之中，右军兰亭，东坡雪堂，千载传为名迹，况公生长是邦，一丘一壑，皆夙昔所经营。而湖山澹远，距郭裁十里许。春秋佳日，临眺尤宜。爰于祠之旁地百弓，中建一阁，仍以天镜名之。复就其地之形势曲折，崇而岩之，洼而沼之，敞而轩之，秀而亭之。虽未即如别墅之旧，亦几于具体而微矣。尝试登阁而望之，澄波淼漫，浮岚映碧，楞伽钟梵，泠泠入耳，天光云影，如在大圆镜中。远则具区千里，少伯泛宅之乡；近则天平万笏，文正敦宗之地。想公云车至止，必有眷恋于此者。至于良辰美景，群贤毕集，莫不景仰前修，形诸吟咏。以生山川之色，以增文献之光，亦吴中人士所共乐也。"值得一说的是，天镜阁故址在石湖东北隅，嘉庆所建的天镜阁则在石湖西北隅。许锷《石湖棹歌百首》云："花船荡桨是村娃，一笑相逢在水涯。挈伴共登天镜阁，雨馀波面净于揩。"许锷之作是在咸丰八年（1858），两年后，天镜阁就毁于太平军兵燹。

湖心亭，乃两江总督尹继善建于清乾隆二十二年（1757），在石湖偏东北的沙洲之上，以备高宗南巡宸赏。在二十四年（1759）徐扬所绘《盛世滋生图卷》和三十五年（1770）所刊《南巡盛典·江南名胜》上，可以看到湖心亭恢宏的建筑，一四方形石台基，东西有五泄水孔洞，上建南北两座楼阁，四环以廊，南北有宽阔的落水石阶。《南巡盛典·江南名胜》标曰"湖心亭"。高宗驻跸，先后御制两首《湖心亭》咏之，一云："白洋汇处诸宫筑，水色天光有若无。已自赏心兼悦目，取名何必又西湖。"又云："地分震泽万之一，名藉西湖偶不奇。堤上目游意已足，更无须命画桡移。"咸丰兵燹后，湖心亭渐圮，近人卫顾德《恕庵石湖棹歌》云："湖心亭子在湖心，九曲桥通浅水浔。指点烟波寻旧址，模糊一片费沉吟。"自注："亭在渔家村，尚有九曲桥可通。旧址昔尚无恙，今已渐渐灭矣。"

一九九三年，苏州园林管理部门参考《盛世滋生图卷》等图像，在湖心亭故址建两层楼台，题名天镜阁。二〇〇〇年，因台风坍塌一部分后被拆除。二〇一二年重建，阁高三层，登临可一览石湖全景。

普福桥

横塘普福桥，因是横塘表识，称为横塘桥，又因桥上有亭，俗称亭子桥。桥横跨塘之东西，其水三面合流，贾舶皆会于此。普福桥始建何时，无可稽考。绍定《吴郡志·桥梁》已著录"横塘桥"，范成大另有《自横塘桥过黄山》云："阵阵轻寒细马骄，竹林茅店小帘招。东风已绿南溪水，更染溪南万柳条。"又，顾瑛《横塘寺》云："横塘桥下路，黄叶寺门秋。上番题诗处，今朝载酒游。天光开列嶂，塔影落中流。未得回船去，聊为半日留。"可见它的历史确实很悠久了。

据《横溪录·桥梁》记载，明洪武二十年（1387），普福桥由僧人明曌募资大修，"累石为环，上覆以砖，下穿三洞，盖震泽之水至此合流北注，势湍急也。广二丈，高三丈有奇，长二引。上建亭一楹，供大士，竖七佛石幢。四麓各一井，井各一亭，亭各一颜，东北曰'百雉回翔'，西北曰'万峰耸秀'，东南曰'玉宇悬河'，西南曰'宝云供极'。形家言，四井乃四'口'字，建亭桥上，如'工'字，合之乃'嚣'字形也"。"嚣"是"器"的俗字，见《张迁碑》，这个字将桥亭和四井亭的位置关系，交代得十分清楚。岁月无情，约万历末桥亭倾圮，四井亭除西北者外，其他三亭所在均为民居、庵堂所占。文震孟发起重建桥亭，天启三年（1623）秋八月募修落成，亭东悬文震孟题"普福桥"额，亭西悬赵宧光题"横塘渡"额，清初又另额以"横塘古渡"。何以要在桥上建亭，文震孟认为关系到郡城的风水，《横塘普福桥疏》说："间尝考昔之姑苏，陆门有八，以象八风；水门有八，以法八卦。故刘宾客诗有'二八城门开道路'之句，而许用晦亦云'共醉八门面画舸'。今乃塞蛇匠两门不启，而胥江之水自正西来，堪舆家所谓武曲帝旺者也，复无水道以导其祥。以故姑苏之民，外华而内匮，貌腴而实瘠，冠裳之族鲜世济者，仅赖兹桥横锁水势，使折而聚于胥江之浒，稍留峥嵘秀朗之色。是故前人建亭以镇之，奉大士以永之，厥旨深矣。后之眺览者，徒谓众山浮黛，一水飞清，以为登临歌咏之场，而孰知一桥之微，所系于郡城者若是哉。"

入清以后，普福桥又多次重修，工程最大的一次是在康熙四十六年（1707），明年复建桥亭，凡縻银八百两。彭定求《重建横塘普福桥记》说："桥之广长若干，悉依旧式，而增高累尺，铺砌坚完，轩甍焕烂，望若绳直，履若砥平。"这座被称为"山程第一胜景"的普福桥，修废举坠，终于重现了它的旧观。遗憾的是，普福桥因桥洞低矮，妨碍航运，于一九六九年拆除，改建为敞肩式单跨水泥桥，那水泥桥也于二○○四年被轮船撞坍了。

普福桥已矣，如今只能根据留下的图像来欣赏它的绰约风姿。沈周的《游西山图卷》、《苏州山水全图卷》、《姑苏十景册》，文徵明的《横塘》（册页残本），徐扬的《盛世滋生图卷》等都画到横塘，普福桥是横塘的标志，自然也都画到了，但都是写意笔墨，只能了解个大概。二十世纪前期拍摄的照片，则给人更加真实的认识。普福桥的造型风格独特，为典型的宋代三拱石桥形式，亭作单檐歇山殿庭式，面宽三间，砖木结构，前后半墙设木窗，可以随意开闭。它既可供行人歇息小坐，临窗赏景，又可为行人避风躲雨、乘凉吃茶提供方便。其实，普福桥更像一座庙桥，晚近以来，不但亭内供奉观音，还供奉五路财神，为行人纳福迎祥，且在外观之，黄墙青瓦，翘角飞檐，桥亭的四角挂着铜铃，风过处，声音清亮。可惜的是，这些铜铃早在嘉庆初年修亭时已不知去向。由于普福桥轻盈秀丽，平卧波上，远山有意，近水含情，四周田野如画，故风景特胜。

虎山桥

光福的龟山、虎山间，有一水汩汩流淌，乃太湖之内湾，名光福崦，别称虎溪，雅作浒溪。有虎山桥架其上，桥之东称东崦，桥之西称西崦。徐傅《光福志·水》说："上崦又名东崦，在镇东南，汇而成渠，周十馀里，西承下崦，东达于浮里桥，崦中有凤皇墩、鸭墩水田一顷，所产菱芡，较胜他处。""下崦又名西崦，在镇西周二十馀里，西承太湖，东达上崦，北接游湖，四面环山，明浔阳董尚书份筑堤栽桃柳，崦中有浮庙墩，水潦不没，亦有水田，崦尽即铜坑桥也。"

虎山桥不知起建何时，顾震涛《吴门表隐》卷二说："虎山桥跨虎山、龟山之觜，截崦水之急，不能下桩。唐末有人云，得铁帽者能建。至宋嘉泰初，将议建时，俄见一人，覆铁锅于首，众悟而求之。其人乞枣数斤齑食，弃核于水，令下桩于核上，乃成。"其实，此桥之建早于嘉泰，绍定《吴郡志·桥梁》就已著录"虎山桥"。据正德《姑苏志·桥梁上》记载，桥在"宋嘉泰中重建，元泰定甲子改为圆洞三，遂以纪年名泰定桥，成化乙未重修"。万历二十一年（1593）重建，改建为五孔。清顺治初重建，改建为三孔，可见它也曾几经兴废。

虎山桥坐落山水胜处，景色绝佳，前人记咏甚多。华钥《吴中胜记》说："晚坐虎山桥，桥如行春而胜，湖水左右萦绕，而不见湖面，周水皆田，田外皆山，涵虚万顷，烟光四障，前塔一锥，秀出林表，中埠三两如沤，而桥实联之。中桥而坐，但见箫鼓归舟，驶水如箭，未几，行吟继之。"袁宏道《光福》说："山中梅最盛，花时香雪三十里。其下为虎山桥，两峡一溪，画峦四匝。有湖在其中，名西崦湖，阔十馀里。乱流而渡，至青芝山足，林壑尤美。山前长堤一带，几与湖埒，堤上桃柳相间。每三月时，红绿灿烂，如万丈锦，落花染成湖水，作胭脂浪，画船箫鼓，往来湖上，堤中妖童丽人，歌板相属，不减虎林西湖。"徐枋《吴山十二图记·虎山桥》则说："山不得水则不奇，山不踞水则不雄，然断流曲涧，只增幽致，不可语于大观也。如虎山桥在二堰间，其地四面皆山，回环二十馀里，峦翠浮空，波光极目，一石梁跨之，如长虹夭矫，横亘碧落，而梵宇临于山巅，浮图矗于云际，每一登眺，不知此身之在尘世矣。"在虎山桥上赏月，别有情境，李流芳《游虎山桥小记》说："月初出，携榼坐桥上小饮。湖山寥廓，风露浩然，真异境也。居人亦有来游者，三五成队，或在山椒，或依水湄。从月中相望，错落掩映，歌呼笑语，都疑人外。"以省净的笔墨，写出了月夜虎山桥的闲旷清适。

旧时来光福探梅，无论远近，大都舣舟虎山桥，两崦梅花自古有名，一路而来，嗅到的是梅香，看到的是梅林。顾宗秦《游虎山桥记》说："溪崦十馀里，至青芝山麓，方春二月，泛舟随溪，堤与溪埒，多梅花，几二三百本，或列或横，或断或续，白英如云，香气翁勃。佻入崇峦，绕青萦碧，濛然蔼然，俾过者神移焉而不能去。"顾梦麟《西山看梅诗序》也说："辄下过善人桥，达光福十馀里，环舟皆山花，与山逶迤一路，遥望如积雪。既过虎山桥，泊下崦，步至宝林庵，则已身在寒香万斛中矣。"前人于此咏唱甚多，如王穉登《湖上梅花歌》云："虎山桥外水如烟，雨暗湖昏不系船。此地人家无玉历，梅花开日是新年。"汪琬《由虎山桥入朱墓村》云："新柳条垂著水齐，画桥行傍虎山堤。卷帘渐觉香风入，一路梅花到崦西。"如果由水路来光福探梅，两崦梅花给人留下最初的印象。

二〇二二年二月十八日整理

万年桥的『冤案』

故老相传，狮子山山势狰狞，不利郡城，故胥门既无水门，桥也建而毁去。袁宏道《牟崿》说："形家言此山与胥门相直，甚不利于郡城，诸门皆有水关浮梁，而胥独无以此。闻往时有违众作桥者，桥成，郡中士大夫废放略尽，遂相率毁桥。"

至明末清初，胥门已是四方百货之所聚积，商贾贩夫之所经由，轮蹄络绎，往来问渡者，日以万计，时有覆溺之虞，而舟人又善持缓急，居奇傲倨，行者病之。乾隆五年（1740），江苏巡抚徐士林、苏州知府汪德馨力排众议而建桥，择址于胥门外三摆渡处，延石为块，架木远接，作三孔两块梁式，横跨胥江之上。竣工后，徐士林、汪德馨及老诗人黄子云各写了一篇《万年桥记》。徐士林重申了风水之说的荒诞，更分析了个中原因："考于志，询于居人，桥之有无兴废，多传疑无定说。或曰前朝故有巨板桥，毁且久，民畏役重，弗克举。或曰操渡者实阴持之，故谬为阴阳形家者言，谓不利于士大夫，以相煽动，一不察而群信之，以沿以袭，以至于今，究其说则以岵嵝山势狰狞，多煞气，幸水为之划，桥则煞可直引入城，为诸不祥。"如果建了桥，那操舟摆渡的人就失业了，可见当时行会组织的力量，能够影响到市政建设，这从另一角度反映了市民阶层的社会地位。徐士林又说："惟此崇今复古之观，实值阳长阴消之候，万众欢腾，呼嵩共祝，请名曰万年桥，今布政使安君宁核可其牍，允其请。桥长三十二丈五尺有奇，阔二丈有四尺，高二丈四尺有四寸，计费一万六百馀金。役钜而竣速，其士民之好义而勇于集事有如此。"这座万年桥确实造得很快，夏四月初鸠工，当年十一月冬至日通行人，整个工程仅半年多。

至乾隆中，朱象贤《闻见偶录》"胥江大桥"条还追述了这段历史，说胥门外既无桥，"行人必买舟而渡，江深水急，每一遇风，覆舟丧溺，多命屡矣。往来行人及外省商贾争欲捐助复造，而渡船之利，日可得钱数十千，为豪绅霸踞，一有建桥之议，即为中鲠，更巧作永久计，于郡志后刻入风水之说，谓郡西多山，山为煞炁，若造桥，引煞入城，必有大祸，以恐郡民，为不敢起造之张本。地方行人不便而频请于府县，府县必谋于郡绅，或不与谋，亦挺身而出，执风水之说，以为天经地义，牢不可破，终无成日。至乾隆五年，太守汪公德馨深知此弊，莅任后屏绝郡绅横议，排去堪舆风水之说，独立经营，不日成之，仍名曰万年桥。今将二十年，覆舟丧溺之患既绝，往来行人无不称便，熙熙攘攘，并未因桥而碍官民，可见专利假公之鄙夫，模棱不断之官长，有害于民、无济于事如此也"。

当年万年桥的图像，今存多幅。乾隆五年十一月朔（即落成前两天），苏州画铺就印制《姑苏万年桥图》，乾隆九年（1744）又印制《姑苏万年桥图》，乾隆前期又有《苏州景新造万年桥图》。至乾隆二十四年（1759），徐扬绘《盛世滋生图卷》，万年桥也是一个重要段落。从图绘来看，桥东西两堍各立石坊，东石坊外额曰"万年桥"，西石坊内额曰"三吴第一桥"。东石坊有柱联，联曰："水面忽添新锁钥，波心仍照旧舆梁。"桥两堍各有两个桥亭，亭中有碑。

万年桥于嘉庆二十五年（1820）重修，咸丰元年（1851）又重修。周闲《重修万年桥记》说："桥当往来之冲，凡士大夫之冠盖出入，父老子弟之游行其间，与夫担夫贩客之蚩蚩贸贸者，莫不憧憧东西，终时靡息。而转漕行旅之张帆鼓枻过其下者，又无虚日也。"可见当时万年桥在交通上的重要作用。咸丰十年（1860）兵燹后，桥势欲圮，同治九年（1870）重修。至一九三六年，将两坡石级改斜坡，并拆去牌坊。一九三九年、一九四〇年又加固重修，可通行汽车。一九五二年，改建为三孔钢筋水泥梁式桥，两侧有铁栏杆。

一九七〇年，在万年桥北侧五百米处建红旗桥（今改名姑胥桥），东向对直道前街，西向对直今三香路，万年桥就不再通行汽车了。二〇〇四年拆除旧万年桥，重建新桥，为三孔石拱桥，南北两侧各有桥联。南侧两副，外一联曰："佳气氤氲迎汉渚，恩波浩荡达江湖。"乃汪德馨旧题。内一联曰："佳景如诗，望郭外青峰，岸边碧树；玉环涵影，伴楼头明月，江上胥涛。"北侧两副，外一联曰："画鹢排空秋水净，苍龙卧稳夜潮平。"也是汪德馨旧题。内一联曰："物华四序，注入艺苑成双绝；名动三吴，陟登胥关第一桥。"如今的万年桥，已是城西运河上的一道风景。

关于万年桥，有一桩"冤案"。说是明代胥门外本有大桥，被有司拆去献媚严嵩，严嵩移建于其家乡江西分宜。这实在是后人数落严嵩恶行而编排出来的故事。

最早编故事的是谁，今已不能知道，清初吴江潘耒将它落实下来。《遂初堂诗集》卷十二《万年桥》云："旧传吴胥门，有桥甚雄壮。不知何当事，谄媚分宜相。拆毁远送之，未悉其真妄。兹来经秀江，巍桥俨在望。横铺八九筵，衺亘数十丈。石质尽坚珉，蹲狮屹相向。皆言自苏来，运载以漕舫。严老自撰碑，亦颇言其状。始知语不虚，世事多奇创。桥梁是何物，乃作权门饷。鞭石与驱山，势力岂多让。充此何不为，穿天一手障。为德于乡里，或云差可谅。不闻掠彼衣，而令此挟纩。冰山一朝摧，籍没无留藏。独此岿然存，千秋截江涨。颂詈两不磨，功罪亦相当。犹胜庸庸流，片善无足况。吴山多佳石，胥江足良匠。有能更作桥，旧式犹可放。"

朱象贤到分宜，看到过这座万年桥。《闻见偶录》"胥江大桥"条说："苏州之胥门外，旧有大石桥跨江。相传明朝奸相严嵩见此桥石色莹洁、琢磨工整而爱之，郡中大僚谄媚权奸，拆送私第，嵩以造于分宜县城外。予起补江西，理治万载，与分宜地界相接，每自省往邑，先赴袁州，必先经此桥，土人舟子无不曰自苏州移来。予因登岸而观，桥之阔约略三丈有奇，长则视阔十倍有奇，下系大环洞五，乃太湖之鼋头山石也，桥之四面，合缝光平，两傍石栏蹲兽百数，工致而整齐。江西乃质朴之区，城池房舍，无不草草，所在桥梁不少，并无似此造法者，自苏移去之说不诬也。后偶阅吴江潘次耕耒诗集，有《万年桥》一首，叙述颇详。夫潘乃圣祖朝名宿，中博学鸿词科，除授检讨，考核之学最优，诗咏有据，相传之言益可无疑矣。"

分宜的万年桥，在老城东门外清源古渡，确为严嵩所建，起建于嘉靖三十五年（1556）秋九月，落成于三十七年（1558）夏六月。康熙《袁州府志·艺文五》引严嵩《万年桥记》："予往来吴中，阅桥美，于是征匠买石于吴，川运山伐，载以巨舰，溯江入湖，至于樟镇，滩水浅涸，易数百小舟，乃获抵于宜，而石犹不敷，将往吴复买之。一日乡氓来告，邑西杨江之岨有石，盍采诸，往穴数处，果获石，坚大丰盈，用遂以足。既谋合材集，制定工兴。酾水为道凡十一空，其长一千二百尺有奇，广二十四尺，翼以两栏如其长之数，计用白金两万馀。"题名万年桥，意在"以无忘圣天子之恩，以抑祝万寿与天地相为无穷焉"。

袁宏道之作《牟嶂》，在万历二十四年（1596）吴县知县任上，时距分宜万年桥落成，仅三十八年，若有拆桥移建的事，他不可能不知道，也不会推诿于风水之说。严嵩建分宜万年桥，只是"征匠买石于吴"，使的是苏州工，用的部分是苏州石，而当时分宜知县许从龙，也是苏州人。事实的情形是，分宜万年桥之建，早于苏州万年桥一百八十二年。

二〇二二年二月二十一日

林升和林洪

　　童元方《一样花开》（黄山书社版）有一篇《秋风乍起》，谈到《山家清供》时说："这本小书，虽说知道的人不多；但其作者林洪另有一首诗，可以说是家喻户晓的。从小爱读《千家诗》的人，大概都会背：'山外青山楼外楼，西湖歌舞几时休。暖风熏得游人醉，直把杭州作汴州。'西湖里有个孤山，北宋时隐居在那儿的处士林和靖，人人知道他梅妻鹤子，以终其身；可是南宋的林洪却自称是他的七世孙，并记之于《种梅养鹤图记》一文，收之于他的另一本小书《山家清事》当中。"

　　那首"家喻户晓"的诗，作者并非林洪，而是林升，童元方误记了。田汝成《西湖游览志馀·帝王都会》说："绍兴、淳熙之间，颇称康裕，君相纵逸耽乐，湖山无复新亭之泪。士人林升者题一绝于旅邸云：'山外青山楼外楼，西湖歌舞几时休。暖风熏得游人醉，便把杭州作汴州。'"厉鹗《宋诗纪事》卷五十六收入此诗，起题《题临安邸》，末句作"直把杭州作汴州"，称林升是"淳熙时士人"。清乾隆间曾唯辑《东瓯诗存》，

卷四收入此诗，称林升字梦屏，东阳人。但明弘治间赵
谏辑《东瓯诗集》、《东瓯续集诗》，则未收入林升之作。

林洪，字龙发，字可山，福建泉州人。因唐宋应试
进士，由州县荐举，称为乡荐。故他就自称钱塘林逋七
世孙，冒籍取得乡荐，当然其用意，不仅在乡荐也。他
的《山家清事》，今存《顾氏文房小说》本、《说郛》本
等，其中《种梅养鹤图说》乃是一篇自叙，其文如下：

"择故山滨水地，环篱植荆棘，间栽以竹。入竹丈
馀，植芙蓉三百六十；入芙蓉馀二丈，环以梅；入梅馀
三丈，重篱外植芋栗果实，内重植梅。结屋前茅后瓦，
入阁名尊经，藏古今书，中屏书尧舜之道'孝弟'而已
矣，夫子之道'忠恕'而已矣。字进二丈，设长榻二，
中挂《三教图》，横扁'大可山'字。上楼，祀事天地
宗亲君师，左塾训子，右道院迎宾客。进舍三，寝一，
读书一，治药一。后舍二，一储酒谷，列农具、山具，
壁涂泽以芋，书田所亩三十，记岁入，一安仆役，庖湢
称是。童一，婢一，园丁二。前鹤屋养鹤数只，后犬十
二足，驴四蹄，牛四角。客至具蔬食酒核，暇则读书课
农圃事，毋苦吟，以安天年，落成谢所赐。律身以廉
介，处家以安顺，待下恕，交邻睦，为子子孙孙悠久
地。先大祖瓒，在唐以孝旌；七世祖逋，寓孤山，国朝
谥和靖先生；高祖卿材，曾祖之召，祖全，皆仕；父
惠，号心斋；母氏凌姓；今妻德真女张与，自曰小可
山。家塾所刊魏鹤山、刘漫塘所跋《经集》、《大雅复古
诗集》，赵南塘、赵玉堂序跋《西湖衣钵》，楼秋房跋
《文绝图赞》，真西山跋诗后，赵南堂跋《平衢寇碑》，
谢益斋、史石窗、陈东轩书《梅鹤图》，王潜斋拟晋唐
帖并寄诗，陈习庵诺荐书唐宋诗律，施芸隐词，扣阍奏
本十，《上都赋》一，《续讽谏篇》三十。所藏当世名贤

诗帖不计百，江湖吟卷不计千。先和靖遗文二，祖收五斤铁简一，诰敕存三十，汀洲兄《文雅禅书》一，家传《慈湖太极图》，以辛卯火不存，其欲求赵子固水仙未能也。手抄经史节二论、策括二志未遂，而眼已花。此图落成在何时，山有灵将有济遇。姑录其梗概，少慰吾梅鹤云。"

林逋没有后人。梅尧臣《林和靖先生诗集叙》、曾巩《隆平集·儒学行义》、桑世昌《林逋传》等，均称其"不娶，无子"。林洪这个谬托林逋七世孙的事，亦为时人笑话。韦居安《梅磵诗话》卷中说："泉南林洪，字龙发，号可山。肄业杭泮，粗有诗名。理宗朝上书言事，自称为和靖七世孙，冒杭贯取乡荐。刊中兴以来诸公诗，号《大雅复古集》，亦以己作附于后。时有无名子作诗嘲之曰：'和靖当年不娶妻，只留一鹤一童儿。可山认作孤山种，正是瓜皮搭李皮。'盖俗云以强认亲族者为瓜皮搭李树云。"

二〇二二年二月二十七日

《枫桥夜泊》笺记

月落乌啼霜满天，江枫渔火对愁眠。
姑苏城外寒山寺，夜半钟声到客船。

唐人张继这首《枫桥夜泊》，虽说是千古绝唱，脍炙人口，但其中颇多疑窦，需要作点辨析。

此诗所传各本，字句略有不同。第二句，龚明之《中吴纪闻》、吴曾《能改斋漫录》、胡仔《渔隐丛话后集》、洪迈《万首唐人绝句》等作"江村渔火对愁眠"；第三句，欧阳修《六一诗话》、祝穆《古今事文类聚》等作"姑苏台下寒山寺"。

作者张继，新旧《唐书》无传。计有功《唐诗纪事》卷二十五"张继"条："继字懿孙，襄州人，登天宝进士第。大历末，检校祠部员外郎，分掌财赋于洪州。"辛文房《唐才子传》卷三"张继"条："继字懿孙，襄州人。天宝十二年，礼部侍郎杨浚下及第。与皇甫冉有髫年之故，契逾昆玉。早振词名，初来长安，颇矜气节。有《感怀》诗云：'调与时人背，心将静者论。

终年帝城里，不识五侯门。'尝作镇戎军幕府，又为盐铁判官。大历间，入内侍。仕终检校祠部郎中。继博览有识，好谈论，知治体，亦尝领郡，辄有政声。诗情爽激，多金玉音。盖其累代词伯，积袭弓裘，其于为文，不雕不饰，丰姿清迥，有道者风。集一卷，今传。"《新唐书·艺文志》著录《张继诗》一卷，已佚。《全唐诗》编诗一卷；《唐诗百名家集》有《张祠部诗集》一卷。关于张继之籍贯、职官、交游、经历等，傅璇琮《唐代诗人丛考》有专文考辨。张继除此诗外，另有《阊门即事》、《游灵岩》、《春申君祠》，或为同一时期所作，当在安史之乱以后，年代不可确考。

诗题《枫桥夜泊》，高仲武编《中兴间气集》作《松江夜泊》；祝穆编《古今事文类聚前集》作《枫桥寺》。《中兴间气集》乃唐人选唐诗重要刊本，选至德至大历间二十六家诗一百三十余首。松江者，吴淞江古称，陆广微《吴地记》："松江，一名松陵，又名笠泽。"钱大昕《十驾斋养新录》卷二十"松江"条："唐人诗文称松江者，即今吴江县地，非今松江府也。松江首受太湖，经吴江、昆山、嘉定、青浦，至上海县，合黄浦入海，亦名吴松江。唐时未有吴江县，则松江上流为吴县南境。"顾祖禹《读史方舆纪要·南直一》："三江皆太湖之委流也，一曰松江，一曰娄江，一曰东江。"松江并不流经枫桥，故既称《松江夜泊》，与今寒山寺无涉也。"枫桥寺"则是寒山寺的旧称，程师孟《游枫桥偶成》云："晚泊枫桥寺，迎风坐一轩。好山平隔岸，流水漫过门。朱舫朝天路，青林近郭村。主人头似雪，怪我到多番。"陆游《宿枫桥》云："七年不到枫桥寺，客枕依然半夜钟。风月未须轻感慨，巴山此去尚千重。"并见祝穆《方舆览胜·平江府》、绍定《吴郡志》、绍定

《平江图》石刻等著录。

枫桥，顾祖禹《读史方舆纪要·南直六》："枫桥，在府西七里，《吴地记》：'吴门三百九十桥，枫桥其最著者。'今为水陆孔道，商民错聚于此。"绍定《吴郡志·桥梁》："枫桥在阊门外九里，自古有名，南北客径由，未有不憩此桥而题咏者。"旧称封桥，洪武《苏州府志·桥梁》引周遵道《豹隐纪谈》："旧作封桥。王郇公居吴时，书张继诗刻石，作'枫'字，相承至今。天平寺藏经，多唐人书背，有'封桥常住'四字朱印。知府吴潜至寺，赋诗云'借问封桥桥畔人'，笔史言之，潜不肯改，信有据也。翁逢龙亦有诗，且云'寺有藏经'，题'至和三年'。曹文廼写'施封桥寺'，作'枫'者非。"朱长文《吴郡图经续记·寺院》："枫桥之名远矣，杜牧诗尝言之，张继有《晚泊》一绝，孙承祐尝于此建塔。近长老僧庆来住持，凡四五十年修饰完备，面山临水，可以游息。旧或误为封桥，今丞相王郇公顷居吴门，亲笔张继一绝于石，而'枫'字遂正。"但唐人已称枫桥，如杜牧《怀吴中冯秀才》云："长洲苑外草萧萧，却算游城岁月遥。惟有别时今不忘，暮烟疏雨过枫桥。"或唐宋时枫桥与封桥并称。枫桥之'枫'，似有别解，因此处并无枫树。王端履《重论文斋笔录》卷九："江南临水，多植乌桕，秋叶饱霜，鲜红可爱，诗人类指为枫，不知枫生山中，性最恶湿，不能种之江畔也。此诗'江枫'二字亦未免误认耳。"俞樾重书张继诗石刻碑阴："唐张继《枫桥夜泊》诗，脍炙人口，惟次句'江枫渔火'四字，颇有可疑。宋龚明之《中吴纪闻》作'江村渔火'，宋人旧籍可宝也。此诗宋王郇公曾写以刻石，今不可见。明文待诏所书，亦漫漶，'江'下一字不可辨。筱石中丞属余补书，姑从今本，然'江村'古本不可没也。因作一诗附刻，以告观者：'郇公旧墨久无存，待诏残碑不可扪。幸有中吴纪闻在，千金一字是江村。'俞樾。"江村者，松江沿岸村落更贴切也。

寒山寺，洪武《苏州府志·寺观》："寒山禅寺，去城西十里，旧名普明禅院，在枫桥，人或称为枫桥寺。"正德《姑苏志·寺观上》："寒山禅寺，在阊门西十里枫桥下，旧名妙利普明塔院。宋太平兴国初，节度使孙承祐建浮图七成。嘉祐中改普明禅院。然唐人已称寒山寺矣，相传寒山、拾得尝止此，故名，然不可考也。"附会寒山、拾得之始作俑者为释道衍姚广孝，永乐十一年（1413）作《寒山寺重兴记》："唐元和中，有寒山子者，不测人也。冠桦皮冠，著木履，被蓝缕衣，掣风掣颠，笑歌自若，来此缚茆以居。暑暍则设茗饮，济行旅之渴。挽舟之人，施以草屝，或代其挽，修持多行甚勤。寻游天台寒岩，与拾得、丰干为友，终隐入岩石而去。希迁禅师于此创建伽蓝，遂额曰'寒山寺'。"诗僧寒山，生卒年不详，据余嘉锡《四库提要辨证》卷二十"《寒山子诗集》"条推定，其先天至大历、贞元间在世，晚于张继。故文嘉《寒山寺》有云："名岂寒山得，诗曾张继留。"诗中"寒山"者，荒寒之山也，如谢灵运《入华子岗是麻源第三谷》："南州实炎德，桂树凌寒山。"王维《辋川闲居赠裴秀才迪》："寒山转苍翠，秋水日潺湲。"白居易《和杜录事题红叶》："寒山十月旦，霜叶一时新。"杜牧《山行》："远上寒山石径斜，白云生处有人家。""寒山寺"者，荒寒山中之梵刹也，如韦应物《寄恒璨》："心绝去来缘，迹顺人间事。独寻秋草径，夜宿寒山寺。今日郡斋闲，思问楞伽字。"方干《途中言事寄居远上人》："举目时时似故园，乡心自动向谁言。白云晓湿寒山寺，红叶夜飞明月村。震泽风帆归橘岸，钱塘水府抵城根。羡师了达无牵速，行径生苔掩竹门。"刘言史《送僧归山》："楚俗翻花自送迎，密人来往岂知情。夜行独自寒山寺，雪径泠泠金锡声。"李流谦《再游蒋山》："寒山寺里立斜晖，只有垂杨自在垂。不待新亭成洒涕，向来已识宁馨儿。"所咏均非枫桥之寺。

半夜钟，欧阳修《六一诗话》："唐人有云：'姑苏城外寒山寺，夜半钟声到客船。'说者亦云句者佳矣，其如三更不是打钟时。"于此，后来学者都作辩解。《王直方诗话》："余观于鹄《送宫人入道诗》云'定知别后宫中伴，遥听缑山半夜钟'，而白乐天亦云'新秋松影下，半夜钟声后'，岂唐人多用此语也。傥非递相沿袭，恐必有说耳。温庭筠诗亦云'悠然逆旅频回首，无复松窗半夜钟'，庭筠诗多缵在白乐天诗后。"范温《潜溪诗眼》："欧公以'夜半钟声到客船'为语病。《南史》载齐武帝景阳楼有三更五更钟。丘仲孚读书，以中宵钟为限。阮景仲为吴兴守，禁半夜钟。至唐诗人如于鹄、白乐天、温庭筠，尤多言之。今佛宫一夜鸣铃，俗谓之定夜钟。不知唐人所谓半夜钟者，景阳三更钟邪？今之定夜钟耶？然于义皆无害，文忠偶不考耳。"吴曾《能改斋漫录》卷三"夜半钟"条："陈正敏《遯斋闲览》记欧阳文忠《诗话》，讥唐人'夜半钟声到客船'之句云：'半夜非鸣钟时，疑诗人偶闻此耳。'且云：'渠尝过姑苏，宿一寺，夜半闻钟，因问寺僧，皆曰分夜钟，曷足怪乎？寻闻他寺皆然，始知半夜钟惟姑苏有之。'以上皆《闲览》所载。予考唐诗，知欧公所讥，乃唐张继《枫桥夜泊》诗，全篇云：'月落乌啼霜满天，江枫渔火对愁眠。姑苏城外寒山寺，夜半钟声到客船。'此欧阳公所讥也。然唐时诗人皇甫冉有《秋夜宿严维宅》诗云：'昔闻玄度宅，门向会稽峰。君住东湖下，清风继旧踪。秋深临水月，夜半隔山钟。世故多离别，良宵讵可逢。'且维所居正在会稽，而会稽钟声亦鸣于半夜，乃知张继诗不为误，欧公不察。而半夜钟亦不止于姑苏，如陈正敏说也。又陈羽《梓州与温商夜别》诗'隔水悠扬午夜钟'，乃知唐人多如此。"唐于邺《褒中即事》："远钟来半夜，阴月入千家。"李子卿《夜闻山寺钟赋》："寒月山空，萧萧远风。有客静听，双林之中。鹫岭深兮夜分后，龙宫隐兮洪钟扣。"至于苏州僧寺夜半打钟，沿至宋代。张邦基《墨庄漫录》卷九："此盖吴郡之实耳。今平江城中从旧承天寺鸣钟，乃半夜后也，馀寺闻承天寺钟罢，乃相继而鸣，迨今如是，以此知自唐而然。枫桥去城数里，距诸山皆不远，书其实也。承天今更名能仁云。"龚明之《中吴纪闻》卷一"半夜钟"条："昔人谓钟声无半夜者，诗话尝辨之云，姑苏寺钟多鸣于半夜。予以其说为未尽，姑苏寺钟惟承天寺至夜半则鸣，其他皆五更钟也。"叶梦得《石林诗话》卷中："欧阳文忠尝病其夜半非打钟时，盖公未尝至吴中，今吴中山寺实以夜半打钟。"此外，王实甫《西厢记》第二本第五折有"莫不是梵王宫，夜撞钟"之句，可增一笺也。

客船，夜半泊岸，乃夜航船也。龚明之《中吴纪闻》卷四"夜航船"条："夜航船，惟浙西有之，然其名旧矣。古乐府有《夜航船》之曲。皮日休答陆龟蒙诗云：'明朝有物充君信，橘酒三瓶寄夜航。'"陶宗仪《南村辍耕录》卷十一"夜航船"条："凡篙师于城埠市镇人烟凑集去处，招聚客旅装载夜行者，谓之夜航船，太平之时，在处有之。"袁学澜《吴郡岁华纪丽》卷十一"夜航船"条:"吴中乡镇四布,往返郡城,商贩必觅航船以代步,日夜更番,迭相往来,夜航之设,固四时皆有之。惟是残冬将尽,岁时峥嵘,夜航之中,行人拥挤,长途灯火,肃肃宵征,瑟缩篷窗,劬劳堪悯。其中间有豪客诙谐,笑谈风发,或唱无字曲,歌呼呜呜,声闻远岸,其情景亦有可纪者焉。"并附自作诗《夜航船》:"长宵归客趁吴艒,杂沓乡音聚短窗。宛守庚申同不寐,争歌子夜并无腔。瑰奇互说黎邱鬼,欢笑时惊断岸庞。柔橹咿呕相应答,乌啼月落过寒江。"

众所周知,寒山寺因张继一诗而闻名遐迩,作此笺记,可略知其历史文献基础。今继续杜撰、附会者多多,越说越妄,真乃千古笑话。《红楼梦》第一回说"太虚幻境"石坊上有副对联:"假作真时真亦假,无为有处有还无。"姑且将之作为"假语村言"来看罢了。

二〇二二年三月二十日

马咸 《大吴胜壤图册》

　　马咸，一名贤，字泽山，一字嵩洲，号蔗田，自署五岳外史，清嘉兴府平湖县人，家居新埭。雍正初至乾隆末在世，年七十馀卒，布衣终身。光绪《平湖县志·人物·列传三》记载了他的事迹："潜心学古，尝寄食独山精舍，寒夜读书，达旦不辍。受诗学于其族父恒锡，兼工小楷、篆书，画得郭恕先法。尝游天台山、金陵，皆有吟咏。大吏某闻其名，以金帛求画屏风，婉谢之，未几某以墨败。客金陵时，有故人子贫甚，以画直助之。渡湘湖，遇覆舟者，倾囊救之。"著作有《台岳游草》八卷、《怡庐诗文集》十二卷、《六法品汇》二十卷、《镜古录》等，均不传。

　　马咸工诗文书画，尤善画山水，仿李昭道笔意，尤渲染工细，兼得郭忠恕遗法。冯金伯《墨香居画识》卷二称其"工缪篆，精小楷，山水兼南北两宗，而其仿小李将军笔意者，渲染工细，金碧辉煌，尤为可爱。尝寓乍浦，凡番舶入市，必购其画以归"。武康徐熊飞《徐雪庐诗钞》卷一有《禾中三布衣诗》，《马泽山咸》一首题注："平湖人，诗字皆极工，尤精六法。"诗云："马卿人中龙，少慕高士传。富贵一脱屣，此心了无恋。怀中昆山璧，到老无人见。风尘五十年，流光疾于箭。昨登大龙湫，天浆涤石研。丹青随手为，烟霞千百变。南宗久寂寞，不绝维一线。五岳起胸中，洒向东川绢。平生与俗近，闭户乐贫贱。杖履招不来，云山郁葱蒨。"对他的志向和画艺都有很高的评价。

我没有见过马咸的画，偶于郭俊纶所编《清代园林图录》（上海人民美术出版社，一九九三年五月版）中，见其《大吴胜壤图册》。册前有马咸《大吴胜壤图说》一篇，起首说："余癖山水，凡遇丘壑树石之奇异者，必流连于其下，盖欲藏胸中以发图中耳。夫吴中之景最丽，蓄意久矣，然未经游不敢作。岁在甲午孟陬，礼太皞于虎丘，既而渡石湖，越灵岩，登天平，跨支硎，宿寒山，上穹窿，步邓尉，观香雪，吴中之胜，半在余目矣。于是检旧稿，证之其间树木楼台，或荣谢损益不同，若夫峰峦冈阜，溪泽源涧，虽千古不易也。尝读《名山志》云，虎丘图惟刘叔宪绘者为甲，其灵岩以降，南北家图写不一。余概取山形，会稿分派而作是册，计十三帧。"接着依次介绍了虎丘、灵岩、高义园、法螺庵、寒山别墅、千尺雪、观音山、华山、石湖石佛寺、上方山、穹窿山、邓尉山、香雪海的名迹胜概。末署"由拳马咸识"。

《大吴胜壤图册》十三帧，为设色绢本，马咸自谓"甲午孟陬"到苏州游览，当是乾隆三十九年（1774）正月以后所作。

奇怪的是，我发现《大吴胜壤图册》，与《南巡盛典·江南名胜》的同题各幅构图相同，《大吴胜壤图册》与《江南名胜》每幅附录的介绍文字也大致相同。这就很有疑窦了。《南巡盛典》一百二十卷，两江总督高晋于乾隆三十五年（1770）进呈，藏庋大内，马咸不可能看到；即使有画稿流出，马咸也不敢照图摹写。那只有一个可能，即《大吴胜壤图册》不是马咸所作，而是出于后世画坊，甚至在光绪八年（1882）上海点石斋缩印本《南巡盛典》问世以后，那才容易看到。

《大吴胜壤图册》的收藏者郭俊伦，在《清代园林图录·赘言》中说："著者年方弱冠而东邻入侵，虑名园将成焦土，间访书肆，见旧籍图志，购而藏之，则当年园林美景，尚足卧游焉。得马咸精绘《大吴胜壤图册》，观寒山别墅及千尺雪两图，叹为观止。盖结合自然地貌，疏泉筑台，建筑物高低错落，仰望园景，真若天然图画，绝非城市园林所及企及。"可见郭俊纶入藏此册，在抗战之初，他当时没有看到过《南巡盛典》的"名胜图"。但在《清代园林图录》中，他收入了不少《南巡盛典》的"名胜图"，如苏州的沧浪亭、狮子林，扬州的锦春园，镇江的焦山，江宁的栖霞行宫、万松山房、叠浪崖、彩虹明镜等，惜乎都没有注明出处。

平心而论，这本《大吴胜壤图册》，虽然出自画坊，但笔致工细，色彩绚丽，在现存的苏州风景册页中，算得上是摹仿的珍品。

二〇二三年一月二日

金古良《无双谱》

　　《无双谱》是清康熙间版画名作，绘者金古良，乾隆《绍兴府志·人物志三十·方技》说："金古良，山阴人，画《无双谱》。先是陈章侯画《水浒传》像，各极意态，妙绝一时，好事者雕行之，后有刘伴阮《凌烟阁功臣图》。古良名史，以字行，更字射堂，人物名手也。二子可久、可大，世其学。"陶元藻《越画见闻》称其"别号南陵"。光绪十二年（1886）上海同文书局石印"赏奇轩合编"五种，收入这本画册，题作《南陵无双谱》，只是印制粗疏，远不及初刊本。

　　今存初刊本，首页中间题"无双谱"，左上题"於越金古良撰"，钤"南陵"朱文长圆印，右下钤"古良之印"。今中国博物馆图书馆藏本，书前有毛奇龄《引言》、王士禛《读无双谱复言》、宋俊《弁言》、徐咸清《南陵先生无双谱叙》、董良楠《读无双谱引》、金古良《无双谱自叙》及门人卢询等题词。上海古籍出版社"中国古代版画丛刊"影印郑振铎藏本，有陶式玉《无双谱序》，无王士禛、徐咸清、董良楠之作。可见两者均为残本。《南陵无双谱目》右下有"男可久德公、可大业侯较",这是金古良的两个儿子。

这本画册收入四十位耳熟能详的历史人物,不以历史评价为标准,不走先贤图、功臣图的路子。金古良《无双谱自叙》说:"客居寡欢,辄引古人晤对饮酒。周秦以前,纪传杂涌,余顾弗深。考自汉迄宋一千四百数十馀年之中,其间有忠孝、才节、事功、品性、人蔑与京与妖佞之从来亡有者,得四十人,约其生平大端,拟为乐府歌辞以自娱。适然因事命题,寄之言辞,未为众情悦畅,兼为绘图,以揣索其形似,名曰《无双谱》,无双,不再见也。世之君子,按图披览,窒于心者,或以目遇之,欢悲啼笑,亦诗教之一助与。"作者以此自娱外,意在用正反两方面的人物来教化人心。

所收四十人,依次是留侯张子房(良)、西楚霸王项籍(羽)、伏生、东方曼倩(朔)、张骞、典属国苏子卿(武)、龙门司马子长(迁)、董贤、严先生(光)、曹孝女(娥)、定远侯班超、曹大家班惠班(昭)、赵娥、江东孙郎(策)、汉丞相诸葛武侯(亮)、隐士焦孝然(先)、北地王刘谌、羊叔子(祜)、周将军处、绿珠、陶公(渊明)、王景略(猛)、晋太傅谢公(安)、苏若兰、木兰、谯国夫人洗氏、伪周皇帝武曌(则天)、国老狄梁公(仁杰)、代国公乐工安金藏、尚父郭汾阳王(子仪)、李青莲(白)、李邺侯(泌)、唐监军张承业、长乐老冯道、华山陈图南先生(抟)、吴越钱武肃王(镠)、安民、太学录陈东、岳鄂王(飞)、文丞相(天祥)。人物均为绣像,其上端略述生平事迹为小传,每图有"无双"两字朱印。背面镌古良所作乐府歌辞,都有合乎题旨的装饰性图案,歌辞后题"射堂",且钤

"墨禅"、"默然"、"老髯"、"良然"、"禅止"诸印，均为古良的别署。古良所作歌辞，通晓明白，然辞旨隐晦含蓄，试举两篇。

咏董贤之《恐惊寐》云："云阳舍人貌自工，年才二十为三公。法尧禅舜尚不惜，何况断袖枕席中。孝武当年称好色，思患预防杀钩弋，嬖一倖竖忘祖宗。欲绵汉祚何由得，后人空骂新都贼。"

咏冯道之《长乐老》云："冯瀛州，事唐乃迄周，万姓苟可活，一身不自羞。五季锋镝人不保，尔今自号长乐老。此心若非真为民，长乐老尔死恐不早。"

这两位都是历史上的"反面"人物，董贤之俏，冯道之奸，刻画无遗。

明代中叶以后，徽派版画风靡一时，人物图像以纤丽明净擅长，但个性不突出，忠良与奸佞，志士与小人，形象上几乎没有差别，这是徽派版画的一大缺点。至晚明，陈洪绶绘制的《博古叶子》、《水浒叶子》，将人物的思想性格、妍媸善恶，以寥寥数笔勾画出来，另开了一路新风。金古良无疑受到陈洪绶影响，才成就了这套富有时代气息和艺术创新的版画精品。毛奇龄《引言》说："古画无雕本，李公麟画孔门弟子，曾琢于石，顾未雕木也。宋绍熙间，刘待诏进《耕织图》，用枣木雕之，然其本不可见。余幼时观陈老莲雕博古牌，以为绝迹，而南陵以《无双谱》继之。"有论者认为，金古良是胜国过来的遗民，于历史变迁深有感触，陶式玉《无双谱序》就说："士不幸而不得志，无所知遇，亦幸而穷苦，能托之文词，尽发其幽忧感愤以鸣其不平。自古及今，善鸣者莫过于诗，莫过于寓之诗而论史，而南陵不尽然。南陵负才沦弃，泣玉而继之以血，人穷而诗益工，读其咏史诸史，知其为诗史欤。南陵曰未也，画亦可为史，吾且为人所未然者，《无双谱》右图左诗，《十七史》之人音容若睹，盖取千百年之不平而鸣者也。"

金古良具有多方面的才华，毛奇龄《引言》说："夫南陵与予同为诗，与徐仲山同学书法，未为画也而画精，即是谱名无双，而实且三绝，有书有画又有诗，不止画也，而画特精。"陶式玉《无双谱序》也说："南陵声气才藻为文坛祭尊三十馀年矣，汉魏三唐之歌诗，与马班之述怀未易数计，顾遇非其人，虽日接膝而不相知，倘千百年而下亦以画掩之，则又南陵之不幸也，可悲也。"真给不幸言中了，今知金古良成就者，惟有这本《无双谱》了。

关于《无双谱》的刊刻年代，宋俊《弁言》款署"康熙庚午九月同学弟宋俊拜手题"，庚午是康熙二十九年（1690）；毛奇龄《引言》款署"七十七老人奇龄"，毛奇龄生于明天启三年（1623），七十七岁是康熙三十八年（1699）。故其刊刻当在三十八年以后。

乾隆时就有一说，《无双谱》相传为吴门名工朱圭（字上如）所刻，朱象贤《闻见偶录》"刻板名手"条说："又南陵诗人金史字古良，择两汉至宋名人，各图形像，题以乐府，名曰《无双谱》，传闻亦是上如雕刻。"一九二九年，唐兰在为武进陶氏涉园石印本《凌烟阁功臣图》写的序中也说："朱上如木刻四种，曰《凌烟阁功臣图像》（刘源绘），曰《无双谱》（金史绘），曰《耕织图诗》（焦秉贞绘），曰《避暑山庄图咏》（沈喻绘）。上如雕镂精绝，三百年来无出其右，惜流传于世仅止此也。"朱圭在康熙二十一年（1682）前就选入内廷，任鸿胪寺叙班，哪能为金古良刻版。再说《无双谱》上没有朱圭的署款，故只是"传闻"而已，或许

《无双谱》的版刻风格与朱圭有相似之处。

周氏兄弟早年都读过《无声谱》，这并不是与金古良同乡的缘故。鲁迅《准风月谈·晨凉漫记》说："儿时见过一本书，叫作《无双谱》，是清初人之作，取历史上极特别无二的人物，各画一像，一面题些诗，但坏人好像是没有的。"这末一句是为下文作铺垫的。知堂对《无双谱》的印象更深，早在一九一五年就于《绍兴教育杂志》发表《读书杂录·无双谱》，介绍了这本画册，除作者和版本特点外，还说："其画仿佛老莲，诗亦奇妙，阮亭简称为西涯之后一人而已。图后就其人行事绘为图案，题词其上，颇多巧合，如焦先后作一括囊，董快堂极称道之。"并且读得更细，如《书房一角·杨妃的脚》说："金古良撰《无双谱》，画与赞均佳，而花木兰之靴乃亦不自然地尖小，则贤者亦尚不免，射堂岂习见戏台上女将之有蹻，以为木兰亦当尔耶。"再如一九四九年在《亦报》发表的《博浪椎》，比较了上官周《晚笑堂画传》和金古良《无双谱》中的张良："《晚笑堂》的只是一个人儿罢了，没有什么特别的地方，《无双谱》的则是两个人，张良年少身矮，旁边一个彪形大汉，比他要高出一头地，手里拿着铜锤，像是西瓜装了柄似的，此人即是狙击秦始皇的力士。金古良自汉至宋选择了四十个人，画图作赞，都是今古无双的人物，第一幅博浪椎却画作两人，后人加以指摘，的确是个漏洞。"一九四六年，知堂在南京老虎桥坐牢，回忆早年生活，作《往昔三十首》，其二续之五《金古良》云："往昔看画本，吾爱金射堂。创作五双谱，此意自无双。画或逊老莲，诗却胜老杨（谓杨铁崖作乐府）。自比于诗史，字故曰古良。终以文丞相，始自张子房。中有长乐老，旁及吴越王。图赞四十人，各各不寻常。金君古逸名，微意可推详。尊王亦贵民，影响出姚江。不必师梨洲，浙学故流长。"可见这本《无双谱》对他的影响。

二〇二三年一月六日

阊门的火灾和消防

阊门内外自古繁华，唐宋已然，明代中叶以后更盛。郑若曾《江南经略·枫桥险要说》说："天下财货莫聚于苏州，苏州财货莫聚于阊门。"这是由它的地理位置决定的，嘉靖《吴邑志·形胜》就说："吴占郡西境，洪川交流于城下，万舍环抱乎外郭，塘堞高崇，货物衍积，护以群岭，限以重湖，信江南之奥壤也。"由于运河经由阊门外，形成了上塘河两岸、山塘、南濠、阊门大街等商市，故王心一《重修吴县志序》说："尝出阊市，见错锈云连，肩摩毂击，枫江之舳舻衔尾，南濠之货物如山，则谓此亦江南一都会矣，而其间风俗之淳漓、人民之消长，不能问也。"阊门内外成为天下富丽繁盛之区，清康熙时人孙嘉淦《南游记》也说："姑苏控三江、跨五湖而通海。阊门内外，居货山积，行人水流，列肆招牌，灿若云锦，语其繁华，都门不逮。"苏州向称东南都会，阊门内外就是这个都会的经济特区。乾嘉时佚名《皆大欢喜》卷一《戏馆赋》咏道："繁而不华汉川口，华而不繁广陵阜。人间都会最繁华，除是京师吴下有。尔乃浒墅遥临，平江左纽，宝市纷罗，金阊居首。濠通南北之船，山列东西之篓。百货之所杂陈，万商之所必走。"叶长扬《宛陵会馆壮缪关公庙记》也说："江苏阊关为吾吴一大都会，闽商粤客，百货辐辏。"

由于商肆毗连，人烟稠密，阊门内外时有火灾发生。据乾隆《吴县志·祥异二》记载，万历三十七年（1609）二月十日，"夜，阊门城楼灾，瓮城内火发，延烧至城内五百馀家，次夜始息"；崇祯二年（1629）十一月二十一日，"阊门南濠大火，延烧三百馀家，两日方熄"；崇祯十一年（1638）四月十一日，"阊门外民居火，延烧虹桥"；康熙五十二年（1713）十月初五日，"日暮，阊门外南濠失火，延烧二百馀家，吊桥拥挤，人不能出入，至立而自毙及堕河死者三百馀人"。又据民国《吴县志·祥异考》记载，乾隆十九年（1754）五月初十日，"夜半，阊门外大火，自钓桥至钓玉湾延烧二百七十馀家"；乾隆二十一年（1756）十月初六日，"阊门外施家浜大火，同日胥门外日晖桥亦火"；道光八年（1828）十月朔，"是夜，阊门外钩玉湾、小邾街、方基火，烧二百馀家"。这都是火势炽烈、漫延广泛、伤亡惨重、损失巨大的灾难，至于一般火灾，方志就不会去记了。

据说，康熙五十二年（1787）那次火灾，最为惨烈，朱象贤《闻见偶录》"火灾"条说："吴郡之阊门，人民杂沓，百货聚集，每多火灾，未有如康熙五十二年十月五日之甚，因火而死于水者，拥挤蹴踏而死者甚多。余友蒋芳似梦兰作诗，叙述情景虽极铺张，却无已甚之词。"他引录了这首长诗：

"康熙五十有二年，十月五日夜未眠。阖闾城中声

震地，阊闾城外光连天。是时秋冬久无雨，风日燥烈烘
梁柱。姚家衖口包氏居，偶一不警腾烟炷。从此绵延百
十家，流光走焰飞金蛇。四方奇货累百万，一炬顷刻成
尘沙。大官小官急驰骤，反风无术何能救。当其烈焰未
息时，谁忍迟留独居后。城头峨峨百尺高，其下十丈深
凿濠。众人攘攘互出入，一桥约束如蜂腰（谓吊桥）。
桥窄人多脚蹢躅，危阑一断崩崖谷。火光照水如血红，
数百生人水中哭。深濠填塞水不流，先堕在底后上头。
水濡人压两莫当，那得更试吴儿洄。魂断身沈不可记，
下者翻为上者利。双鞋虽湿衣尚干，尸上逃生若平地。
嗟嗟此火燔居民，奇赢灰烬存其身。岂知因火而死水，
水中死者皆途人。桥西之火势愈猛，火东之路缩如颈。
万人拥挤火渐来，不出不入喉中鲠。直北一路旧渡津，
石桥高跨何嶙峋。平时历级尚不易，当此杂沓空逡巡。
下塘隔绝仅寻丈，肩连踵接迷来往。来者欲南不得下，
往者欲北何由上。相持既久难支撑，一人蹉跌千人倾。
强者腾翻疾奔窜，弱者尸积桥梁平。或者僵直或卷缩，
或折手足或穿腹。不如潃没濠中人，纵死犹全骨与肉。
火止宵残犹未归，传闻两处心疑非。耶孃妻子急相索，
形骸细认齐鸣譆。濠边桥边夹衢路，哭声一片昏阴霏。
得尸似得活人还，馀者伤心不知处。一夜西风白浪颠，
漂流出没随波迁。齐女门边观者众，几人失足沈深渊。
瓦砾场中拾馀烬，败垣倾塌雷霆震。何事馀威尚未收，
又见零星买棺槥。天人之道孰可知，宽征与材聊尔为。
后世敢希郑子产，梓慎禆灶亦足师。圣君享祚最悠久，
况是今年圣人寿。赦诏遥颁禁狱空，死囚且得延其首。
戊子之岁叛逆诛，肝脑狼藉膏血涂。教场陈尸约五十，
此辈醒臲皆至愚。天地生生真大德，六府何为失其职。
哀哉无罪二百人，玉石无分在旹刻。岂缘风薄俗更浇，

真宰作意惩浮嚣。途中水中有定数，特以一火为招邀。而今一路阴魂满，薄暮依稀识长短。啾啾鬼哭略可闻，路上行人迹欲断。腾腾烈火犹可防，躯命一失何由偿。城中城外招魂哭，怕见桥头并水傍。"

苏州城中，当然也有火灾。如董含《三冈识略》卷九补遗"吴阊火灾"条记康熙二十六年（1761），"五月初二日，吴阊布政司前民家失火，延烧官署、民房一千馀间。见空中有红衣人往来指挥，合郡官僚赴救，俱公服向火叩首。毁去文卷十之七。自未至酉始息"。民国《吴县志·祥异考》记乾隆三十八年（1773）五月十七日，"三更，元妙观失火，毁头山门、金刚殿及雷祖殿"。但苏州其他地方的火灾，总不及阊门那样频繁，那样灾情巨大。

自古以来，苏州注意避免火灾。楚据吴时的黄堂就是一例，朱长文《吴郡图经续记·州宅上》引《郡国志》："今太守所居室，即春申君之子为假君之殿也，因子失火，涂以雄黄，故曰黄堂。"另外，在屋脊正脊两端塑以鸱吻，也是防火的方法，袁栋《书隐丛说》卷六"鱼尾鸱吻"条说："海有鱼虬，尾似鸱，用以喷浪则降雨。汉柏梁台灾，越王上厌胜之法，乃大起建章宫，遂设其像于屋脊。以厌火灾，故有作鱼尾形者。"苏州民居鸱吻多用龙哺、鸡哺，由陆墓一带窑厂烧造供货。黄堂和鸱吻，都属于厌胜之术。

火神崇拜，由来已久，祈求火神呵护，就可以防止火灾。苏州旧有火神庙，始建无考，明万历间申时行重建于清嘉坊。乾隆七年（1742），知府觉罗雅尔哈善拓地增建，他在《火神庙记》中说："国家怀柔百神，凡先农八蜡，靡不报享，而火神秩在祀典。吴郡为东南要津，地大俗庞，金阊门内外居民百万家，室宇栉比，货物充牣，人浩穰而气炎郁，岁常有火灾为民患。"雅尔哈善认为，重祀火神的意义，在于"火主烹饪，人一日不可无，厥德大矣。祀之所以报本，若惧其为患，而思以邀福，苟政教不修，神讵歆哉"。话虽说得冠冕堂皇，主要还是讨好火神，免其作祟。至于家家户户都祀灶神，灶神也是兼管火灾的。

在苏州较早采取积极消防措施的，是唐元和中刺史王仲舒，《新唐书》本传称其"变屋瓦，绝火灾"。那时苏州城内民居建筑都是茅草屋顶，一旦发生火灾，就连片烧起来，将整个街市毁了。王仲舒就推广用瓦爿、瓦筒来代替茅草，这就大大降低了火灾的发生率。明代的苏州民居，人字形坡顶房屋两端的山墙，一般高出屋面三至六尺，有防止火灾蔓延的作用，故称为风火墙。清代内宅的墙门，有用清水细砖贴面，也起同样的作用。第宅内的水井、水塘，也是救火的重要设施。这都是从建筑本身来防止火灾的。

民国以前，苏州官府没有消防组织，民间结社救火的历史较早，先后有火社、龙社等，一旦发生火灾，鸣锣吹号，前往扑灭。早先的灭火工具，有水桶、水囊、水袋、洒子、麻搭、斧、锯、火樨、梯子、大索、铁锚儿、唧筒等，比较原始。乾隆以后，每里置水龙，大大提高了救火效率。水龙乃西洋发明，康熙初苏州人程肇泰引进仿制，乾隆《苏州府志·杂记三·类琐》说："水龙，苏州程封君肇泰始仿西法为之。冶锡为筒，屈其颈若鹤喙，鼓之以橐籥，扼其机，跃水数十丈，从空而下，所向火，易扑灭。初成，会城西升平里火，封君自率傔从，赍水龙，救熄之。由是苏人竞传其制。乾隆十一年（1746），知府傅椿令城内外每图必制一具，以备仓猝，甚为民利。"直到晚清，善堂、公所、商会等组织的龙社，都配备水龙。

苏州虽说是水城，因街市建筑密集，若然起火，很难找到水源。因此，开辟水弄是官府采取的消防措施。以南濠水弄为例，南濠乃阛阓百货所萃，商家毗连，几无隙地，一旦失火，虽濠在咫尺，却无从汲水。乾隆八年（1743），巡抚陈大受、知府觉罗雅尔哈善建南濠水弄，广其旧者两，曰信心弄，曰姚家弄，扩其新者三，曰同善弄，曰中正弄，曰兴仁弄，凡五条，每条阔仅两三步，西自街面，东通濠上。水弄的开辟，一方面可直达河边，方便了汲水；另一方面间隔了建筑的距离，以防火势蔓延。

光绪十二年（1886），南濠街某浴室发生火灾，《点石斋画报》作了题为《混堂火着》的报道："苏城阊门外南濠新开河桥，有某姓浴室，于前月二十三夜遭火厄。有谓偶不谨慎，火种系其自遗；有谓邻儿弄火，致被殃及。维时垢腻满身者，方且濯磨荡涤，欣欣于入水之不濡，而警告忽闻，要皆突门而出，淋漓其身，瑟缩其形，伛偻者鞠躬如，蹲伏者足蹜如。夜如何其夜未央，庭燎之光，乃公无裤，下体何藏。吁嗟乎，慌张。"这虽是一起不大的火灾，但水弄的开辟，大大方便了救火。

当时繁华之区还以埠头作为取水通道，一旦发生火灾，就近下埠头汲水。光绪二十年（1894）《吴县示禁清理张广泗附近摊柜以防火灾而通水埠碑》说：

"去年十二月初九夜，东中市上下塘失慎，水龙取水，以张广桥堍为最近。查桥之四堍，向均有起水埠头，现在西南角一水埠，今春为沈万兴鸡鸭店搭出柜台，占住水路，西北角之水埠为糖果摊子及垃圾堆满，仅剩东北及东南两埠可通行走，桥面也为摊棚所占，只剩狭路，火起之时，尚不肯拆，以致南北往来，极为拥挤。后□之合，水龙不能在张广桥水埠取水，转向皋桥及泰伯庙□汲取，舍近求远，殊形不便。现值东中市上下塘被灾后，瓦砾堆积，街衢阻□，已由绅等募资，□轮香善局督工，挑出城外，并拟将张广桥四旁水埠出清垃圾，修好□□，以通水路，而复旧观。"

旧时苏州商铺前，都搭有凉棚，这是用竹木、芦席等搭的，北方谓之天棚，这也是火灾的隐患，民国时曾下令拆除。一九二六年，范烟桥在《上海画报》发表《凉棚小劫史》，虽谈城内的事，阊门内外的情形也可概见：

"苏州之凉棚，较他处为多。业此者城内城外无虑百数家，大都系包搭包拆，故其空架，终年不卸。至若因果巷、范庄前之嫁妆店，一年四季常在凉棚下生活，盖木器经不得日炙也。惟因凉棚之触处皆是，而火警之蔓延，亦往往借为媒介，前此砂皮巷之火，即凉棚为祟。故警察厅长袁孝谷严令四区署长，实行干涉凉棚，限三日内悉行拆除。于是街头巷口，时见芦菲之屑，随西风起舞矣。惟一般业凉棚者，咸惴惴恐禁令之永久不替，则将无噉饭地。或云，明年初夏仍可恢复，盖凉棚自须在不凉时方有用耳。有谂知其实者言，袁孝谷一日过蘋花桥，见天和祥菜馆凉棚未拆，且侵及对面浸会堂之女墙，以为殊非优外宾之道，返署即电话天和祥拆去过街之凉棚。天和祥为城中第一老牌子菜馆，颇不肯让人，答言：'此系挡风，并非招凉。今城内城外过街凉棚，丝毫未动，何以独见责。'袁闻之，大愤，即下此令，以示普遍。惟嫁妆店不免要化一笔布幔钱耳。"

这都是过去的事了，但火灾无小事，任何时候都要加以提防，杜绝隐患，听不到消防车的警笛才好。

二〇二三年一月八日

譬喻苏州

宋代吴人互称"呆子","苏州呆"由此而来，高德基《平江记事》说："吴人自相呼为呆子，又谓之苏州呆。每岁除夕，群儿绕街呼叫，云：'卖痴呆，千贯卖汝痴，万贯卖汝呆，见卖尽多送，要赊随我来。'盖以吴人多呆，儿辈戏谑之耳。吴推官尝谓人曰：'某居官久，深知吴风，吴人尚奢争胜，所事不切，广置田宅，计较微利，殊不知异时，反贻子孙不肖之害，故人以呆目之，谓之苏州呆，不亦宜乎。'"用"呆"来形容苏州人，亦时有所见，如郑思肖《呆懒道人凝云小隐记》说："呆懒道人，苏人也，既呆矣，又懒矣，苏人中之真苏人也。"

南宋平江除夕的"卖痴呆"风俗，范成大在淳熙十六年（1189）就记录了，《腊月村田乐府十首小序》说："其九《卖痴呆词》，分岁罢，小儿绕街呼叫云：'卖汝痴，卖汝呆。'世传吴人多呆，故儿辈讳之，欲贾其馀，益可笑。"词曰："除夕更阑人不睡，厌禳钝滞迎新岁。小儿呼叫走长街，云有痴呆召人买。二物于人谁独无，就中吴侬仍有馀。巷南巷北卖不得，相逢大笑相邪揄。栎翁块坐重帘下，独要买添令问价。儿云翁买不须钱，奉赊痴呆千百年。"

约在晚明，"苏州呆"转给杭州人了，称"杭阿呆"，杭州人则称苏州人"苏空头"。翟灏《通俗编·地理》"苏州呆"条说："今苏杭人相嘲，苏谓杭曰阿呆，杭谓苏曰空头。据诸说，则旧言呆者，苏人也。据田汝成说，则旧言空者，杭人也，不知何时互易。赵宧光《说文长笺》云：'浙省方言曰阿带，谓愚憨貌。阿入声，带平声，一曰阿呆。'赵氏，苏人也，苏人嫁呆于浙，其起是时欤。"

"苏空头"是带贬义的，但各个场合的意思并不一样。艾衲居士《豆棚闲话》第二则《范少伯水葬西施》说，西施被送到吴国，"吴王是个苏州空头，只要肉肉麻麻奉承几句，那左右许多帮闲篾片，不上三分的就说十分，不上五六分就说千古罕见的了"。庾岭劳人《蜃楼志全传》第十四回："穷人家备不出什么可口的东西，不过尽点儿穷心，我们苏州人有名的'苏空头'，大爷休要笑话。"岐山左臣《女开科传》第十一回："我曾见那徽州的风俗，男子惯在外方生意，几十年不转家乡。或有新婚离家，白首未归的。或有子幼相别，到老不见的。那曾见有妻儿子女，终日奔波往四方寻觅的事。还只是他一向住在苏州，习惯了苏州空头的口谈，来骗易水也不可知。"海上说梦人《歇浦潮》第二十二回："无如苏州人原有个苏空头的别号，场面上架子十足，其实还不能打一个对折算账。"胡祖德《沪谚外编》卷下《看潮歌》："种田人老实头，生意人苏空头。"

从上面几条书证来看，"苏空头"的内涵很丰富，不是三言两语能够说清楚，但与苏州人说的"空心老大官"、"空心老官"很接近，意谓有名无实、外强中干。张南庄《何典》第十回，地里鬼指着冒失鬼说："有空心大老官在此，他惯买马别人骑；就是我骑的马，也是他买的。索性一客弗烦两主，等他做个出钱施主何如？"梦花馆主《九尾狐》第三十四回，阿金对宝玉说："倪贴仔身体，赔仔本钱，叫仔俚笃好听，陪仔俚笃白相，等到节浪讨账，还实梗疲赊卡次，有格有钿勿速落，有格空心大老官，阿要气数，赛过骗子拐子。"海上说梦人《歇浦潮》第一百回说："倪俊人又是个空心老官，名气虽好，银子却没有盈馀。"

与苏州人被称"苏空头"一样，各个地方的人都有别称，几乎都带贬义。徐珂予以辨证，《可言》卷一说："吴越之区域，近人心目中辄以苏州、绍兴当之，狭义也。且于吴恒藐之，谓吴人毗于柔而不自振也；于越恒鄙之，谓越人习于犷而复多吝也。然吾所见之苏、绍人亦多矣，绝未见有若是者。江南之人以文弱称，差类浙西，然实礼教之邦也。而外人或有加以贬辞者，于江宁、上元曰'南京拐子'（以术欺人者，俗曰拐子）；于苏州之长洲、元和、吴县曰'苏空头'（谓其好为大言也）；于无锡、常州曰'无常到，性命都难保'；于扬州之江都、甘泉曰'扬虚儿'（谓其所言多伪也）。予与彼都人士习，乃知其实不然。又外人于吾浙杭州之仁和、钱塘曰'杭铁头'（谓其不长强御也）；湖州之乌程、归安曰'湖州苦恼子'（谓其胆怯）；绍兴之山阴、会稽曰'绍兴寿头'（谓其不谙事理也），亦殊非是。又于湖北人曰'天上九头鸟，地下湖北老'（殆原于楚人多诈，亦古语）；于四川人曰'四川老鼠'，皆诬辞也。文湛持性疏直，不类苏人，见明杨士聪《玉堂荟记》：'苏人多惰，不以狡诈著。'士聪云云，当以苏人好为大言耳，谚所谓'苏空头'者是也，然苏人之好为大言者亦甚尠。"

湖州人的"苦恼子"是相对"苏空头"而来的，严昌钰《吴兴竹枝词》云："洞庭东山空头苏，洞庭西山苦恼湖。东山奢荡西山朴，彼美贻椒姜织蒲。"自注："洞庭东西两山分隶苏、湖，谚谓'苏人虚花为空头，湖人老实苦恼子'。"当时西山属于湖州府乌程县，可见"苏空头"也随时空变化的。

艾衲居士《豆棚闲话》第十则《虎丘山贾清客联盟》，讽刺苏州人"苏空头"，还用扁豆来作比："《食物志》云，扁豆二月一种，蔓生延缠，叶大如杯，圆而有尖。其花状如小蛾，有翘尾之形。其荚凡十馀样，或长，或圆，或如猪耳，或如刀镰，或如龙爪，或如虎爪，种种不同，皆累累成枝。白露后结实繁衍，嫩时可充蔬食茶料，老则收于煮食。子有黑白赤斑四色，惟白者可入药料。其味甘温无毒，主治和中下气，补五脏，止呕逆，消暑气，暖脾胃，除湿热，疗霍乱泄痢不止，解河豚酒毒，及一切草木之毒。只此一种，具此多效，如何人家不该种他。还有一件妙处，天下瓜茄小菜，有宜南不宜北的，有宜东不宜西的。惟扁豆这种，天下俱有。只是猪耳、刀镰、虎爪三种，生来厚实阔大，煮吃有味。惟龙爪一品，其形似乎厚实，其中却是空的，望去表里照见，吃去淡而无味，止生于苏州地方，别处却无。偶然说起，人也不信。今日我们闲话之际，如有解得这个原故，也好补在《食物》、《本草》之内，备人参考。内一人道，这也是照着地土风气长就来的。天下人俱存厚道，所以长来的豆荚，亦厚实有味。惟有苏州风气浇薄，人生的眉毛，尚且说他空心，地上长的豆荚，越发该空虚了。"

有意思的是，徐树丕对苏属各邑也有形象的评价，《识小录》卷一"吴评"条说："金太仓，银嘉定，铜常熟，铁崇明，豆腐吴江，叫化昆山，纸苏州。此吴儿自评也。金银富厚，铜臭，铁刚，豆腐淡，叫化龌龊，纸薄也。"这个评价乃针对经济状况、城乡性格、风土人情而言的，确乎也是譬喻。

二〇二三年四月五日

养叫哥哥

蝈蝈，北人称其聒聒，吴人称其叫哥哥，或也写作"叫蝈"。蝈蝈，属直翅目螽斯总科，颇像蝗虫，身体绿色或褐色，腹大，翅短，善跳跃，吃植物的嫩叶和花，雄的借前翅基部摩擦发声，作"聒聒"、"扎织"、"嘎织"之鸣。袁宏道《瓶花斋杂录·畜促织》说："又有一种，似蚱蜢而身肥者，京师人谓之聒聒，亦捕养之，南人谓之纺线娘，食丝瓜花及瓜穰，音声与促织相似，而清越过之。余尝畜二笼，挂之檐间，露下，凄声彻夜，酸楚异常，俗耳为之一清。"刘侗等《帝京景物略》卷三"胡家村"条说："有虫，便腹青色，以股跃，以短翼鸣，其声聒聒，夏虫也，络纬是也。昼而曝，斯鸣矣，夕而热，斯鸣矣，秸笼悬之，饵以瓜之饷，以其声名之，曰聒聒儿。"

蝈蝈种类很多，体色特别翠绿的，称"翠哥"、"绿哥"；体色带白的，称"糙白"、"白哥"；少些体色紫红如锈的，称"铁哥"。凡秋天出的，称"秋哥"；冬天出的，称"冬哥"。蝈蝈大部分产于北方，有"北哥"、

"鲁哥"、"燕哥"、"晋哥"等，据钦定《热河志·物产五·虫之属》说："今塞外所产榛蝈，则系络纬、蟋蟀之类，善以翼鸣，土人呼为叫蝈蝈，盛以小笼，置之暖室，经冬犹有作声者。"

山阴悟痴生编录《广天籁集》说："清江浦以北，夏月最多青虫，似蝗蝻而小，善鼓翼作声，名曰叫蝈。土人编竹笼，每具盛以一，至江南卖之。小儿讹呼曰叫哥哥，谓与络纬为夫妇，故又名络纬曰纺织娘。一昼鸣，哜嘈聒耳，一夜鸣，风林雾草，呜咽达旦，亦性有各近耳。然或午后倦思眠，夜中烦热，偶一听之，清澈襟袍，未始不足以遣兴，小儿辈亦饲豢之而已，岂有此会心者。"

苏州盛行养叫哥哥之风，重阳前后有担卖者，一只小笼置一只叫哥哥，价格甚廉，本是小儿玩物，成人也有买的。顾禄《清嘉录》卷九"养叫哥哥"条说："秋深，笼养蝈蝈，俗呼为叫哥哥，听鸣声为玩。藏怀中，或饲以丹砂，则过冬不僵。笼刳干葫芦为之，金镶玉盖，雕刻精致。虫自北来，薰风乍拂，已千筐万筥，集于吴城矣。"

苏州人好养秋虫，往往以葫芦为器，装饰得十分精致，而养叫哥哥之笼，一般都用竹篾编织，工艺简单，但由于养叫哥哥很普遍，故凡养秋虫之笼，一概称为叫哥哥笼。顾禄《桐桥倚棹录·工作》说："葫芦，为笼虫之玩，从初结时在枝上即扶令端正，待其长大，然后剪下，以丝绳系之，悬风中候干，雕为万眼罗及花卉之属，中剜一窍，四旁或作四穴，各嵌象牙、骨、角、玻璃为门。喜蓄秋虫之人笼虫于内，置怀间珍玩，俗呼叫哥哥笼。其摘颈之大者可截盖作酒榼，小瓠为湘帘之轧头而已。"

前人咏叫哥哥者不多，偶也看到几首。

郭麐《琐窗寒·蝈蝈》词云："络纬啼残，凉秋已到，豆棚瓜架。声声慢诉，似诉夜来寒乍。挂筠笼、晚风一丝，水天儿女同闲话。算未应输与，金盆蟋蟀，枕函清夜。　窗罅。见低亚。簇几叶瓜华，露亭水树。胡卢样小，若个探怀堪讶。笑虫虫、自解呼名，物微不用添尔雅。便蛇医、分与丹砂，总露蝉同哑。"自注"京师人以胡卢贮之，制极精好，藏怀中，饮以丹砂，可养至十月"。

韩宝筌《咏叫哥哥》云："少小怜为客，关山万里过。樊笼甘我素，口舌让人多。北望空回首，南音孰倚歌。世途行不得，何苦叫哥哥。"

苏州城里的叫哥哥，大都由枫桥贩去，嘉道年间，枫桥的叫哥哥行在王路庵，为戴氏所业。王路庵即慈泰寺，在枫桥西北，相传地近吴王夫差登山辇路，故有此名。近人范君博《枫桥杂咏》云："蝈蝈初鸣暑气酣，楸花照眼更墙南。篾丝笼子戴家好，要买枫桥王路庵。"这也与枫桥作为水陆码头有关，既有养虫之人，也就有贩虫之商，千里迢迢将叫哥哥运到苏州，停泊枫江，戴氏收购后，一只只装入劈篾编就的笼子里。然后虫贩就将它们运到城里，或就地设摊，或走街串巷，那是不需要叫卖的，此起彼伏的虫鸣，就是最好的招徕。

犹记儿时，外婆早晨上菜场，就买一只叫哥哥回来，将虫笼挂在窗棂上，或帐竿上，夜间则放在屋外吃露水，用竹签穿一两粒毛豆，放在笼子里，听它鸣叫，虽不会有什么身世之感，但确乎是童年的乐事。

二〇二三年四月二十一日

湖山处处祭鬼神

《隋书·地理志下》说："江南之俗，火耕水耨，食鱼与稻，以渔猎为业。虽无蓄积之资，然而亦无饥馁。其俗信鬼神，好淫祀，父子或异居，此大抵然。"至明清时期，苏州"信鬼神、好淫祀"的风气更甚，特别是迎神赛会，四时不绝。王穉登《吴社编》说："里社之设，所以祈年谷、被灾祲、洽党间、乐太平而已。吴风淫靡，喜讹尚怪，轻人道而重鬼神，舍医药而崇巫觋，毁宗庙而建淫祠，黜祖祢而尊野厉。呜呼！弊也久矣。每春夏之交，妄言神降，于是游手逐末，亡赖不逞之徒，张皇其事，乱市井之听，惑稚狂之见，朱门缨绥之士，白首耄耋之老，草莽铺笠之夫，建牙黑虎之客，红颜窈窕之媛，无不惊心夺志，移声动色，金钱玉帛，川委云输，百戏罗列，威仪杂沓，启僭窃之心，滋奸慝之行，长争斗之风，决奢淫之渐，溃三尺之防，废四民之业。嗟乎！是社之流生祸也。"

移风易俗，谈何容易，它既与经济活动、意识形态紧密联系，又是百姓日常的公共性娱乐活动，也就具有深厚坚固的社会基础。苏州的迎神赛会名目繁多，如松花会、关王会、观音会、东岳会、三官会、水仙会、猛将会、无祀会、城隍会、洞庭福主会、禹王会、天妃会、解饷会、五圣会，等等，难以悉举，故也只能择要介绍。

东岳会，祭赛东岳大帝，相传其执掌人间生命禄籍修短，故酬报尤虔。城乡各处都有岳庙，殿宇宏丽，士女瞻拜者，月朔望毕至。至三月二十八日东岳诞日，则更有规模宏大的赛会，以松江流域为尤盛，如六直姜里东岳庙、陈湖大姚东岳庙、尹山崇福寺等处，舟楫群集，男女老幼纷至沓来，热闹非凡，俗谓之"叽廿八"、"看香头"、"草鞋香"。袁学澜《吴乡岳帝诞日观草鞋香会诗序》说："诞日众集为赛会，庙中陈设宝玩供席，烂然眩目，殽装果局，穷极奢异，靡不罗列，灯彩演剧，百戏竞陈。于是日也，举国趋胜若狂，会首鸣金号众，盛设仪卫，迎神出游，金钱玉帛，川委云输，翠盖红旗，旛幢羽葆，辉映衢路，锦绣花攒，鼓乐潮沸，游行近乡，香烟花霭，尘风汗气，逦迤翱翔，云屯雾需，数十里一路相属也。夸巧者，杂扮童崽故事为抬阁，铁竿数丈，曲折成势，层置孩童，环铁约儿腰，衣彩掩其外，云梢烟缕中，空坐一兜，蹬虚飘飘，旁观动色，儿坐实无少苦，人复长竿掇饼饵频唦之，路遥，日暄风拂，儿则熟睡。别有粉墨面，僧尼容，乞丐相，逼妓态，憨无状，则闾里少年所为喧哄嬉游也。于是游惰娇民，水逐陆奔，随路兜截，转折看之，名看头会。有拜跪而行者，名拜香。进香者多乡人，随会尽着芒屦，俗称草鞋香。一时楼船野艇，争逐游观，充塞塘河。王稺登《吴社编》备载其盛，自昔已然，有司以为神道设教也，亦因而仍之不以禁，吴俗浮靡，日寖争胜。路旁遍设列肆酒食，燔炙纷腾，饼炉茶幔，地摊杂卖糖饵、泥孩、不倒翁、戏耍玩具，抟面熟之，曰麻胡饼，饧和炒米圆之，曰欢喜团，稭编盔帽幞额，纸泥糊面具，梅花格篾丝篮，支布为篷，合沓成市。村农尽出游览，看会烧香，摇双橹，出杪快船，遨游市镇，或观戏春台。其有荒村僻堡，民贫无资财，亦复摇小艇，载童冠妇女六七人，赴闹市，赶春场，或探亲朋，谋醉饱，熙熙攘攘，以了一年游愿。田家雇工客作佣，亦俱舍业以嬉。香会到处，观者林林总总，山填海咽。俄顷会过，桑柘影斜，绿云遍野，酒人满路，香客归途，衣有一寸尘。入郭门，欣欣自喜，道拥观者啧啧喜。入门，子女旋绕之，相聚话春游事。然或醉则喧，争道则殴，迷失子女，纷纷扰扰，翌日事乃平。盖自是田事将兴，农忙浸种，布谷催耕，无暇游赏矣。"

　　光福东岳会的召集处，在虎山上的东岳行宫，庙虽规模不大，而奉祀神道不少，有玄帝殿、痘神殿、牛王殿、金龙四大王殿、江湖神殿、财帛司殿、火神殿、城隍庙、斗姥阁等。祭赛例在东岳诞日举行，《光福志·风俗》说："三月二十八日，虎山东岳诞，乡间士女并出，演剧聚众。自清明前后迄四月，各乡迎神报赛，几无虚日，谓之'解饷会'，旗盖鲜艳，以童子扮作杂剧，曰台阁，各村无不争胜夸耀，穷极工巧。"

　　以上说的虽是东岳会的故事场景，吴中其他迎神赛会的情形，也大致相同。

　　三官会，祀天官、地官、水官三帝也。归有光《汝州新造三官庙记》说："按三官者，出于道家，其说以天、地、水府为三元，能为人赐福、赦罪、解厄，皆以帝君尊称焉。"在苏州深入人心，各道观神庙都有三官殿，街巷之间亦多三官堂。俗传正月十五上元为天官诞日，七月十五中元为地官诞日，十月十五下元为水官诞日。每当三官诞日，信奉者群往吴山三官行宫即乾元寺去，拈香祭拜。特别是中元地官诞日，进香者蜂拥而至，形成规模盛大的七子山香市。袁学澜《吴郡岁华纪丽》卷七说："郡西七子山，有三官行宫，极著灵应。七月中香市最盛，其时池塘暑退，郊野凉秋，士女相率朝山进香，舆舫络绎，道途不绝，较正、十月为倍益骈集。进香归，持神号灯悬于门首，云可解厄。或有以香烛插小凳上，一步一拜至山者，谓之拜香，亦相属于路云。"许锷《石湖棹歌百首》有云："暑退凉生月满湾，秋林泉水碧潺潺。三官香盛中元节，灯火遥连七子山。"光福的三官会，也在中元举行，但这三官不是天官、地官、水官，而是别有所指，《光福志·风俗》说："赵恒夫云，三官者，周厉王臣，数谏不听，避道吴下，今人称三官。"

猛将会，盛行城乡，以东山为最。东山有两处规模较大的猛将庙，一是莫釐峰东麓的灵祐庙，又称新庙；一是杨湾的杨湾庙，一名显灵庙。据《乡志类稿·风俗》记载，祭赛是从大年初一开始的，"乡人奉刘猛将于元旦出巡，谓之贺年，大纛摩天，金鼓动地，威仪甚盛，至一村，必于其广场上环行一转，曰'打机叉'"；"六日，刘猛将巡湖滨，前山至席家湖，曰'冲湖嘴'，前山各猛将至潦里村，听村人肩而逛，曰'逛会'，晚有'夜帮铎'；八日，各村发铎一遍，曰'日帮锣'，又曰'沿锣'，是夜出灯曰'燎燔'，或曰'潦反'，相传潦里村于前代集众抗义也；九日，前山各村小猛将集合塘子岭上，每以潦里人为前导，用一杏黄飞虎旗指麾，绣旗一举，舁神椅疾冲下岭，曰'抢会'，时则万头攒动，人声鼎沸，足步雷鸣，势如潮涌，每致椅裂神踣，头破血淋，必争取第一，以卜蚕花茂盛，年必举行一次，谓可被除不祥也，是日，前后山大猛将相率巡行前后山，曰'漫山转'；十三日，致祭刘猛将神，然巨烛如杯棬，入暖阁，俗呼'满算'"；十五日，"立竿刘猛将祠前，悬灯如塔，曰'塔灯'"。至六月二十四日，"雷祖诞，进香于莳山庙，并抬刘猛将前往，登舟赏荷"。其实东山赛猛将的基本仪程，晚明就形成了，佚名《洞庭竹枝词》六首云："岁朝处处赛神忙，猛将棚都芦席张。四野鸡声天未晓，村民络绎进头香。""无数锣声闹不休，灯笼齐挂竹梢头。沿来潦反人如蚁，捷步何曾肯暂留。""欲着新衣赴会场，却同亲友去商量。不辞劳苦多方借，会未看时先已忙。""漫山转日年初九，个个腰间白布缠。鞋子鱼鳞标布袜，飞跑宛似顺风船。""新庙游人兴趣长，经营小本骗儿郎。红男绿女归来晚，共向灯前讲会场。""十三猛将是生辰，鼓乐喧天共敬神。米粉三牲真巧制，素肴丰洁乱横陈。"

"满山转"是东山赛猛将的一大特色，一直延续到民国年间。姚元灿《洞庭东山竹枝词》有云："田租争迎猛将神，满山转遍岁华新。执鞭胥是衣冠客，新庙周遭近万人。"自注："岁正月各村坊所迎猛将，多至数十座，游遍山头，名'满山转'，次集于新庙。虽衣冠搢绅，亦与参执役肩舆之例。"朱润生《湖山诗影录》说："乡人奉祀刘猛将，正月则有潦反漫山转，四月则有城隍会，均排列仪仗，或灯火辉煌，或盛饰台阁。自山前至山后环行一周，万人空巷往观，而以黄家山嘴为最胜。盖会众越干山岭、塘子岭后，复趋平地，行列重整，旌旗鲜明，他处无此庄严也。传明末路文贞公防湖匪，使山村联络，列炬周巡，贼遥望见之，以为神火满山，不敢近，疑为灵佑。今逢正月赛会，大小村落，户出一灯，以长竿挑持，绕市而行，望若火龙。锣声喧沸，如行十万军。名臣保障，功在一方，至今沿为故事，此潦反之由来也。"二十世纪五十年代后，暂告一段落。八十年代又兴起，依然还是"满山转"。

旧时东山还有蚕花会、城隍会，本与猛将信仰相联系，皆以祝丰年、驱疫疠也。《乡志类稿·风俗》说："谷雨前三四日，始护种收蚕，养蚕之家，祀蚕神，像作妇饰而乘马，即古之马头娘也。节后，前后山城隍神（俗称）出巡，赛会仪仗甚盛。有时出台阁，以俊俏儿童装扮如剧中人，东山特精致。看会之地，以前山新庙、后山黄家山嘴为胜。"其台阁也由来已久，晚明佚名《洞庭竹枝词》云道："春暖郊原雨乍晴，巧装台阁近清明。巍峨几人青云里，摇摆风前似送迎。"姚元灿《洞庭东山竹枝词》亦云："台阁连年赛市坊，个中机括里衣藏。凭空幻作凌云舞，半是戎装半艳妆。"自注："春三月居民竞赛台阁，以数岁俊貌童子为之扮演故事，或立云中，或居花上，争奇斗巧，高耸丈馀。暗缠熟铁条于衣底，其解数总以不露痕迹者为胜。"晚近以来，正月赛猛将，"漫山转"时亦装扮台阁，至今依然。

香山猛将会，也在正月出会。《香山小志·杂记》说："香山各村集均供奉刘猛将神像，为其能驱蝗也。正月赛祀最为热闹，夜闻锣鼓喧阗，各村异神赴宴，此往彼来迭为宾主。预日具柬邀请，大书'年愚弟刘锜顿首拜'云云，此不知谁何作俑，乡愚之所为，本不值识者一噱。"廖文锦《香山杂咏四十二首》有云："将军过此扣铜钲，大戟长枪按队行。怪底八人齐掉足，直教掉得此身轻。"自注："土人祀田神猛将甚虔。春间演会，扮猎户数队，各持刀杖，八人异舆者必掉其足，传言足不掉则重不可异。""掉脚"乃吴语，即顿足，出会顿足亦当有节奏也。

光福猛将会，则在七月半前后举行。《光福志·风俗》说："中元前后猛将会，村村有之，农人报以驱蝗之功也。"范君博《光福梅枝词》云："山村七月竞烧香，闻说游神猛将狂。差喜稻花开似锦，无灾无难谢驱蝗。"自注："乡人赛会游神，曰'狂猛将'。"穹窿山一带则称为"青苗会"，顾震涛《吴门表隐》卷一说："其在穹窿坞者，尤显应。村民舁像如飞，倾跌为敬，名曰'迎猛将'。此外士民尸祝，闾巷咸塑像祀之。夏秋之交，村民赛祀，名曰'青苗会'。"

尹山猛将会，也有声有色，各村轮值，三年中有一次规模特别盛大。褚人穫《坚瓠癸集》卷二"尹山猛将会"条说："长洲尹山乡人醵金祭赛猛将，三年一大会，装演故事，遍走村坊，众竞往观，男女若狂。"并引蠡墅严用三《竹枝词》云："竞看赛会棹扁舟，村俏成群意气浮。桃柳风翻裙褶乱，歪斜吹散牡丹头。""髻少乌云步少莲，布衫浆簌靛痕鲜。青团黄粽争相买，挖出荷包尽白钱。""朝来挈伴过河东，为助神前花供工。每分三星须白镪，胎缨凉履各称雄。""会毕分班上快船，腿酸脚软急呼烟。面觞蔬菜新煎酒，醉饱归来就凳眠。"

吴中乃水乡泽国，水神信仰相当广泛，大禹、天妃、水平王、胥王、柳毅、晏公、金元七总管、喝潮王、郁使君、王二相公、黑虎大王等，奉祀者大都是水上作业者。这里只介绍一下禹王会，太湖渔民所祭赛也。

太湖中有四崦，俗谓之四鳌，北崦在平台山，南崦在众安洲，东崦在三洋洲，西崦在角头洲，其上均建禹王庙，因与水平王并祀，或称水平王庙。始建均无考，北宋庆历七年（1047），知州事胡宿奏请列入祀典。

北崦平台山，坐落太湖中央。民国《吴县志·杂记二》说："山形坦而方，俗呼平台山。《震泽编》、《具区志》称为杜圻洲，范蠡泛湖，尝钓于此。庙之左右，自生平冈，外又起二小阜。庙后低落三四尺，为平田，田外复起平冈，迥抱如墉垣，结构天成。庙之右，有铁色砂，粒如菜子，亩许，不堪种植，相传神禹铸铁釜覆蘖龙于此，铁气上腾，砂色乃尔。据《岳渎经》，禹获无支祈，用大索锁颈，徙淮阴龟山之足，俾淮水安流，或者亦事之所有也。其上无巨石，四址皆鹅卵石，石有光润可爱者，人不敢取，取则行舟有风涛之患，渔人恒相戒云。北崦居太湖中央，人迹不到，惟六桷渔船岁时祭献，以祈神贶。去崦之西九里，有铁色砂起于洪波中者，曰神砂，首屈曲如钩，广三丈许，蜿蜒水面，其长五里，尾随风摆漾，风北则南向，风南则北向，不出十步之外。距神砂里许，复有暗砂一道，不透水面，风浪至此，捍激而返，回波喷礴，如白龙之戏水者，其长二里，凡三曲。二砂尾皆遥指大雷山。"叶承桂《太湖竹枝词》云："禹王庙壁暗龙蛇，铸釜犹存铁色砂。不信神功垂底定，只将祀典属渔家。"庙中石柱刻宋人徐雪庐题诗，诗云："洞庭之阴小山幽，百灵雄卫来高丘。我当十月值乱离，携家远逐湖之洲。湖光接天晚浪静，树色照野晴云浮。霜黄林头橘柚熟，日冷波底蛟龙愁。北方兵马想已到，南国城郭谁能收。我今买酒且消忧，醉舞拔剑挥斗牛。会须投笔去封侯，斩取盗贼清南州。"徐雪庐，吴兴人，宋末避乱居于西洞庭。至清乾隆时，诗刻尚存。

二十世纪三十年代初，宜兴徐梦等一行曾登北崦，他在《风帆沙鸟画湖天》里说："舟抵崦后，即令船上伙夫，携带香烛，随余等上岸。余观北崦，为湖中一大

滩，并非山岛，树木丛密，周围约一二里，禹王庙即在
崲之中央。余等入庙后，同人皆焚香顶礼，以谢其治水
敷土之劳。盖禹为奠定中邦之第一人，其俭德丰功，又
足为千秋模范，似不能不有相当敬礼。庙中除禹王外，
尚有七相公、上天王、太君娘娘、萧天君诸神，木制小
神船尤多，盖皆湖民所献。此时余等急欲知铁锅所在，
于禹王神像宝座前后搜求，迄无所得。庙中原有看守香
火二人，一吴姓，一李姓，住此已数代。询其情形，亦
云不知。可知世俗所称，纯系荒诞不经之辞，要不能成
为信史也。出庙后，余与崔髯环滩一周，搜求水边奇
石。崔君获有重约三四斤大石一块，极为玲珑。余亦选
得小石二枚，色绛而多孔，可作案头之供。滩边湖波汹
涌，触石如破花，远帆片片，若接眉宇，可谓旷如浩
如，几不知人间世为何物。兴趣既奋，愉快更增，流连
多时。舟人已在岸傍催促，乃登舟，为简翁述拾石之
由。舟人闻之，颇露惊诧，即以舟底储石三枚掷滩还
之。盖湖中风俗，禹崲之石，不能携取，违之，定有风
险，苟另以他石还掷，义在抵换，便可无事。此虽细
故，然亦足见禹王之神，虽千载下犹有生气也。北崲地
并不高，据云无论大水，从未淹没，湖民称为活地。守
庙之李、吴二姓，除种艺自食外，倘有断绝，即悬一小
旗于树干，湖船见之，当即驶救。此等湖船，皆估舶之
流，奉神最虔，兼之水上生涯，无多大智识，宜其迷信
神权，计划周到也。"

南崲众安洲，在消夏湾，俗称瓦山。徐开云《霖泉
记》说："众安洲在消夏湾中，四面环水，水外环山，
红菱碧莲，紫莼绿蘋，左萦右拂，俨一瀛洲也。洲之高
不过一仞，大不逾数亩，虽巨浸不没，上有水平王庙，
旧传后稷庶子佐禹治水有功，因祀之，其神甚灵。"《震

泽编·寺观庵庙》称"神像与几案皆石为之"。旧时每当朔望，庙中香火甚盛，晚近正殿有"有求必应"额，神像金装。二十世纪六十年代毁，遗迹尚存。

东崿三洋洲，在漫山之北，上有塔庙，明初洲沦没于湖。相传禹王像漂浮至光福冲山，于是改祀于郁使君庙。因四崿阙一，有人就将东山、武山间的炼墩称为东崿，但向无神庙。

西崿角头洲，在角里郑泾西北，梁大同三年（537）已有重修禹庙的记载，至民国时，颓垣败栋，惟存数百年的参天大树。至二十世纪六十年代，神像被毁，庙舍用作仓库。今已重修大殿，供禹王像，并增建山门等，成为一处旅游景点。

祭赛大禹，一年四期，分别是正月初八、清明日、七月初七、白露日，春秋两祭尤盛。渔民每年十月开捕，捕得的第一条大鱼必送平台山禹王庙祭祀，吴庄《众船竹枝词》有云："一年生计三冬好，吃食穿衣望有馀。牵得九囊多饱满，北崿山上献头鱼。"自注："北崿禹庙，渔船冬月致祭，以网中第一大鱼上献，名曰头鱼，用昭诚敬，以祈神贶。"至今惟平台山尚有香火，然无专职庙祝，由泊在岸边渔船上的渔民来料理一切。

这里着重介绍一下苏州的五通神信仰。

五通又称五显或五圣，其神五人，祖庙在徽州婺源，大观三年（1109）赐额灵顺。宣和五年（1123），五神分封通贶、通佑、通泽、通惠、通济侯，故称五通。淳熙元年（1174），五神又加封显应、显济、显佑、显灵、显宁公，故称五显。五圣，则是信众对祠神的尊称。在婺源五通确立之前，五通信仰已很普遍，其神格较为复杂，既与佛教关系密切，但有的享受荤血祭品，有的较多保留原有特征，因此而被视为淫祀。据《宋会要·礼二十》记载，早在政和元年（1111），开封府毁神祠一千三十八区，"五通、石将军、妲己三庙以淫祠废"。婺源五通庙因被赐封而被定为祖庙，也就成为正宗，相传也最灵应，王炎《五显灵应集序》就说："地方百馀里，民近数万户，水旱有祷焉而无凶饥，疾疬有祷焉而无夭折，其庇多矣。馀威遗德，溢于四境之外，达于淮甸闽浙，无不信向，灵应孰大于是。"

婺源五通庙影响很大，苏州一带信众也去进香。顾儒宝《万寿祠记》说："惟神无方，由迩而远行，几遍天下，吴门距徽千有馀里，民之敬信过于他邦，怀香裹粮而往拜者，岁不知其几，犹为未足以展其朝夕慕仰之诚中，始建行祠焉。"苏州建五通行祠，均在南宋。其一在朱家园上善庵，祝允明《苏州五显神庙记》说："吴郡行祠未的所始，或曰始于建炎，即织里桥南朱勔旧苑地为之。嘉熙中，比丘圆明重建正殿。宝祐甲寅，通复鼎新，又增大雄殿于东序。景定以后，正知善己继新三门、两庑，以逮行日，踵持月，有阅经之会，岁修庆佛之仪。入至元间日，又劝善男子孙子发与弟子荣特建华光前阁。元贞，众力复成后阁。大德中，如海购地拓广，再置吴江田为长明灯油及赡众费。延祐丁巳，寓公叶武德又作圆通殿。此皆延祐七年吴江州儒学教授顾儒宝记平江万寿灵顺行祠所述也。暨入皇朝，嗣者不弛而岁久颓燹。正德初，同守李公恒听讼于是，乃加葺饰更创杰阁。"又一在西米巷（今西美巷）如意庵，嘉熙三年（1239）重建，刘铉《况知府重建五显王行祠记》说："今之苏五显王庙于和丰坊者，或谓宋崇宁间其地旧有浮屠，嘉泰癸亥，僧普智始庵于其旁，名如意，而与其徒德晟于徽之婺源刻木肖五王及他神之像，归置于庵，复售邻地，以易其庐。宝庆乙酉，遂建阁名华严，上以度经，下以奉五王。至咸淳中，又撤阁为殿，而旱暵、水溢、疠疫之祷，悉有奇验，所以士庶归心，信崇深笃。"明正统中知府况锺重修，"葺旧则正殿、旁殿、楼阁、砖塔、楮炉、刹竿，新作则三门、两庑、厨湢，正殿之前有亭，旁有过廊，总二十有六楹"。可见当时五通是福佑之神，五通祠所亦均由僧人主持香火。

石湖上方山五通庙，历史最悠久，规模最宏大，影响也更深远，繁衍至晚近，迷信种种，尤以"借阴债"为最炽盛。

上方山五通庙，约建于咸淳年间。元至正七年（1347），杨维桢《游石湖记》说："回舟泊行春桥下，换舆登上方五王祠，少歇楞伽寺。寺僧晚堂领客观洌泉，登西崦石坛酌酒，偕至五王所，晚堂云：'吴王拜郊台址也。'诵唐贤许浑诗，且索予诗。予遂和浑诗曰：'五茸青草野麋来，城筑金锥亦已摧。白发老僧谈故事，五王宫殿是郊台。'"后移至上方寺内，卢襄《石湖志略·梵宇》记其规制："门内因山势为殿二重，其前为观音，后为五通，两翼亦各有神宇，岁时禳赛不绝。"至清初，叶方标《上方山记》说："中享殿三楹，位五方神，后楹祀大士。相传神原发祥于泗州，迁于楞伽，由大士致也。司香火者，黄冠与白足俱半，悉憨而肥。"可见上方山上的五王祠即五通庙，先由僧人管理，后来道士也参与了进来。

至明初，朱元璋定天下封功臣，梦万千阵亡兵卒来求祀典，遂以五人为伍，命江南人家立尺五小庙，处处祭祀，俗称五圣堂。稗官小说多谓其淫邪不轨，魅惑妇女，乡人畏之，故香火特盛。朱象贤《闻见偶录》"毁禁邪神"条说："吴俗有五通神，相传为明太祖定鼎后，梦中求封者甚众，由是令各处乡里立小庙，每祀五人，以仿军中队伍之意，故俗称五圣。"在苏州更具体落实为从征张士诚之兵。顾公燮《丹午笔记》"汤文正治吴"条说："明太祖立五显神于上方山，前对石湖，后倚吴山。匠指之曰：'肉山酒海吃不尽，汤饭上了就起身。'盖以祀从征张士诚之兵，即五人为伍之意，无定名，无定数。街头巷口，每立一堂，堂中塑五神像，所谓以尺土封之，血食一方而已，非真有是神也。讵其神兴妖作怪，淫邪求食。有明至今三百馀年，祷祀络绎。"

五通自明初加入"五人为伍"这个祭祀对象后，其神格逐渐起了变化，一是乡村街坊，处处立庙，影响更广泛；二是兵卒好淫，乃其故智；三是与五路财神等建立了联系。上方山五通的变化具有典型性，巫觋更推波助澜，以邪术惑众，趋事益虔，游船鳞集，肩舆接踵，拜跪无隙地，比户奉为家堂之神，凡婚丧吉凶事，必开筵祭之，逐渐深入人心。从以下的记述中，可见上方山五通神格的转移，最终而成为淫邪之神。

莫氏《石湖志·神宇》说："五显即五通，又号五圣，婺源土神也。祭赛者远近毕至，四时不绝，虽风雪盛寒时亦然。有因疾病危急而祈祷者，有岁例须还者，有发心自求者。故携壶挈榼，累累而至，牲醴必丰腆，香纸必洁净，惟春秋二时最盛。虽全体猪羊，日不下数十事。庙宇不能容，则陈于天井，天井不能容，则陈于山门外。亦有就船上望山遥祭者。若冬至夜，则城门不闭，男女老稚，填街塞巷，接踵而来，如聚蚁然。亦有以活羊奠毕，就付与住持僧者，以故住持僧享用无尽，谓上方山为酒池肉林。先儒有云，庙宇得地之胜者其神灵，人心归附者其神灵，上方兼此二美，所以香火不绝欤？按五神历代累封王爵，南京鸡鸣山有庙，盖亦祀典之神也。既登祀典，岂不知所谓非所当祭，而祭之为淫祀者乎？今吴人登山之祭既如此，而又各立小庙于门，则亵渎甚矣，神亦自小矣。又尝挈其妻室至小民家饮食，乡党自好者不为，而谓正神为之乎。"同书卷六还记了祭祀用的妖船："妖船，亦寺下人所制，饰以五采，名曰画船。其制有长五六尺者，有三四尺者，上有楼阁亭榭与夫篙橹帆樯，曲尽奇巧，其中床帐裀褥并各色器皿无一不备。佞神者买之，送于上方，悬之梁上，或买次一等者，挂于家堂，以希福荫。又疾病之际，则缚草为船，以送鬼祟，故村俗骂人者曰'落画船'。"

陆粲《庚巳编》卷五"说妖"条说："吴俗所奉妖神，号曰五圣，又曰五显灵公，乡村中呼为五郎神，盖深山老魅、山萧木客之类也。五魅皆称侯王，其牝称夫人，母称太夫人，又曰太妈。民畏之甚，家家置庙庄严，设五人冠服如王者，夫人为后妃饰。贫者绘像于板事之，曰'圣板'。祭则杂以观音、城隍、土地之神，别祭马下，谓是其从官。每一举则击牲设乐，巫者叹歌，辞皆道神之出处，云神听之则乐，谓之'茶筵'，尤盛者曰'烧纸'。虽士大夫家皆然，小民竭产以从事，至称贷为之。一切事必祷，祷则许茶筵，以祈阴佑，偶获佑则归功于神，祸则自咎不诚，竟死不敢出一言怨讪。有疾病，巫卜动指五圣见责，或戒不得服药，愚人信之，有却医待尽者。又有一辈媪，能为收惊、见鬼诸法，自谓五圣阴教，其人率与魅为奸云。城西楞伽山是魅巢窟，山中人言，往往见火炬出没湖中，或见五丈夫拥驺从姬妾入古坟屋下，张乐设宴，就地掷倒，竟夕乃散去，以为常。魅多乘人衰厄时作祟，所至移床坏户，阴窃财物，至能出火烧人屋。性又好淫妇女，涉邪及年当夭者多遭之，皆昏仆如醉，及醒，自言见贵人，巍冠华服，仪卫甚都，宫室高焕如王者居，妇女列坐，及旁侍者百数十辈，皆盛妆美色，其间鼓吹喧阗，服用极奢侈。与交合时，有物如板覆己，其冷似水。有夫者避不敢同寝，或强卧妇旁，辄为魅移置地上。其妖幻淫恶，不可胜道。"并举了十件发生在苏州的事。

朱象贤《闻见偶录》"毁禁邪神"条说："吴中之上方山建有大庙，塑神像，正中一妇，名太母，谓生五神者也；左列五男，即为五通；右列五女，为五夫人，谓五通之妻；最下傍侧有白须老者，名马阿公，谓其仆也。能降祸福于人，有病或事故，即问巫者。无非云触犯某相公，或云某相公要某女某妇服侍，须用某某物件、某等筵席。到庙祈祷，画船箫鼓，阗塞于石湖；焚香礼拜，络绎于西郊。一日之费，不下数百金。虽系奸邪小人鼓惑，然时或验。如有愚邪小人，向神称贷者，至庙祷祝，取神前纸锭而归，后或负贩或赌博等类，即有利益。每岁必上息若干，几年还以若干倍，但无完日，稍或不然，则财利断绝，而且人口俱消灭矣。或有少艾为某相公所悦，其女于神来之时，如醉如迷，已嫁者夫妇不得同衾枕，在室者父母不得至床前，并或现手足之类，以示灵异。有祷而愈者，有百计供献而仍死者。是以吴中娶妇之家，必先祀五神，丰洁其仪，倩男巫宣祝疏意，乐人度曲吹弹，盈昼彻夜，谓之'待茶筵'，然后迎娶。又有花髻送与新妇，戴以入门，髻上为纸人一百有八，取天罡地煞以镇压邪神之意。因常有新妇入门之际，猝然暴卒故也。自是花烛之夕，新郎则下拜，新妇袖手一福已耳。"

缪彤《毁上方山神祠记》分析了五通的祸端："盖

因山之上有五通神祠，起于宋末，滥于明季，家祀而户尸之，以其能祸福人也，故人人惑之，病者之而祷焉，饮之食之，俚语名其山曰肉山，名其湖曰酒海。吁！可叹也。又有市井小人，谓称贷于神，可以致富，请经若干直为母，岁时增以若干直为子，惟恐后时神降之罚，此神之贪于财也。尤可恶者，有女巫见里中妇人病，辄绐其家民，曰神为祟，欲某氏女某氏妻妾荐枕席，其家父母或其夫叩头流血求神释之，幸而获免，则曰祷之力，其不免者，曰神不从，此神之耽于色也。吁！习俗之败坏，至此极矣。吾思福善祸淫，天之道也，神奉天之道，以祸福人者也，神而利人之口腹，啗人之财利，淫人之妇女，是不奉天道也。设有有司不奉天子之号令，其褫革僇辱久矣，尚能祸福人哉？"

五通之贪婪、淫邪自不待说，又相传其有一妹，人称陈姑娘，美而妖艳，好与男子相接，经常出现在越来溪南口的白洋湾一带，凡过水被惑，舟即倾覆，故乡人十分惧怕，又奈何不得，有"宝塔倒，姑娘好"之谚。范君博《横泾杂咏》云："婐婧风姿窈窕身，凌波罗袜惯生尘。白洋湾里船来往，心惑还防荐枕神。"

至于"借阴债"，则藉以敛财。八月十七为五通生日，庙中供桌上堆满锡箔元宝之类，香客取用，便是"借阴债"，以后每月初一、十五都须在家中烧香化纸，第二年八月十七再来庙中"解钱粮"，也就是还本付息。如果本人死了，子孙还要继续还，故有俗谚"上方山的阴债还勿清"。

早在明代就有毁禁上方山五通之举，弘治时知府曹凤，隆庆间知府蔡国熙，都曾将庙像拆毁无遗，但未久就死灰复燃，愈演愈烈。至清初，五通神信仰更普遍了。王士禛《分甘馀话》卷一"马吊牌"条说："余常不解吴俗好尚有三：斗马吊牌、吃河豚鱼、敬畏五通邪神，虽士大夫不能免。"可知当时苏州祀奉五通的，不仅是普通百姓，连士绅也迷信于此。这是一种危险的趋势，发展下去，小者酿成一方恶俗，大者诱惑人心，聚众滋事，引起动乱，必须革除。

清康熙二十四年（1685），汤斌来任江宁巡抚不久，就对五通采取果断措施。叶方标《上方山记》说："紫薇村中有老儒，女为神所魅，儒不胜其愤，投牒于汤。汤按临其地，曰：'神聪明正直而壹者也，而污闺房之稚齿，乃求诸淫昏之鬼以祈福佑，何愚也。'与神约三日，其他徙，否则举而畀诸湖。其乡人夜梦神语曰：'吾弗敢与汤公抗也，将避之。'越三日，果毁其像。"顾公燮《丹午笔记》"汤文正治吴"条说："康熙二十四年，诸生范姓被五圣占夺其妻，再三求祷，不应而死。范怒，赴抚辕控告。汤公诣山，坐露台上，锁拿妖神，剥去冠带，各杖四十，投其像于湖。"王士禛《居易录》卷十八说："汤尚书荆岘（斌）巡抚江苏，毁上方山五通祆庙，撤土偶扑之而投诸水。有人于地中得古石碣，上刻'肉山酒海，遇汤而败'八字，云仙人张三丰书也。"

明年三月，汤斌上《毁淫祠以正人心疏》向皇上请示："皇上治教，如日中天，岂容此淫昏之鬼肆行于光天化日之下。臣多方禁之，其风稍息，因臣以勘灾至淮，益肆猖獗，臣遂收取妖像，木偶者付之烈炬，土偶者投之深渊，檄行有司，凡如此类尽数查毁，撤其材木，备修学宫并葺城垣。民始而骇，继而疑，以为从前曾有官长厌其妖妄，锐意革除，神即降之祸殃，皆为臣危，至数月之后，见无他异，始大悟往日之非。然吴中师巫最黠而悍，诚恐臣去之后，必又造怪诞之说，箕敛民财，更议兴复，愚民无知，必复举国猖狂，不可禁遏。请赐特旨严禁，勒石山巅，令地方官加意巡察，有敢兴复淫祠者，作何治罪，其巫觋人等，尽行责令改业，勿使邪说诳惑民听。"

汤斌毁像之后，庙中改供关帝。相传五通之母名太母，其像被僧人移匿塔内，漏网未毁。故又供奉如旧。至道光年间，江苏巡抚裕谦尽拆殿宇，但星火未息，又娱神如故。届时巫觋必举行庙会，群巫狂呼疾走，表示"老爷上身"。当时相信五通的人很多，特别是商界、帮会中人，无不以五通神为冥冥之中的保护神，发财之后，企求更发，纷纷前来"还阴债"，故崇祀愈为炽烈。一九二六年，李根源过此，《吴郡西山访古记》卷二说："今塔中所奉者，为汤文正毁其祠投其象于太湖水中之好太太也，每年八月十六、七、八三日，香火极盛，远近来者达十万人。吴俗迷信之怪，诚所不解。"一九二九年，吴县县长王纳善，效法前人，沉像石湖，虽香火断绝一时，不久又故态复萌。一九四七年，高鹤年过此，《名山游访记》第五十三篇说："山脉尽处，上有楞伽寺，殿宇二十馀间，供五神，皆称老爷殿，峰巅七级浮图，奉圣母像，据云灵感非常，香火极盛，每年中秋左右，各处来朝拜者，络绎不绝，游人亦多赶香会，肩摩踵接，摊篷延长达数里，湖中船只栉比，一时称盛。"此风至今尚存馀绪，只是乡人迎赛而已。

值得一说的是，晚明时以顾野王五子为上方山五通，顾禄《清嘉录》卷一"接路头"条作了解释："姑苏上方山香火尤甚，号为五圣。昆山家瑞公锡畴撰《黄门祠碑记》云：'公墓在楞伽山侧，子五侯从祀于山之阳。'家行人公陈垿《无益之言》云：'尝度仙霞岭，后经一岭，名五显岭。岭有五显庙，极整丽。黄门子孙世居光福，吴郡乃五侯父母之邦，而楞伽俗名上方，尤五侯正首之丘也。妖由人兴，遂淫昏相凭，奸愚互惑，'云云。"韦光黻《闻见阐幽录》甚至谴责汤斌等人的禁毁："吴人祀五路神，旧谓之五圣，本顾野王休伦子也。野王子五人，皆以忠节死事，封侯。明初号五显灵顺庙，楞伽山香火尤盛，因黄门公墓在楞伽，故从祀于此。后世误五路为五圣，甚而为五通，僧以射利。汤文正公毁之于前，而裕谦抚吴，尽拆殿宇，未考其原，而不复其旧，殊为可惜。"

何以晚明时要以顾野王五子为五通，一个重要原因，就是天启时发生了一起关于顾野王墓地的纠纷，此事顾炎武曾记之。顺治九年（1652），顾炎武至上方山谒顾野王墓，《同族兄存愉拜黄门公墓》小序说："卢襄《石湖志》曰，墓上有一巨石横卧，可二丈许，石上古松一枝似盖，湖上望见之，即知为野王坟。今树与石无恙。天启中有势家欲夺其地而葬，窆已穿矣，族兄存愉发愤，讼于官，得止。其势家所筑周垣及树木，皆归顾氏。"其实这次夺地之争，顾氏仍是小胜，顾震涛《吴门表隐》卷一说："西北一隅，明中为势家所占，屡讼未复。"直至道光十年（1830）才由顾氏后裔捐资赎归。这次夺地之争，迫使顾氏后人提高警惕，采取防范措施，于是顾锡畴写了《黄门祠碑记》，以五通庙为祠，从祀顾野王五子，一是神圣不可侵犯，二是扩大顾氏家族的影响，以防止夺地事件的再次发生。至于顾野王五子为五通后，也成为淫邪之神，那是未曾料及的。

明代苏州就有一句俗谚，"行春桥土地虚恭敬"，行春桥土地庙在桥西，即古广济院基。《石湖志·神宇》说："盖庙当要路，人往上方祭赛者，必经由于此，携壶挈榼，皆拱手作礼而过，其实无一物以献也，故谚云然。"比起上方山五通庙，这座土地庙渺乎小也，实在不必祭献，"虚恭敬"可也。

二〇二三年四月二十五日改定

《问津书影·随笔卷》序

　　再过一个来月，问津书院就五周年了，在我这样的年纪，特别感到韶光似箭，日月如梭，不知不觉，五年一晃就过去了。去年早些时候，王振良先生就开始准备五周年的纪念，其中之一，就是编选《问津书影》，厘订成随笔、小说、诗歌三卷，让我给随笔卷写篇小序，这既是隆情高谊，也是分派做事，自然无可推谢。问津书院五年来做的功德，有目共睹，这蕴含着振良等先生的多少心血，不但让我钦羡，也让我感动。我蛰居苏州，也关心地方的事儿，也想为推广和传播做点什么，但站在吴门望津门，真是小围场和大格局，那就只有惭愧了。

　　众所周知，天津最早的问津书院创建于乾隆十六年（1751），因有里人查为义捐出废宅，长芦盐运使卢见曾请示直隶总督方观承后，庀材鸠工，第二年落成。当时问津书院不止天津一处，湖广黄冈、河南舞阳也有问津书院。"问津"典出《论语·微子》："长沮、桀溺耦而耕，孔子过之，使子路问津焉。"后来引申为寻访或探求，以陶渊明《桃花源记》末一句最有名，说武陵渔父偶入桃花源，虽然归途"处处志之"，但闻名而往的人都没有找到，"后遂无问津者"，后世辞赋歌咏，都据为典故。卢见曾将书院名为"问津"，自有解释，他在《问津书院碑记》中说："若滨海亦知夫海乎？孔子之道犹海也，学者蕲至乎道而止。今之制义，其津筏也，学者因文见道，譬如泛海者，正趋鼓楫，候劲风，揭百尺，维长绡，挂帆席，然后望涛远决，乘蹻绝往，以徐臻乎员峤方壶蓬岛之胜。若自厓而返，与终身于断港绝潢而不能达者，皆不得其津者也。余姑导使问焉，毋致眩惑于沙汭之云锦，遘迕于暂晓之蜗像，则庶乎其不迷于所往矣。"以儒学为大海，以制义为津筏，乃立言于传统书院的性质，卢见曾也是实话实说。

至于如今的问津书院，只是借用了旧名，与过去的问津书院没有什么关系，不是如龚明德先生说的"恢复重建"。当然更不是到处可见的什么"书院"，让孩子穿汉服，吟诗写字舞六佾，让半老徐娘穿旗袍，走台吃茶弹古琴，那只是借着"书院"之名赚钱而已。问津书院与它们完全不同，肩负着社会进步的道义，践行着文化普及的初心，应该说是当今一个具有社会性、公益性、学术性的文化平台。

五年多前的某次席间，振良、元卿先生对我说，想建立一个研究天津的团体，拟名"问津书院"。我听了拍案叫绝，在天津"问津"，不但最切合地方，且"问"的是"津"，更凸显了书院的宗旨。不久，我就收到了《问津》，这是继《天津记忆》之后的连续出版物，一期一个主题，如前三期分别是《原住民口中的西沽》、《天津吃喝》、《天津小令注》，既有口述史、民俗调查，又有地方文献整理，至今已印出六十期，虽然每期的篇幅不多，但都有实实在在的内容。二〇一四年三月杪，来新夏先生去世，次日我赴天津奔丧，当晚振良先生又与我谈起正在编辑中的"问津文库"丛书，并说拟分出若干辑，对此我表示怀疑，因为这需要有量的支撑。过了没多久，就收到了《沽帆远影》、《荏苒芳华——洋楼背后的故事》两册。四年来，这套丛书已印出六十馀种，煌煌可观，并且是散置各辑的，共分"天津记忆"、"通俗文学研究集刊"、"九河寻真"、"津沽文化研究集刊"、"津沽名家诗文丛刊"、"津沽笔记史料丛刊"、"随艺生活"七辑。如果再过五年，"问津文库"的累积将更大，那就是一套规模可观、内容丰富、质量上乘的天津地方文化读物了。

问津书院这个文化平台的构筑，正在逐渐完善。它以天津历史文化为对象，集研究、展示、出版、传播、交流于一体，有规划，有步骤，循序而进，助推了天津文化格局的变化。更重要的是，这个平台几乎集中了天津地方史、文化史、风俗史等各方面的学者，分工合作，共襄盛举。沈约《桐柏山金庭馆碑》说："寻师讲道，结友问津。"汤斌《志学会约》也说："人心易放，学问难穷，故亲师取友，一则夹辅切磋，使不至放逸其心；一则问津指路，使不至错用其功。"这就形成了群体的力量。问津书院不仅立足天津，而且面向全国，承办全国民间读书年会、读书和出版高峰论坛，斥资承印《开卷》、《参差》等内刊，一度接办《藏书家》，最近又与《藏书报》建立了密切的联系。他们所做的一切，不仅是为了推动全民阅读，建设书香社会，从更大的格局来说，那正是在为建设全民族的文化而作地方的贡献。

恕我孤陋寡闻，就各地的情形来说，虽然很不一样，但像问津书院所取得的丰硕成果，所赢得的全国影响，目前恐怕还找不出第二个来。这自然是有原因的，宗旨的明确、坚守的意志和不懈的努力，固然重要，还有社会和政府力量的支持，在这方面他们发挥了主观能动性，有原则地接受支持，而不是无原则地接受支配。我赞同臧杰先生的说法，问津书院正在走上"一条更为公共化的路途"，自会形成另一种力量，那就是"敞开的力量"。敞开是主动性的开放，就会更加公共化、社会化、多样化。问津书院的探索和实践，相信会给各地的同行带来成功的经验。

这卷随笔，凡一百二十馀篇，分"说院"、"语人"、"结缘"、"谈片"四辑，作者少长咸集，各擅胜场，说的都与书院有关，或谈经历，或谈故事，或谈人物，或谈感想。我想，这既是诸家随笔的展示，更是问津书院五年来的真实记录，或许过不了多久，就会成为研究问津书院乃至天津文化的珍贵资料。

二〇一八年五月二十日

《三庐微书话》序

　　"三庐"者，淡庐自牧、潜庐徐明祥、静庐古农也。文人好事，给自己起个室名，实在也司空见惯，无论斋馆楼堂、阁筱轩龛，还是山房书屋、草堂精舍，最要紧的是前置之词，应该都是有寓意有寄托的。真是巧得很，三位都是"庐"，各有了一个简陋的小屋子，但"淡"、"潜"、"静"三字如何真能做到，想来也是取法乎上，以作自我警策罢了。

　　三庐主人，我认识明祥最早，由明祥之介认识自牧，由自牧之介认识古农。有人称他们是"历下三士"，在我看来，三位的个性、志向、学养颇不相同，似乎不大好连类并举。但有一点是共同的，就是都喜欢书，搜书藏书，读书写书，在书中寻觅自己的乐趣，在书中猎取想得到的知识。这本《三庐微书话》就是他们的合集，人各一辑，并且话题都是签名本。三位都有丰富的签名本收藏，它们的来历，自然与"交际圈"有关，有直接签赠的，有托人请签的，也有寄给作者求签的，情形各别，从一篇篇文章中，可看出他们对书和作者的感情和痴迷，同时，那些集藏的故事，也是爱书人乐意去知道的。由于三位的"交际圈"差不多，这次三庐汇集，也就有所取舍，此庐写到了，那庐就舍弃，故提到的书和作者就更多了，并且还附印了书影，很有点立此存照的意思。如果以后有人研究签名本，这本书就是亲身经历的好材料。前些天读陆灏的《不愧三餐》，在《签名》一篇里也提到签名本，他引述了艾柯（Umberto Eco）的一篇幻想散文《碎布瘟疫》，说到了二〇八〇年，"那个时候与古董市场的老传统不同，值钱的是那些没有作者签名的'无手迹珍藏本'。因为从二十世纪中期以来，一个作家出版一部作品后，会到处签名，'这种带有作者签名的书实在泛滥成灾，其价值也一落千丈，从而被排除在珍藏版书籍的范围之外'"。艾柯如此幻想，自然是有寓意的。但从另一个角度看，签名本的广泛流行，既是世界潮流，也是中国当下的事实，否则也不会有这么许多关于签名本的文章和著作，其中包括陈子善的《签名本丛考》和这本《三庐微书话》了。

明祥在潜庐一辑的序中列举了诸多关于书话的意见，说得各有道理，我也没有更多的想法。如果非得有书话的说法不可，它的定位，乃由谈论的内容所决定，那就是由书而生发或展开，行文可有不同姿态，但绝不是正襟危坐的高头讲章。三位写签名本，或记人，或说事，正是关于书和人的一个个故事，应该算是比较纯粹的。十多年前，我在《〈看书琐记〉后记》中曾表示对书话的"厌气"，这里我再补说几句。书话虽然门槛低，易于入门，只要读点书有点感想，写成文字，就可算作书话。但这类文章又法门广大，境界深邃，高下悬殊，也就可以让作者去作无止境的追求。读过《三庐微书话》，我正看到他们在这条漫长的道上渐行渐远。

　　七月初，我从天津回苏州，过济南，胡长青、徐峙立夫妇在渔夫码头设宴接风，自牧、明祥陪席。酒半酣，自牧塞给我这部书稿的校样，他说话带着浓重的周村口音，不大好懂，但意思是明白的，本来请陈子善写序，子善迟迟不交货，就让我来顶替。虽说这顶替有点像是填房，但既能解子善之围，又能救作者之场，在我自然没有什么不可以。两个月后，写了以上的话，只怕没搔到痒处。

　　　　　　　　　　　　　　　二〇一八年九月六日

《苏州民国园林史》序

　　众所周知，苏州历史上就是园林之城，自五代而层见叠出，至明清进入全盛时期。嘉靖初黄省曾在《吴风录》中就说："至今吴中富豪竞以湖石筑峙奇峰阴洞，至诸贵占据名岛，以凿琢而嵌空妙绝，珍花异木，错映阑圃，虽闾阎下户亦饰小小盆岛为玩。"清初沈朝初《忆江南》也咏道："苏州好，城里半园亭。几片太湖堆崒嵂，一篙新涨接沙汀。山水有清灵。"自北宋元丰七年（1084）朱长文撰写《吴郡图经续记》起，历代府县乡镇志几乎都有"园亭"、"园第"、"园池"、"第宅"的卷帙。由于园林概念的不确定，至今仍无可统计苏州历史上的园林数据。园林在苏州，整体占据城乡空间比例之大，个体存在的历史之久，造园艺术和技术的与时俱进，相关文献的汗牛充栋，在全国找不出第二个来。迄至于今，苏州仍以园林之城著称于世。一九九七年，拙政园、留园、网师园、环秀山庄作为典型例证的苏州古典园林被列入世界文化遗产；二〇〇〇年，沧浪亭等五个园林作为苏州古典园林的增补项目被列入世界文化遗产。

二十世纪以来，对苏州园林的研究，进入现代学术途径，开始探索它的整体性、规律性，逐步建立起全新的园林学体系。如姚承祖的《营造法原》，归纳了二十世纪前期江南传统建筑的经验，其中"园林建筑总论"一章，对园林的总体布局，以及建筑、铺地、叠山、理水、架桥等作了精辟的论述，并阐述了独特的园林审美理念，与文震亨、计成、李渔、钱泳诸家论述比较，更有现实性和科学性。童寯的《江南园林志》，以苏州为典型而综论江南，勾勒了一个框架，提出了一些问题，为这个系统的建立奠定了基础。刘敦桢的《苏州古典园林》，从建筑调查入手，将空间与时间两相结合，探索了造园技术的若干规律。陈从周的《苏州园林》、《说园》等，以诗文家的眼光，结合传统美学，赏析园林个案，为园林价值的推广作出了贡献。范君博的《吴门园墅文献》，乃属文献辑录，其"谈丛"部分记录了五十年代园林的存毁情况，"文薮"、"诗籁"、"清韵"则辑存了历代园林记咏，特别注意保存咸同兵燹前后的诗文，那是具有卓识的。

八十年代后，关心园林的人如雨后笋萌，相关著作亦层出不穷。就大势而言，介绍园林的读物很多，推出专题丛书十数套，作者坐而论道，雅俗并存；研究园林也更深入，建筑、装修、山池、绿化、生态等都各有著作，拓展更广，深浅则不一。园林文献整理虽仅是起步，但也小有成绩。就我的了解来看，近三十年来，研究苏州园林，尤其在园林史的构建上，魏嘉瓒先生是特别有成绩的一位。

魏嘉瓒，古彭城人，自二十世纪八十年代客居苏州以来，就直以他乡为故乡了，深深眷恋上了苏州的城池山川、风土人情，特别是对苏州古典园林生发浓厚的兴趣。公事之馀，翻检旧籍，实地考察，几经春秋，一九九二年他的第一本园林专著《苏州历代园林录》由北京燕山出版社出版。当时，我于嘉瓒先生尚未识荆，得读此书，方知其人。这本《苏州历代园林录》据方志、笔记、别集等文献中的记载，梳理了各个历史时期苏州园林的情状，包括时间上的沿革、嬗变，空间上的扩展、分割、兼及主人的命运。就当时园林研究现状来说，这本书具有筚路蓝缕的意义。其所罗列，大大扩充了《吴门园墅文献》的著录范围，除苏州城区和四郊外，吴江、昆山、太仓、常熟、张家港的园林也一一进入视野，并且尽可能地介绍了各个园林的历史变迁、主人更易、营造过程、置景渊源。就作者自己来说，仿佛是对苏州历代园林作了一次全面巡礼，为以后归纳史的线索，做了文献上和构架上的准备。二〇〇五年，他的《苏州古典园林史》由上海三联书店出版，这是有史以来第一部苏州园林专门史。首先，作者提示了苏州园林存在的思想和社会基础，分析了苏州造园活动经久不衰的原因，包括自然、社会、经济、文化诸多方面。其次，也是这部书的主干，对各个历史时期具有代表性的园林，作了介绍和分析，特别注重群体和典型相结合，让读者对各个时期的造园活动、造园风格有比较清晰的了解，且随时有所考订，有所创见，如乐圃、范村的坐落，玉山草堂和耕渔轩的历史价值，明代王氏、徐氏、文氏各家族的园林系统，朱勔对造园活动的客观贡献，如此等等，都为这部书增添了学术的亮点。最后，作者归纳了苏州园林小巧、幽曲、含蓄、精雅诸多艺术特色，还归纳了园居思想的分别，除作隐逸山林之想外，还有居官自奉、落职抒啸、避世离垢、致仕终老等不同情形，那是尊重客观事实的。值得一说的是，这部《苏州古典园林史》注重文献应用，又不被文献所左右，进得去，出得来，经过考证和研究，不时表达出自己的观点和想法；既不高谈阔论，语细探玄，更不以民间传说为典要，而取科学、平实、可读的学术化写作途径，因此这部书不但建立了苏州古典园林史的构架，也为园林文化的研究者、推广者、爱好者提供了丰富、可靠、实用的材料。

园林与其他文化载体一样，都是在不断嬗变、演进的过程中。园林的格局、形式、风格，不是随着朝代的更迭而变化，它有自身的发展、演变规律。因此对它的研究，应该站在学术史的角度，当然为了方便叙述和接受，也可以将朝代的起始作为断面，但朝代史决不能代替学术史。

嘉瓒先生继《苏州古典园林史》之后，就开始写作《苏州民国园林史》，又经十多年风霜雨雪，今年春上，这部大著终于完稿了。嘉瓒先生问序于我，于是草草统读全书，让我欢喜无尽，一方面，它弥补了苏州园林史研究的空白；另一方面，解决了朝代史和学术史的关系问题。

民国按正朔，存世仅三十七年，在历史长河中仅是一瞬之间。在这一时期，战争与和平更替，持续不断的战争，园林遭受毁灭或破坏；间歇或局部的和平，则又是修复园林、兴建园林、改造园林的契机。这又是一个新旧交替的时代，社会思潮，人的思想，精神和物质的生活，都处于新和旧的交织之中，园林的修复和兴建也不例外。这里只说说苏州的情形。

同光中兴至民国前期，咸同兵燹被毁坏的大小园林，大部分作了修复。在修复过程中，除个别伤筋动骨外，基本都能保留晚清的建筑风貌，当然未必都能修旧如旧，特别是在建筑材料上，采用了水泥、彩色玻璃、铁铸栏杆等，反映了清末民初在建筑上的时代性。由于社会发生变革，尚存园林的命运不同，有的或被转为官产，或被学校、医院、机关、团体、军队占用，如拙政园、留园、沧浪亭、可园、艺圃、惠荫园、太仓逸园；有的辟为书场、茶馆，如遂园、畅园、潘宅礼耕堂；有的散为民居，如耦园、五峰园；有的仍为私有，如狮子林、网师园、怡园、环秀山庄、曲园、鹤园、辟疆小筑、北半园、柴园、残粒园、听枫园、木渎羡园、同里退思园，常熟燕园，以小型宅园尤多，仍保持私家园林的诸多特点。也有无力修缮，听之败落的，这主要是在四郊乡镇，如东山的依绿园、光福的西崦草堂。其中不少园林都向公众开放或半开放，如拙政园、留园、沧浪亭、狮子林、靖园、南半园、木渎羡园、同里退思园等。有的旧园虽按传统建筑风格修复，但在同一院落中又新建中西合璧式建筑或西式建筑，这一现象，在城区的宅园建筑中是相当普遍的。

清末民初，在中国造园史上掀起一次浪潮，就是建造公共园林，这是最具有时代特征的。苏州第一个公园是植园，乃光绪三十三年（1907）辟府学之西的荒坟场开始建造的，至宣统三年（1911）竣工，公园占地二百十四亩，分园林区、农田区，分区植木，建农品陈列所，仿西式建楼四层，另有竹所、微波榭等小屋，为市民游憩之处。一九二〇年又在王废基建公园，有喷水池、图书馆、音乐亭、东斋、西亭、电影院等设施。苏州各县乡镇也纷纷建起公园，如吴江有吴江公园、盛泽目澜洲公园、震泽公园，昆山有马鞍山公园、半茧园、巴城公园，太仓有游息山庄、璜泾玄武池，常熟有虞山树艺园、常熟公园、何市公园。就民国时期各城市的公园密度来说，乃属较高的。它们都具有向公众开放、供民众游乐的特点，并且占地较大，绿化丰富，设施较为完善，以发挥丰富生活、普及文化、开启民智的社会功效。

民国时期，私家园林的营建仍在继续，按建筑形态来看，大致可分四类。一仍按传统造园的方法，亭台楼阁，水石花木，如木渎蔡氏古松园、东山席氏松风馆和启园、石湖余氏渔庄、碧凤坊金家花园、温家岸范氏向庐、仓桥浜乔荫别墅、叶氏凤池精舍、庙堂巷潘氏壶园；二是主体建筑为中西合璧式，花园作传统布置，如东山金氏雕花楼、高长桥汪氏朴园、饮马桥席氏天香小筑、蒲林巷口邹氏别墅、王长河头周家花园；三是主体建筑为西式，花园作传统布置，如东小桥弄吴氏花园、阊门西街余宅、盛家浜陶宅、庙堂巷雷氏别墅；四是主体建筑和花园布置均作西式，如外五泾弄内谢氏别墅、南园何氏灌木楼、南园丽夕阁、槐树巷张宅。这主要就建筑的空间和立面而言，所谓中西合璧式或西式，也主要是受海派建筑影响。

嘉瓒先生在这部书里，将苏州民国时期存在的园林作了梳理，即前代的遗存，新建的公园和私园。就园林学术史来说，前代的遗存，延续着传统园林的生命；新建的公园，具有那个时代的共性，在散置建筑的风格上和绿化上自有其特点；新建的私园，情形各别，但都留下深刻的时代痕迹，尽管固有的城市风貌和文化精神依旧具有醉人的魅力，但现代生活内容的进入，势必让人进一步追求安静、舒适、方便、丰富的生活感受，中西合璧式或西式建筑的出现，就是迎合这一需要。园林是最佳的人居环境，也就是物质生活的环境。

一部民国园林史，只谈新建，不谈遗存，或将两者混为一谈，那不是学术史的取法，只有全面地、综合地、深入地对它们进行考察，然后作比对、分析，才能真实反映这一时期苏州园林的存在状况、发展轨迹、时代特征，才能了解园林与时代的关系，也就能知道苏州园林在整个学术史上的承前启后了。嘉瓒先生在桑榆之年，劳筋苦骨，昼思夜想，终日矻矻，成就了这样一部书，真是不容易的。

二〇一九年七月十一日

《苏州汤面》序

　　华永根先生关心苏州饮食，既遍尝佳味，又悉心研究，著作叠出，今又主编《苏州汤面》，即将付梓，恕我孤陋寡闻，在全国应该是开天辟地的第一本，这是由苏州的饮食传统决定的，以面食为主的广大地区，反倒出不了这样一本专题的书。永根先生让我写点什么放在书前，虽然自知浅浅，且顾炎武曾说："人之患，在好为人序。"但自己天天吃面，早已成了生活的一部分，更何况隆情高谊，无可推谢，故不揣浅陋，也不顾失慎之害，说点这方面的掌故。

　　古无"面"（繁体作"麵"、"麫"）字，但这种细而长的水煮面食由来已久，不晚于两汉，由于前人表述不同，名目不一，至与其他水煮面食混淆。俞正燮《癸巳存稿》卷十有《面条古今名义》一篇，考辨甚详，引录于下："面条子，曰切面，曰拉面，曰索面，曰挂面，亦曰面汤，亦曰汤饼，亦曰索饼，亦曰水引面。《释名》云，汤饼、索饼，随形名之。宋张师正《倦游杂录》云'水瀹者皆可呼汤饼，笼蒸者皆可呼笼饼'是也。索饼乃今面条之专名，其汤饼则凡面饼入汤及凡切饼为方圆长形入汤之总名。晋束晳《饼赋》文字多讹，其云'面迷离于指端，手索回而交错'，或以属之牢丸，其事状似今之抾搭汤及片儿汤，而牢丸之名，又今之汤圆，不相应也。魏贾思勰《齐民要术》饼法有水引馎饦，有膏环，其水引馎饦云：'挼如箸大，薄如韭叶，一尺一断，盘中盛水浸。'又云：'粉饼同。'其膏环云：'米屑溲，如汤饼面，手搦圈，可长七八寸许，屈令两头相就。'然则水引馎饦者，汤饼中水引面条也。粉饼同者，今粉丝也。膏环如汤饼面者，今馓子也。而水引馎饦之名，则又今之汤馉饳，亦谓之扁食，不相应也。《归田录》云：'汤饼，唐谓之不托，今曰馎饦。'知宋时专以水引面条为汤饼，与《齐民要术》所言者合，但名不同耳。《伤寒论》云'食以索饼'，今医书则谓之汤面，又谓之面汤。《清异录》云：'释鉴兴《天台山居颂》汤玉入瓯，谓汤饼莹滑。'盖汤饼为汤面总名。又云：'金陵士大夫家，湿面可结裙带。'则专指面条。《齐书·何戢传》云：'太祖好水引面，戢令妇女躬自执事设上焉。'《唐书·王皇后传》云：'独不念阿忠脱紫半臂易斗面，为生日汤饼耶?'《嬾真子》云，汤饼即世之长命面。宋楼钥《北行日记》云：'乾道五年十一月十五日，生朝作汤饼。'元张翥《最高楼词·寿仇先生》云：'愿年年，汤饼会，乐情亲。'《水调歌头词·自寿》云：'腊龁开红玉，汤饼煮银丝。'真水引面矣。生日汤饼，古人生子，亦设汤饼。唐刘禹锡《赠进士张盥》诗云：'忆尔悬弧日，余为坐上宾。举箸食汤饼，祝词天麒麟。'《大明会典》百三：'皇太后寿旦，正统间有寿面；东宫千秋节，宣德间有寿面。'乃取汤饼面条长寿之意。宋马永卿《嬾真子》谓之长命面，其为长条可知。"

南宋以后，"面"字就很流行了，据吴自牧《梦粱录》卷十六"面食店"条记载，当时临安就有猪羊盦生面、丝鸡面、三鲜面、鱼桐皮面、盐煎面、笋拨肉面、炒鸡面、大熬面、子科浇虾燥面、耍鱼面、大片铺羊面、炒鳝面、卷鱼面、笋辣面、笋菜淘面，以及各色蝴蝶面。

面条可分细面、阔面，还有熟面，即俗呼杠棒面或棍面者，然挂面实在是昆山的首创。淳祐《玉峰志·土产·食物》说："药棋面，细仅一分，其薄如纸，可为远方馈，虽都人朝贵亦争致之。"可见苏州地方谙熟吃面之道，并将它发展到一个新阶段。辽宁省博物馆藏款署仇英的《清明上河图卷》，画的虽不是苏州街市实景，却有苏州的阛阓风情，卷中就有专卖生面的铺子，悬有"上白细面"的招子，反映了苏州人吃面的常态化。

苏州人吃面，确乎是日常饮食，包天笑《衣食住行的百年变迁》说："尤其是面条，花样之多，无出其右，有荤面、煎面、冷面、阳春面（价最廉，当时每大碗仅制钱十文，以有阳春十月之语，美其名曰阳春面。今虽已成陈迹而价廉者仍有此称）、糊涂面（此家常食品，以青菜与面条煮得极烂，主妇每煮之以娱老人），种种色色，指不胜屈。"有些特殊的日子，则非吃面不可。如元宵节前上灯那天要吃面，落灯那天要吃圆子，金孟远《吴门新竹枝》有云："上灯面与落灯圆，灯市萧条月色妍。踏月香街谈笑去，宋仙洲巷烛如椽。"自注："元宵佳节，吴谚有'上灯吃面，落灯吃圆子'之语。"二月做春社，除社饭、社肉、社酒、社糕、社粥外，社面也必不可少。六月初六天贶节，周庄人家要吃素面。六七月间，苏州各地风行吃雷斋素，吃斋的人，以素面为常食。沈云《盛湖竹枝词》有云："暑月宜存淡泊怀，观音斋后又雷斋。素馄饨与素浇面，却比鸡豚滋味佳。"郡城信奉雷素斋的，斋期结束后的第一件事，就要到松鹤楼吃碗卤鸭面。金孟远《吴门新竹枝》有云："三月清斋苜蓿肴，鱼腥虾蟹远厨庖。今朝雷祖香初罢，松鹤楼头卤鸭浇。"至于礼仪方面，也离不开面，如嘉庆《同里志·风俗》说："迎娶毕，男女两家掌礼收去，即城中鸡鱼肉面礼也。"孕妇临产，男家要送面，称为"催生面"。孩子出生三天，要请亲友吃面，称为"三朝面"。孩子满月则办满月酒，要吃双浇面，主人还要将面条、红蛋分送邻里亲友。做寿则更要吃面，双浇而外，还须另加两只不剪须的大虾。

苏州人吃面，向以浇头面为主。夏传曾《随园食单补证·点心单》说："扬州之面，碗大如缸，望而可骇，汤之浓郁，他处所不及也。襄阳之面，重用蛋清，故入口滑利，不咽而下喉，颇有妙处。京师则有所谓'一窝丝'者，面长而细，以不断为贵。至若吴门下面，无论鱼肉，皆先起锅而后加，故鱼肉之味与面有如胡越，甚无谓也。徽州面类扬式，而浇头倍之。"各地之面，无有轩轾，皆由饮食传统而来。苏州之面，确以浇头为特色，花色甚多，有焖肉、炒肉、肉丝、排骨、爆鱼、块鱼、爆鳝、鳝糊、虾仁、三虾、卤鸭、三鲜、什锦等等，不下数十种，一种之内又有分别，如焖肉有五花、硬膘等，如鱼有头尾、肚档、甩水、卷菜等。另外，还以面汤多寡分为宽汤面、紧汤面、拌面，拌面中又有热拌、冷拌之别。苏州的面，最讲究汤的口味，俗话所谓"厨师的汤，艺人的腔"，"唱戏靠腔，面条靠汤"，店家都十分重视面的底汤，这是至关重要的。

苏州人吃面，讲究时令。清明前吃刀鱼面，这时的刀鱼，刺细软，肉细嫩，一蒸后酥松脱骨，将剔除骨刺的鱼肉和在面粉里，制成面条，本身就鲜美无比。五月子虾上市，就以虾子、虾脑、虾肉做浇头，即所谓三虾面。六七月间，面的名色最多。顾禄《清嘉录》卷六"三伏天"条说："面肆添卖半汤大面，日未午，已散市。早晚卖者，则有臊子面，以猪肉切成小方块为浇头，又谓之卤子肉面，配以黄鳝丝，俗呼鳝鸳鸯。"并引沈钦道《吴门杂咏》云："流苏斗帐不通光，绣枕牙筒放息香。红日半窗刚睡起，阿娘浇得鳝鸳鸯。"袁学澜《姑苏竹枝词》亦云："水槛风亭大酒坊，点心争买鳝鸳鸯。螺杯浅酌双花饮，消受藤床一枕凉。"鳝鸳鸯属双浇面，最具夏令特色。此外还有鳝糊面、爆鳝面、卤鸭面、枫镇大面等。深秋时节，用蟹黄蟹膏加工为秃黄油，那是别有风味的面浇。入冬以后，则就以羊肉面作号召了。

苏州面馆业向称发达，早先情形无可稽考，至清代渐见记咏。如康熙时瓶园子章法《苏州竹枝词》有云："三鲜大面一朝忙，酒馆门头终日狂。天付吴人闲岁月，黄昏再去闯茶坊。"自注："面，傍午则歇；酒馆，自晨至夜；茶坊，为有活招牌故也。"可见当时面馆只做早市，至午前就上门落闩了。沈复《浮生六记·浪游记快》也提当胥门外的面馆，说与友人顾鸿千去寒山登高，"遂携榼出胥门，入面肆，各饱食"。俞樾《耳邮》卷一也写道："客因言苏州旧有一面店，以鳝鱼面店得名，日杀无数，有佣工怜之，每日必纵十数尾。"这虽是小说家言，但也反映了苏州面馆各自的特色。又，日本海社美术馆藏雍正十二年印制的《姑苏阊门图》，描绘了当时阊门外的繁华景象，在南濠街及与上塘街交会处，有"三鲜鸡汁大面"的市招。辽宁省博物馆藏乾隆二十四年（1759）徐扬绘《盛世滋生图卷》，在胥门外接官厅一段的面河墙上，大书"面馆"等字。

乾隆二十二年（1757），由许大坤等发起创建面业公所，设址宫巷关帝庙内，专为同业议事之所，并以办理赙恤等项事宜。据光绪二十四年（1898）九月《面业公所捐款碑》记载，因重建公所大殿，同业捐款，捐八角者四十六家，捐五角者五十一家，捐三角者一百六十三家，共计有二百六十家。又据光绪三十年（1904）《苏州面馆业议定各店捐输碑》记载，因"翻造头门戏台一座，公所南首平屋门面二间，后楼披厢一间"，同业按每月利润"每千钱捐钱一文"，最多每月捐四百五十文，最少每月捐六十文，共有八十八家。兹抄录月捐一百五十文以上的店家名录，可见当时苏州面馆业的盛况，它们是观正兴、松鹤楼、正元馆、义昌福、陈恒锠、南义兴、北上元、万和馆、长春馆、添兴馆、瑞兴馆、陆鼎兴、胜兴馆、正元馆、鸿元馆、陆同兴、万兴馆、刘万兴、泳和馆（娄门）、上琳馆、增兴馆、凤琳馆、兴兴馆（悬桥）、锦源馆、新德源、洪源馆、正源馆、德兴馆、元兴馆、老锦兴、锦兴馆、长兴馆（老虎）、陆正兴、张锦记、新南义兴、瑞兴馆，凡三十六家。面馆乃属小本营生，停业、转让、合并种种情形，时有发生。延至民国年间，苏州有几家知名面馆，各有特色，莲影《苏州的小食志》说："兹言其普通者，大面以皮市街张锦记为最，观西松鹤楼次之，正山门口观振兴又次之，妙处不外乎肉酥、面细、汤鲜，此外面馆虽多，皆等诸自郐以下矣。"姚民哀《苏州的点心》则说："松鹤楼之鱼面、肉面，亦为苏人士所赞美，然就愚兄弟两口辨别，不若观山门口之观振兴可口。"虽说都是一流面馆，由于食客口味不同，评价也不一致。

张锦记在皮市街，莲影《苏州的小食志》说："皮市街金狮子桥张锦记面馆，亦有百馀年之历史者也。初，店主人仅挑一馄饨担，以调和五味，咸淡适宜，驰名遐迩，营业日形发达，遂舍却挑担生涯，而开张面馆焉。面馆既开，质料益加讲究，其佳处在乎肉大而面多，汤清而味隽。一般老主顾，既丛集其门，新主顾亦闻风而至，生意乃日增月盛。该店主尤善迎合顾客心理。于中下阶级，知其体健量宏，则增加其面而肉则照常；于上流社会，知其量浅而食精，则缩其面而丰其肉。此尤大为顾客所欢迎之端。迄今已传四五代，而店业弗衰。"张锦记以白汤面著名，吊汤方法取诸枫镇大面，用黄鳝诸物，故而特别鲜洁。

松鹤楼在观前街，相传创设于乾隆年间，本是酒菜和面食兼营，由于吃面的人多，就规定吃光面的只可在楼下，吃浇头面的方可上楼，后被人诟病，才将这条陋规废去。店中的面浇众多，鱼、虾、鸡、肉均有，但以卤鸭面最为著名，可说是苏城夏令一绝。范烟桥《吴中食谱》说："每至夏令，松鹤楼有卤鸭面。其时江村乳鸭未丰满，而鹅则正到好处。寻常菜馆多以鹅代鸭，松鹤楼则曾有宣言，谓苟能证明其一腿之肉，为鹅而非鸭者，任客责如何，立应如何！然面殊不及观振兴与老丹凤，故善吃者往往市其卤鸭，而加诸他家面也。"卤鸭面的面和卤鸭分别盛碗、装碟，苏州人称为"过桥"。

观振兴在观前街，原名观正兴，创于同治三年（1864），起初在玄妙观照墙边，一九二九年观前街拓宽，照墙拆除，由德记地产公司在山门口两侧建两幢三层楼，观振兴租其西楼底层营业。观振兴的生面，经特别加工，熟糯细软，撩面擅用"观音斗"，撩面入碗，出水清，不拖沓，汤水讲究，采用的焖肉汤，具有清香浓鲜四大特色。以白汤蹄髈面最负盛名，蹄髈焐得烂而入味，肉酥香异，入口而化。范烟桥《吴中食谱》说："苏城点心，惠而不费，而以面为最普遍。观前观振兴面细而软，肉酥至不必用齿啮，傍晚蹄髈面更佳，专供苏州人白相观前点饥之用，故大碗宽汤，轻面重浇，另有一种工架。"金孟远《吴门新竹枝》有云："时新细点够肥肠，本色阳春煮白汤。今日屠门须大嚼，银丝细面拌蹄髈。"自注："观前观正兴面馆，以白汤蹄髈面著名于时。按本色、阳春，皆面名也。"此外，像爆鱼、爆鳝浇头，呈酱澄色，甜中带咸，汁浓无腥，外香里鲜。

黄天源、老丹凤、万泰饭店、朱鸿兴也颇颇有名。

黄天源在观前街，创设于道光元年，本在东中市都亭桥畔，后迁玄妙观东脚门。黄天源糕团为吴门一枝独秀，以炒肉面名冠一时，深受食客赞美。据说，炒肉面的发明有个故事。有一位店中的常客，常常既买炒肉团子，又买一碗阳春面，他将团子里的炒肉馅挑出来放入面中当浇头，吃得津津有味，店主由此得到启发，也就做个炒肉浇头试试。在试做时，选料十分精细，瘦肉、虾仁、香菇剁碎炒成面浇头，浇头香，面汤鲜，炒肉面就一下走红了。

老丹凤在观前街大成坊口，创始年不详，以徽州面闻名。范烟桥《吴中食谱》说："面之有贵族色彩者，为老丹凤之徽州面，鱼、虾、鸡、鳝无不有之，其价数倍于寻常之面，而面更细腻，汤更鲜洁，求之他处不可得也。"老丹凤的小羊面和凤爪面，也闻名远近。

万泰饭店在渔郎桥，创于光绪初年，既善制家常饭菜，也以面点著名，特别是开洋咸菜面，受到食客青睐。金孟远《吴门新竹枝》有云："时新菜店制家常，六十年来挂齿芳。一盏开洋咸菜面，特别风味说渔郎。"

朱鸿兴本在护龙街鱼行桥畔，创于一九三八年，后来居上，成为正宗苏式面馆。店主朱春鹤亲入菜市选购原料，浇头烹调精致，尤以焖肉浇闻名，为三精三肥肋条肉，焖得酥烂脱骨，熅入面中即化，但又化得不失其形，口感极佳，其味妙不可言。生面又是绝细的龙须面，入味快，吃口好，惟下面不仅要甩得快，而且还得有软硬功夫，甩慢了面容易烂，甩得轻了面卷不紧，会带进不少面汤，便会泡软发胀。朱鸿兴的面特别适宜"来家生"，即带了盛器来，拿回家去吃，仍然原汁原味。除各色时令汤面外，朱鸿兴的排骨面，松脆鲜嫩，略带咖喱鲜辣；蹄髈面，葱香扑鼻，膏汁稠浓，具擅一时之胜。那时朱鸿兴盛面的碗也大有讲究，蹄髈面用红花碗，肉面用青边碗，虾仁面用金边碗，一般的面就用青花大碗，这也是与众不同的地方。

此外，阊门外的近水台，初在鲇鱼墩，创设于光绪十年（1884），以苏式焖肉面闻名，有"上风吃下风香"的美誉，又有刀切面，人皆称善。西中市的六宜楼，以鲭鱼尾为面浇，称甩水面，属于难得的美味。还有四时春的小肉面、五芳斋的两面黄、小无锡的肉丝面、卫生粥店的锅面，都是旧时苏州较有影响的面点。

枫镇大面乃枫桥镇市店所创，当地人称为白汤大面，久负盛名，传入城中，几乎各家面馆都有，备受食客赞赏，推为夏日清隽面点。枫镇大面的独特之处在于面汤，用肉骨、黄鳝、螺蛳等熬成，再用酒酿吊香，故汤清无色，醇香扑鼻。浇头乃特制焖肉，酥烂奥味，入口即化。面条用细白面粉精制而成，撩入碗中如鲫鱼之脊，吃在口中滑落爽口，真乃色香味俱佳。

奥灶馆在昆山玉山镇半山桥堍，创于咸丰年间，初名天香馆，后改复兴馆。光绪年间，由富户女佣颜陈氏接手面馆，以精制红油爆鱼面闻名县城。颜陈氏的面汤与众不同，以鲜活肥硕的青鱼黏液、鳞鳃、鱼血加作料秘制成面汤，鱼肉烹制成厚薄均匀的爆鱼块，用本地菜籽油熬成红油，并且自制生面，打成状如银丝、细腻滑爽的细刀面。一碗面端上来，讲究五烫，即碗烫、汤烫、面烫、鱼烫、油烫，一时顾客盈门，声名鹊起。半山桥一带的大小面馆于此十分嫉妒，谑称颜陈氏的面"奥糟"，即昆山方言龌龊的意思，呼其面馆为奥糟馆，后来改称奥灶馆，面亦称为奥灶面。

昆山面馆的名色极多，服务也很周到。庞寿康《昆山旧风尚·饮食》说："吾邑红油面，卤鸭大面，驰誉苏沪一带。客至，则以各色面浇如卤汁肉、鸡、鸭、腊肉、爆鱼、走油肉、焖肉、鳝丝等分别盆装，置放桌上，任客选食。如喜用鸭头、膀、脚下酒者，亦可呼唤堂倌取至。又有在切鸡鸭浇时，将多馀小块并集装盆，名曰并浇，此与头、膀、脚同为佐酒妙品。面前先上鲜美细丝血汤一小碗，别有佳味。如欲进面，则立即下锅，少顷端至。食毕，计浇收款，馀则全部退回，不取分文。此种竭诚待客，经营之法，他处罕见。"庞氏提到的红油面，即以奥灶面为代表。卤鸭大面，民国时也极有名，周越然《吃鸭面》说："常闻人云'昆山鸭面极佳，不可不吃'，余虽一岁数往，然疑其语为本地人之广告，或旅行人之吹牛，深恐受骗，未尝一试。今尝之，果然不差，从前之疑，自愚也，自欺也，以后当设法补足之。"邻近昆山的巴城，也以鸭面闻名，民国《巴溪志·土物》说："鸭面系冬令朝点之美味，与昆山西门煮法相同。先煮鸭脯，以鸭汤瀹面，盛大碗，使汤多于面，切鸭脯加面上，曰浇头，鲜肥可口。旅游巴地者，咸喜食之。"

寺院的素面最为地道，面浇以秸皮、豆类、蕈、笋所谓"四大金刚"为原料，加以各种新鲜蔬菜，另以笋油、蕈油、秋油、麻油做调料，滋味清美。旧时苏城仓米巷隆庆禅寺方丈僧炯庵，用自制素油点汤瀹面，备受称道。

关于面馆里的名色和特殊称呼，不知究竟的人，会感到莫名其妙。即以光面为例，称之为"免浇"，即免去浇头；也称为"阳春"，取"阳春白雪"之意，白雪者什么也没有也；还称为"飞浇"，意为浇头飞掉了，还是光面。朱枫隐《饕餮家言》里有一则《苏州面馆中之花色》，这样说："苏州面馆中，多专卖面，其偶卖馒首、馄饨者，已属例外，不似上海等处之点心店，面粉各点无一不卖也。然即仅一面，其花色已甚多，如肉面曰'带面'，鱼面曰'本色'，鸡面曰'壮（肥）鸡'。肉面之中又分瘦者曰'五花'，肥者曰'硬膘'，亦曰'大精头'，纯瘦者曰'去皮'，曰'蹄髈'，曰'爪尖'；又有曰'小肉'者，惟夏天卖之。鱼面中又分曰'肚裆'。曰'头尾'，曰'头爿'，曰'潠（音豀）水'，即鱼鲞也，曰'卷菜'。总名鱼肉等佐面之物曰'浇头'，双浇者曰'二鲜'，三浇者曰'三鲜'，鱼肉双浇曰'红二鲜'，鸡肉双浇曰'白二鲜'。鳝丝面、白汤面（即青盐肉面）亦惟暑天有之，鳝丝面中又有名'鳝背'者。面之总名曰'大面'，曰'中面'，中面比大面价稍廉，而面与浇俱轻；又有名'轻面'者，则轻其面而加其浇，惟价则不减。大面之中又分曰'硬面'，曰'烂面'。其无浇者曰'光面'，光面又曰'免浇'。如冬月之中，恐其浇不热，可令其置于面底，名曰'底浇'。暑月中嫌汤过热，可吃'拌面'。拌面又分曰'冷拌'，曰'热拌'，曰'鳝卤拌'，曰'肉卤拌'，又有名'素拌'者，则以酱、麻、糟三油拌之，更觉清香可口。喜辣者可加以辣油，名曰'加辣'。其素面亦惟暑月有之，大抵以卤汁面筋为浇，亦有用蘑菇者，则价较昂。卤鸭面亦惟暑月有之，价亦甚昂。面上有喜重用葱者，曰'重青'，如不喜用葱，则曰'免青'。二鲜面又名曰'鸳鸯'，大面曰'大鸳鸯'，中面曰'小鸳鸯'。凡此种种名色，如外路人来此，耳听跑堂口中之所唤，其不如丈二和尚摸不着头者几希。"面馆里的堂倌，也有响堂，就将这些特殊的用语喊成一片，声音洪亮温润而有节奏，如"一碗本色肚当点，重油免青道地点"，诸如此类。姚民哀《苏州的点心》就提到皋桥头的老聚兴，"值堂与灶上呼应之声口，按腔合拍，颇可解颐"。

由于苏式面汤鲜味美，既有地方特色，又能被广大食客接受，故在邻近城市也多苏州面馆。如晚清上海，不少面馆由苏州人开设，在苏式面的基础上略作变化，以适合十里洋场五方杂处的口味。宣统《上海指南·食宿游览》说："面店有鱼面、醋鱼面、肉面、虾仁面、火腿面、火鸡面、锅面、馒头、汤包等，以吉祥街其萃楼为最，羊肉面以山西路先得楼、复兴馆为最，素面以北海路口长兴馆为最，炒面馆有炒面、炒糕、炒粉、汤面等。"蒋通夫《上海城隍庙竹枝词》有云："葱油面与蛋煎饼，常熟吴阊各一邦。手段高低吾未判，但求不碎善撑腔。"可见同是苏式面，也各有特色。再如杭州，范祖述《杭俗遗风·饮食类·苏州馆》说："苏州面店所卖之面，细而且软，有火鸡、三鲜、焖肉、羊肉、燥子、卤子等，每碗廿一文、廿八文，或三四十文不等，惟炒面每大盘六十四文，亦卖各小吃，并酒、点心、春饼等均全。此为荤面店，又有素面店，专卖清汤素面与菜花拗面，六文或八文起码。如上一勺，则用铜锅，名铜锅大面，并卖羊肉馒首、羊肉汤包。再三四月间添卖五香鳝鱼，小菜面汤亦各二文。"这是同治初的情形，延至民国年间，洪岳按道："苏州面店，各处皆有，就其佳者而论，以太平坊之六聚馆为最，所售虾黄鱼面，尤为鲜美，且通年皆有。盖他家用汤，皆以肉骨熬成，独彼用火腿或笋煮成，故其味优于人也。并卖各种过桥面，过桥面者，作料与面分为两起，如小吃然，故名。一至秋深，则兼售大河蟹。惜座位不甚宽畅，亦一缺陷耳。若素面店，以三元坊之浙一馆为最，专售素食，不卖荤腥，其冬菇笋面亦佳。"

这本《苏州汤面》的作者诸君，都喜欢吃面，且吃出自己的体会和经验，拈笔写来，各擅胜场，阐述了苏式面的文化内涵，丰富了苏式生活的细节。

二〇二〇年十一月二十四日

潘振元先生告诉我,他的新书已排出清样,即将付梓,多年前曾答应写篇小序,他就来催促了。可我确有点踌躇,因为重温前人关于写序的话,不得不让我有所戒慎,如娄子柔《重刻元氏长庆集序》说:"今之述者,非追论昔贤,妄为优劣之辨,即过称好事,多设游扬之辞,皆吾所不取也。"顾亭林《日知录》卷十九"书不当两序"条则说:"凡书有所发明,序可也;无所发明,但纪成书之岁月可也。人之患,在好为人序。"杜牧之《答庄充书》更说:"况今与足下并生今世,欲序足下未已之文,此固不可也。"虽说古今人不相及,有的情形还是约略相同的。被邀约写序的人,往往以"盛情难却"作为借口,其实盛情是可以推却的,领情就是了。我最担心的,还是"世之君子,不学而好多言也"。

话虽如此说,但这篇小序似乎也不得不写。

犹记七八年前,振元收掇新旧之作,编成一集两册,让我看一遍,还让我给起个书名。我想振元又不是年年出书,再说所收一百五六十篇文章,内容繁富,主题多样，他已分门别类编好，分"文心篇"、"题跋篇"、"博古篇"、"翰墨篇"四辑，有条不紊，部署得清清楚楚。我就对他说，不妨就叫《潘振元文集》吧，这是初编，五年后再印二编，十年后再印三编，称之为"文集"，既贴切，又省事。他稍有犹豫，继而就认可了，并对我说，如果要印二编，你要写篇序，我答应了。一言既出，似比警惕"人之患"重要得多，当然难免会有一些"游扬之辞"，那就要看如何"游扬"了。

振元一九四四年生人，虽比我年长十四岁，但总归算是"并生今世"的。我与他结识于二十世纪八十年代后期，交往不断，近十几年来酒宴也不断。在我的朋友中，他称得上是"谦谦君子"，大有古人之风，这是有口皆碑的。这特别体现在待人处事上，如孔子说的"居处恭，执事敬，与人忠"；"君子敬而无失，与人恭而有礼"。这是一种真情的自然流露，平平淡淡，不像有些人貌似谦恭而性情狷介，不像有些人心存私念而虚与委蛇，与他一起谈天说地，饮酒品茶，虽不能说如沐春风，但至少心地是坦然的，心情是愉快的，说话不必担心忌讳，饮酒有时也不计多少。振元与崔护先生几十年如一日的师生情谊，让我感触尤深。一九六二年，他拜崔护先生为师，学字学画，拿他自己的话来说，就是"从此开始了游其墙藩、挹其芳润的人生历程"，他有几篇文章回忆恩师，真有"君子隆师"的切身体会。崔护先生晚年完成的《崔护诗词集》、《畹华集》、《太仓杂事诗》、《稗珠集》、《历代七夕诗词钞》、《崔护诗书画集》等，都倾注了振元的心血，并帮着完成了出版事宜，因为这是恩师毕生的最大愿望。崔护先生病重住院期间，他更是天天上医院，端汤送药，还经常让家人烧了菜送去，让恩师开开胃口。直到崔护先生临终，他侍立床头，送着老人去向天国。如今振元自己也收了二十来个学生，我对他说，你的学生，如果对你能像你对崔护先生一样好，那就圆满了。

振元读的是邮电技校，毕业后一直在相关部门工作，与他的业馀爱好几乎不搭界，于此他并不讳言，自认为文化基础薄弱，知识结构不系统。他之所以能在书法上取得相当成就，能在传统文化诸方面能得以浸沉和深入，全靠刻苦自学，并且五十多年来坚持不懈，才形成以书法为主，以历史、文学、古器物等为辅的知识构架，并兼以诗古文写作。可以说，振元是自学成才的典型。

自学的途径是多样的，振元除了崔护先生的指导，以及日常熏陶外，得益于诸多前辈的点拨和提携，也得益于与诸多师友的切磋交流，正如孔子所谓"切切偲偲，怡怡如也，可谓士矣"。二十世纪八十年代，苏州活跃着好几个书法专业团体，如书法工作者协会、职工书法篆刻会、沧浪书社等，振元都兼任"提调"、"执事"之职。特别是职工书法篆刻研究会，集中了老中青三代的同道五六十位，每月活动两个半天，风雨无间。孔子说："君子以文会友，以友辅仁。"陶渊明说："奇文共欣赏，疑义相与析。"如此持续十年之久，在现代苏州书坛上，真是难得的风云际会。这对振元来说，收获是巨大的，在书法技艺的实践和书法理论的探讨上，不但渐入正途，并且有了深切的体验。那样一种学术交流环境，让他难以忘怀，他回忆说："我们这一代人在这种不带功利、不计得失、共同切磋、相与品评中接受艺术的洗礼，在超世脱俗的传承中得到锤炼，在观念碰撞与审美交流中得到升华，在深度展开的书法批评与学术探讨中获得提高。大家在'学古而不泥古，从今而不盲从于今'的理念下，各敞其心，各抒其志，互相切磋，同翔其游。"时过境迁，这种推心置腹、直言不讳的切磋交流，已没了它存在的空间，虽说是时代使然，但仍让振元念念不忘，大有"不堪回首明月中"之叹。

读书更是自学的好方法。振元喜欢读书，但早在二十世纪六十年代就很难找到要读的书，这正处于读书人的困苦境地。家里有一套他大哥读过的《古文观止》，成为他学习古文的初阶；从图书馆借来的《诗词格律》，成为他学习诗词的启蒙读物；还有一部不知哪里来的石印本《芥子园画谱》，让他对传统绘画的笔墨、构图等，有了初浅的认识。改革开放后，古今中外的很多书都重印了，他就像在沙漠跋涉很久的旅人，到了绿洲，见到了清泉，尽管当时工资菲薄，他节衣缩食，买了大量的书，主要是历代碑帖、画册和美术、书法论著，也有经史子集各部的零本。一度他曾对《红楼梦》发生浓厚兴趣，试作个案分析，虽然未见具体成果，但这种研读，让他掌握了一些研究文化现象的方法，对他后来撰写书法论文大有益处。我去过他的书房，累累两万馀册，整个屋子都让书给塞满了，这在其他书画家的书房里，确是不多见的。元代是中国文化异彩纷呈的时期，书法更是处于特殊的时段，他为了研究赵孟頫、鲜于枢、戴表元、揭傒斯、陆居仁等，特地买了全套五十册的《全元文》，即使是研究蒙元的专家，也未必都有，我就问他借过不止一次。

振元在书法上取得的成就，有目共睹。于此我是外行，"隔行如隔山"，说不出什么道道，只就印象来说，他是一个比较全面的书法家，正草隶篆，各体皆能，且取法正统，兼容诸家之长，碑帖结合，笔墨并重，实在是很难得的。关于振元的书法创作，论者已多，这里引录王伟林先生的一段评论："他的书法，无论正草隶篆，都显示出在传统基础上强烈的创新精神，'发我性灵，扬吾风骨'是也。隶书广取《石门颂》等汉碑精华，沉劲古健，又不刻意追求所谓的'金石味'。篆书则洋溢清质流美，又富丽堂皇的情趣。小楷上溯魏晋，下窥元明诸家，写来气静入定，形遒志舒，《书法报》评为'熟极舍法'，其对传统的理解、消化能力可见一斑。其所最锺情，取得成就也最大者，莫过于行草书，线条凝练激荡，俊健可爱，滋乳古法又推陈出新，孙过庭、二王、明清诸家、章草、简帛、北魏碑刻，甚至日本前卫书法，统统拿来，近尤笃好于右任草书。故他的行草书难辨何家何派，这种取法的多元性、复杂性正构成其艺术审美的丰富性。可贵的是，这种丰富性又是以情性的自然为指归，无论在墨色的润燥变幻，节奏的动静处理，结体的险夷调动，都给人以舒和之感。"这是一篇三十多年前的旧作，如果今天再写，想必作者会有更深入的想法，更贴切的评判。

另外，振元在书法理论上的建树，也丰富了苏州书论研究和建设的成果。他的涉猎较广，美学方面，有《漫谈书法艺术的"虚"》、《论书法的"气"》、《点画线条与力》等；金石方面，有《石鼓与籀文》、《〈史晨碑〉初探》、《〈石门颂〉读析》等；本土研究方面，有《吴国金文书法初探》、《照耀古今不世姿——唐寅书法艺术之我见》、《王宠的生平与书法艺术》等。他撰写这些论文，需要对文献的熟悉，需要对目前研究状况的了解，更重要的是需要有自己的见解。我欣赏方植之在《书林扬觯》中说的话："凡著书，必用意深，为言信，然后乃可久而不废。""君子之言，如寒暑昼夜，布帛粟，无可疑，无可厌，天下万世信而用之，有丘山之利，无毫末之损。以此观古今作者，昭然若白黑矣。著书不本诸身，则只是鬻其言者耳，与贾贩何异？"在这方面，振元是努力做到了。

再来说说振元的其他文章，包括叙记、序跋等。他很注重自己的行文落笔，曾说："我对落笔成文比较'认真'，每写好一篇文章，都要坚持多读几遍，多改几次，只要有机会就要向朋友请益，哪怕能指正一字，便是我最大的收获。因此，我会以敬畏之心'视小如大，见微若著'，认真推敲，斟酌其理，藉以提高自己的识见与文字表达能力。"因为众所周知，他不会端出架子，好说话，凡有所请托，从不婉拒。因此，寺院、道观、园林、古宅要写碑记，书家、画家办展览要写前言，出集子要写序言，画了写了要写题跋，凡此等等，都来找他，为此他绝不肯马虎，费了不少精力和时间。实话实说，其中不少属于"应酬"文字，我并不赞成他多写。古有谀墓之习，今有借梯登楼之风，这一点他应该心知肚明。但他为人宽厚善良，不会在文中隐露不合人意的指谪。与人为善，固然不错，然而有的实在没有什么意思。振元却不这样想，从他的主观意愿来说，人家的每一次请托，都是看得起自己，同时也是自己学习写作的机会，各种不同的内容，以至成为他应付各种不同情形的经验。我再来看古人的别集，"集序"、"寿序"、"墓志铭"、"祭文"、"题跋"，等等，往往各占了好多卷，难道都有意思吗，这样想想，也就释然了。

振元的文章，即使是"应酬"之作，首先讲究的就是旨意，这是作文的第一要素。杜牧之《答庄充书》说："凡为文以意为主，气为辅，以辞彩章句为之兵卫，未有主强盛而辅不飘逸者，兵卫不华赫而庄整者。四者高下圆折，步骤随主所指，如鸟随凤，鱼随龙，师众随汤、武，腾天潜泉，横裂天下，无不如意。苟意不先立，止以文彩辞句，绕前捧后，是言愈多而理愈乱，如入阛阓，纷纷然莫知其谁，暮散而已。是以意全胜者，辞愈朴而文愈高；意不胜者，辞愈华而文愈鄙。是意能遣辞，辞不能成意，大抵为文之旨如此。"这说得很明白了，"意"即见解，当以为主；"气"即气质才性，相辅相成；"辞彩章句"即修辞，就显得次要了。振元做到了"意为主"，如何进而协调"气"和"辞彩章句"的关系，则我有所期待，"庾信文章老更成，凌云健笔意纵横"，正此谓也。

《潘振元文集二编》即将问世，仍为两册，分"文心篇"、"题跋篇"、"吟诵篇"、"翰墨篇"、"图鉴篇"五辑。"图鉴篇"为《苏州艺术史图鉴》的"苏州书法"部分，较有统系，一编在握，对苏州历代书家与作品可有比较直观和清晰的了解。"吟诵篇"为历年所作诗歌的选辑，可聊窥作者的行踪、交游、雅集等。其他三辑，一仍初编之例，内容则更其赡富了。前些时候，去留园参加一个座谈会，席间金学智先生说，他看到一篇关于园林书条石的文章，介绍得这样详细，与园林的关系说得这样清楚，很多是他过去不知道的。我说，这肯定是潘振元先生的《苏州园林书条石文化初探》，确实对我们过去掉以轻心的书条石作了深入研究。这篇文章就收在《二编》里，当然还有很多可看的篇什，读者诸君是不会失望的。

二〇二一年七月二十七日，台风"烟花"过后

《针蔬小集》题记

　　年近耄耋的陈新先生，过惯"针线蔬笋，数米量盐"的清贫生活，甘之如饴，"回也不改其乐"，真进入了人生的化境。他平生无嗜好，惟以读书写作消遣岁月，一旦下笔，不疾不徐，慢慢道来，在看似平淡的叙述中，给人以思想和知识。在我眼里，他就是一位不可多得的文章家。这册《针蔬小集》，乃近作选本，大致有两方面的内容，一是草木虫鱼，属名物学范围，探求之深，考证之细，间有乡风市声，读书既博杂，又融会贯通，那路数可追溯知堂；一是日常琐碎，以东太湖沿岸农村为地理背景，以六十年生活而厚积薄发，蔀屋茅檐，粝粢藜藿，家长里短，男欢女爱，状写了小人物，反映了大时代，不啻是一本描绘乡村风情的册页，兼工带写，墨气淋漓，于沈从文、孙犁、汪曾祺之后别开生面。先生的文章，甚合我意，只是嫌其不多，不能让我餍足。

二〇二一年十一月二十八日

《张文鋆诗钞》序

张文鋆先生是我的父执，年臻耄耋，按梁章钜《称谓录》，可尊称他"大伯"、"大叔"、"老伯"、"老叔"、"父客"、"丈人"等，或有点俗，或有点僻，在这里我还是称他"鋆翁"吧。"翁"是对年长者的尊称，文徵明称沈周"白石翁"，李东阳称吴宽"匏翁"，也无分贵贱，如"卖炭翁"、"卖花翁"，当然也可自称，只是有点倚老卖老。不知道是否有人这样称呼文鋆先生，若然没有，那就不妨我来开个头吧，这实在也不必征得他同意的。

鋆翁自退休三十年来，专心致志做两件事，写字和写诗，字是王右军、米元章、赵松雪一路，诗是旧体，即所谓格律诗也，当然是用旧瓶来装新酒。这本来无非是充实晚年生活而已，想不到无心插柳，居然绿荫满地。我在不少地方，都看到他的字，温雅而漂亮，应该受到大家的喜欢。至于他的诗，未曾拜读，只知道他是沧浪诗社的翘楚。犹记三十多年前，我在文联工作，分工联系沧浪诗社，他们每周活动一次，讲座、采风、创作、评点，真是认真而有序。三十年过去，一茬又一茬，长社的先生，已历韩秋岩、石琪、魏嘉瓒、周秦等，但社中究竟有几多诗人，我却不知道。因此当听到有人称赞銎翁的诗，就很想找些来读读。

想不到机会来了。今年初夏，銎翁找上门来，说是要出本诗集，让我写篇小序。这真是找错人了，我不懂音韵，就连平仄都弄不清，自然不会做诗，也不敢作诗，甚至不太懂诗。最合适的人选是钱萼孙先生，惜已天人之隔；魏嘉瓒先生也成，他们既写诗也懂诗。让我来写，岂不是赶鸭子上架。但銎翁是我的长辈，他的吩咐，不能违拗，只能勉强承应下来。同时，想读他大作的愿望，也就满足了。

銎翁留下两本硬面抄，都是他手录的自作诗词，内容很是丰富，特别是那些纪事的，几可以当作晚年行年录来读。銎翁履痕处处，凡所游览，总留下诗，读他的诗，就勾起我的记忆。

如《诸暨五泄》云："峰峦远亘面相逢，破壁飞流五泄鸣。拜读先贤留翰墨，真山真水更怡情。"早年读郁达夫《杭江小历纪程》，就知道五泄，很是神往。近年去过几次，曾历遍五泄，曾在第五泄边吃茶，四围峻岭，仿佛在深谷。先贤翰墨很多，我只记得徐文长的摩崖"七十二峰深处"。有一次，因为宿醉，同游爬山去了，我则在五泄禅寺的禅房里睡了两三小时，醒来与住持合寿上人在庭院里聊天，夕阳西下，鸟雀归林，感觉真是太好了。

如《壶口观瀑》云："黄河壶口水奔流，注入深潭鸣不休。喷雾满飞笼玉宇，狂涛坠落泻金瓯，排山震耳心神撼，拂岸轻风岁月悠。纤手长歌悲壮曲，卧龙唤醒耀春秋。"某年初冬，由平遥往游吉县，去看那著名的壶口瀑布，激浪排空而坠落，气势壮观。陪同的苏君说，当壶口一夜冰冻的时候，最有奇景，那浪花刹那间给冻住了，就会出现流凌和冰挂。对岸是陕西宜川，山道上车辆往来如梭。夜宿距壶口数百米的招待所，依然能听到黄河奔流的咆哮声。

如《渔歌子·武夷山九曲漂流》云："九曲山溪放筏游。碧空淡淡白云稠。山毓秀。水风流。群峰夹岸景清幽。"早年去游武夷山，曾在九曲漂流，曾上下陟降，也曾在山家吃果子狸。近年又去，就少了那兴致，走了几处，就坐在石栏边吃茶看风景，那武夷山就像一个大型水石盆景，如果是大写意，我们这几个就是点缀在山水间的渔翁樵夫。

如《黎里采风》云："江村风日清，柳叶喜新晴。蜂蝶花中舞，燕莺枝上争。四时皆自得，万物向阳生。黎里圣贤集，铜驼复美名。"我是黎里的熟客，一向喜欢那里的风物清嘉，如袁子才《随园诗话补遗》说："余过吴江梨里，爱其风俗醇美。家无司阍，以路无乞丐也；夜户不闭，以邻无盗贼也；行者不乘车，不着屐，以左右皆长廊也。士大夫互结婚姻，丝萝不断。家制小舟，荡摇自便，有古桃源风。"养蜂采蜜是当地的传统产业，嘉庆《黎里志》说："蜂蜜，凡食物药饵之属，需用甚繁，里人多业此者，故各省驰名，称为黎川白蜜。"今则以油墩、麦芽塌饼、酒酿饼闻名遐迩，每去必买来尝尝。

如《忆江南·光福石嵝》云："太湖美，观景万峰台。水拍雪涛峰下过，云横蓝天镜中开。兰竹半坡来。"石嵝又作石楼，山之高下如阶梯，然上下皆梅，为山中看花胜处。我去过多次，曾给庵僧写过"石嵝"两字额，石刻至今仍在。某年早春，梅花开得正好，周晨招约潘振元、陈如冬、潘文龙、孙中旺等在光福雅集，我也去凑趣。在石楼庵里，书家写字，画家作图，琴家抚曲，折腾了半天。这次雅集的成绩，就是一本《梅事儿》，居然颇获好评，如今想找一本也难了。

在我游则游矣，可惜没有鋈翁的诗笔，用一律一绝或一阕小令将它记录下来，这个本事，真是让我歆羡。如果不是鋈翁的提醒，我的这些事儿就渐渐淡忘了。自己也曾想学点"三脚猫"，哪怕竹枝甚至打油也好，多少可留下一点人生路上的痕迹，但我也进入花甲之年，心有馀而力不足了。

世间之物，天下之事，无不可入诗，其实还有一个好题材，就是以自己亲身的经验和感受，提供社会生活的史料，类如蔡铁卿的《吴歈百绝》、袁春巢的《姑苏竹枝词》、知堂的《儿童杂事诗》、吴藕汀的《药窗诗话》等，天地是大大拓展了，它的社会价值也更大。鋈翁假以天年，精力充裕，那是不妨一试的。但首先是自娱自乐，抒自己的性情，讨自己的喜欢，使日常生活更加丰富多采，这也是不忘初心之谓也。

二〇二一年十一月三十日

《杖藜集》序

　　今年深秋，朱航满先生赐下《雨窗书话》，读的感觉真好，可想象他在雨天里读书、写作的情形，淅淅沥沥的雨，正轻轻敲着书房的窗户。不知怎的，我想起知堂序《雨天的书》时说的话："冬雨是不常有的，日后不晴也将变成雪霰了。但是在晴雪明朗的时候，人们的心里也会有雨天，而且阴沉的期间或者更长久些。"心里的雨天，湿漉漉的，既有点无可奈何，又进入了冷静的境地，心情不再粗糙，不再荒芜，才能"从容镇静地做出平和冲淡的文章来"。航满这卷书话，或许就是这样来的。

　　书话之类，实在是古已有之，其滥觞可远溯苏黄题跋，千百年来，悠悠不绝，如吾乡钱牧斋、钱遵王、黄荛圃、顾千里等就是个中好手。进入民国后，书话仍很风行，只是大都用白话或"雨夹雪"，作者不少，唐弢写得较多，还不时总结经验，一九六二年版《书话》的序言说："我曾竭力想把每段书话写成一篇独立的散文：有时是随笔，有时是札记，有时又带着一点絮语式的抒情。"一九八〇年版《晦庵书话》的序说："书话的散文因素，需要包括一点事实，一点掌故，一点观点，一点抒情气息；它给人以知识，也给人以艺术的享受。"前后说法虽稍有不同，但大致是不错的。想不到这四个"一点"，让不少人奉为圭臬。如此写来的书话，门槛低，入门易，且大可立竿见影，这正贻误众生了。有一个时期，一书一议，介绍作者，提示内容，或再加上四个"一点"的"新八股"，铺天盖地，这就让我感到"厌气"了。"厌气"是苏州方言，乃寂寞、无聊、烦闷的意思，如《海上花列传》第二十二回，黄翠凤要出局攩麻将，就抱怨说："有辰光两三点钟坐来浪，厌气得来。"罗子福说："厌气末就谢谢勠去哉。"如评弹《西厢记·佳期》，红娘对莺莺说："我来陪仔小姐一道走，俚亦勿冷静，我亦勿厌气。"我的这个"厌气"，则似乎与"厌烦"是同义词了。

航满的书话，不但不让我感到"厌气"，而且还格外欢喜，他写书人书事，正是唐弢说的"独立的散文"，却未落四个"一点"的窠臼，那是具有自己独立思考、行文风格、语言习惯的。既给人思想，又给人知识，正是文章的正道。知堂于此有很好的见解，散见在他的序跋里，凑起来就有了一个完整的意思，如《苦茶随笔小引》说："在这小文章里所说的大抵是关于书或人，向来读了很受影响或是觉得喜欢的，并不是什么新著的批评介绍，实在乃是一种回忆罢了。"《苦茶随笔后记》说："我原是不主张文学有用的，不过那是就政治经济上说，若是给予读者以愉快、见识和智慧，那我觉得却是很必要的，也是有用的所在。"又说："宁可少写几篇，须得更充实一点，意思要诚实，文章要平淡，庶几于读者稍有益处。"他还谈到写这类读书随笔的甘苦，

《苦竹杂记题记》引了给友人的信，其中说："不问古今中外，我只喜欢兼具健全的物理与深厚的人情之思想，混合散文的朴实与骈文的华美之文章，理想固难达到，少少具体者也就不肯轻易放过。然而其事甚难。孤陋寡闻，一也。沙多金少，二也。若百中得一，又于其百中抄一，则已大喜悦，抄之不容易亦已可以不说矣。故不佞抄书并不比自己作文为不苦，然其甘苦则又非他人所能知耳。"航满深得其中三昧，笔下的天地究竟是大不一样的。

这次与《雨窗书话》同时寄下的，是新作《杖藜集》的排样，嘱我写篇小序，这在我是诚惶诚恐。航满的熟人那样多，合适写的大有人在，居然找到我这样一个僻处江湖之远的一介草民，真有点不知所措。我确实表示过对其文章的欣赏，但只是一个普通读者的感受而已，然而既得航满厚爱，我也不能推谢再三，就连顾亭林所说"人之患，在好为人序"那句名言，也只能暂且不顾了。

航满将《杖藜集》的排样装订成册，说是让我有一点"感觉"，这就像书的样子了。昨晚翻看一遍，这本书与《雨窗书话》是一个路子，乃书人书事散篇的汇集。航满提到的人，我大都有过交往；提到的书，不少也读过，即使未读过，书名也是知道的。我却写不出这样的文章，因为我的读，大都是像鲁迅那样"随便翻翻"，聊作消遣而已；在我的师友中，固然也有往来频仍、相知甚深的，但我不大去写，屈指算来，也没写过几位。航满则不同，在他的生活中，访书、读书、藏书占据着重要地位，寻师访友也是附带而及的必然了。如刘子政《说苑·建本》说："亲贤学问，所以长德也；论交合友，所以相致。"唐铸万《潜书·讲学》说："不善得师者在师，善得师者在己；不善得友者在友，善得友者在己。苟善取焉，不必贤于我者，皆可为师友。"就这样书和人就紧紧联系起来了。他写的都是当下的事，读来距离感很近，没有什么隔膜，也就可以跟着他逛冷摊，拨寒灰，访师友，一盏茶，一盅酒，一席话，周游于书的世界了。

这本书编入浙江古籍出版社"中国书房当代名家文丛"，那当代读书人的书房是应该提到的，虽然描述的文字不多，却插入了很多照片，让读者登堂入室，感受书香。我也去过不少人家，或堆积如山，或列架齐整，或仅是蜗居斗室，或宽绰有数层之楼，可惜我不会拍照，将各般景象记录下来。书中有金陵薛冰止水轩一角的照片，那是二十年前的旧影，如今早已改观了。由此我想到一个题目，就是"书房的变迁"，那应该很有意思。航满行踪遍南北，交游遍天下，然而公事太忙，杂事太多，否则不妨去一做的。

关于"杖藜"这个书名，我起先颇为不解，航满尚在壮年，如何会用这个词儿。藜是一种野生草本植物，老茎坚韧，可作手杖，"杖藜"即是拄着手杖行走，如《庄子·让王》说："原宪华冠縰履，杖藜而应门。"杜工部《暮归》诗云："年过半百不称意，明日看云还杖藜。"苏东坡《鹧鸪天》词云："村舍外，古城旁。杖藜徐步转斜阳。"前人注《周礼·秋官司寇》"伊耆氏"之"共王之齿杖"，均引《王制》："五十杖于家，六十杖于乡，七十杖于国，八十杖于朝。"也就是说，年满五十，才可拄着杖在家中庭院里散步；年满六十，已可拄着杖在乡里或街市上溜达；年满七十，就可拄着杖到处去走走；年满八十，即使上朝也可拄杖了。航满年龄应该不到五十，还没有"杖藜"的资格。但又一想，他用"杖藜"命集，乃是谦辞，在他想来，古今中外的人和书，都有他借鉴的地方，都会给他力量的支撑，就像是藜杖一样，帮助他登高涉远，向前行进。不知道我的这个揣测，是否合乎航满的想法？

二〇二一年十二月六日

《杨丽华画瓷艺术》序

　　杨丽华女士，一九三九年生人，莫道桑榆晚，为霞尚满天，她仍精神矍铄，精力充沛，潜心笔墨，还奔波南北，去景德镇、宜兴的次数更多，耽的时间更久，为的是她锺爱的画瓷和画陶。这既是一项艺术的事业，更寄托了她的理想和追求。

　　丽华女士是颇有成就的花鸟画家，我不知道她的师承，从笔墨来说，也是汲取诸家之长。如陈淳的一花半叶，淡墨欹豪，疏斜历乱之致，咄咄逼人；如徐渭的笔气俊逸，泼墨潇洒，形神兼备，大写意中灿发天趣；如周之冕的设色鲜雅，点染生动，芳英烂熳于笔端；更多则是恽寿平的影子，以纯没骨法出之，染色明丽，超乎法外，合于自然，天机物趣，毕集毫端。这对她来说，当然是一传再传，虽然前辈的神韵不可再得，但墨气笔致，仿佛俱在。

　　要考察这样一种传承，不妨先来了解一下清代苏州女性画史。有清一朝，苏州女性画家以写意花鸟著名的很多，如马荃，《国朝书画家笔录》称其"工写意花卉，妙得家法，设色妍雅，姿态静逸，绝无点尘"；如蒋季锡，《国朝画识》称其"花鸟得马氏法，亦兼学南田"；如汪荇，《海虞画苑略补遗》称其"颇得没骨法，雅饬幽艳，极有丰神"；如顾蕙，《画林新咏》称其"学瓯香馆，以逸笔写生，善用浅色，弥见娴雅"；如毕慧，《迟鸿轩所见书画录》称其"有南田之风焉"；如程景凤，《历代画史汇传》称其"工点染花卉翎毛草虫，酷爱南楼老人之笔，因授以瓯香之笔，亦时摹仿有得，知自珍秘焉"；如胡相端，《清画家诗史》称其"工没骨法，得瓯香笔意"；如席慧文，《国朝闺秀正始续集》称其"深得南田翁遗意，中州风雅，久著葩经"；如曹兰秀，《历代画史汇传》称其"没骨花颇有会心"；如朱慧珠，《墨林今话》称其"喜仿瓯香馆没骨法作花卉小品"；如沈竹君，《寒松阁谈艺琐录》称其"花卉得瓯香馆神髓"；如吴规臣，《玉台画史别录》称其"画师南田，风枝露叶，雅秀天然"；如翁瑛，《清画家诗史》称其"画法疏秀，得恽南田笔意"；如唐庆云，《晚晴簃诗汇》称其"工画花卉虫鱼，用笔赋色，得瓯香真谛"；如陆惠，《海上墨林》称其"致力写生，学南田、南沙，不落窠臼，辄能抗手古人"；如此等等。苏州的女性写意花鸟画家，虽说比男性要少得多，然而文献著录，累累不绝，亦无可悉举，只是传世作品不多，时至今日，已很难去考察她们的个性特点和群体风貌，有一点则无疑，她们几乎都是纯没骨花画法，这是有其历史原因的。

这种画法，起自王武（号忘庵）、恽寿平（号南田）、蒋廷锡（号南沙），乃祖述徐崇嗣，兼取陈淳、徐渭、周之冕诸家之长，完全不用细线勾勒，一洗时习，独开生面，具有鲜明的时代特点。因恽寿平成就较大，影响较广，作品存世较多，也就成为这一画法的代表，被认为是写生的正宗。于是学画花鸟的，纷纷效法，女子也不例外。特别是女子的这路画风，与习见的布局谨严、精心勾勒、设色古雅的闺阁细笔画，大相径庭，让人耳目一新。

如此三四百年，创新早就变成了传统。晚近以来，社会开放，文化交流频繁，西方艺术东渐，本以传统技法作写意花鸟的女性画家，如萧淑芳、蔡旨禅辈，都改弦易辙。如今要想在传统中再去创新，真是谈何容易。

丽华女士长期从事写意花鸟的创作和教学，这样的困境，对一个有自己想法的画家来说，无疑是一种压力，如果安于现状，即使画得再好再得意，它的审美价值也不会高到哪里去。这就需要另辟蹊径，走出一条自己的路。二十多年前，她就去景德镇考察，开始学习画瓷。始料未及的是，虽然同样是画，却完全是两回事，不是"以瓷作纸"那样简单。

周作人在《近代散文抄序》中说："我想古今文艺的变迁曾有两个大时期，一是集团的，一是个人的，在文学史上所记大都是后期的事，但有些上代的遗留如歌谣等，也还能推想前期的文艺的百一。在美术上使比较地看得明白，绘画完全个人化了，雕塑也稍有变动，至于建筑、音乐、美术工艺如瓷器等，却都保存原始的迹象，还是民族的集团的而非个人的艺术，所寻求表示的也是传统的而非独创的美。在未脱离集团的精神之时代，硬想打破它的传统，又不能建立个性，其结果往往青黄不接，呈出丑态，固然不好，如以现今的瓷器之制作绘画与古时相较，即可明了，但如颠倒过来叫个人的艺术复归于集团的，也不是很对的事。"这段话需要作点解释，"民族的集团的"艺术，乃是指民间固有的艺术形态，个性化的创造，被它所限制。以陶瓷器来说，主要有两个方面，在技艺上，传统经验固化，世代相传，虽然偶也有所发明，但并不影响整个体系结构；在器形上，那是以生活需求为目的的，千变万化，离不开这个宗旨，即如挂屏、台屏等装饰物，也是美化生活的需要，千百年来，基本形式已约定俗成，很难有所突破。

正是由于这个原因，陶瓷器本身的装饰，就成为提升品质、美化观瞻的重要手段。这是古已有之的，大量出土的新石器时代纹饰陶器，就追溯了上古的情形。近古以来，陶瓷器的装饰更进步了，吴允嘉《浮梁陶政志》说："陶器则有缸、盘、盂、盘、尊、炉、瓶、罐、碗、牒、锺、盏之类，而饰以夔龙、云雷、鸟兽、鱼水、花草，或描，或锥，或暗花，或玲珑，诸巧无不具备。"朱琰《陶说·说今》说："其画染，则山水、人物、花鸟、写意之笔，青绿渲染之制，四时远近之景，规橅名家，各有元本，于是乎戗金、镂银、琢石、髹漆、螺甸、竹木、匏蠡诸作，无不以陶为之，仿效而肖。"在这些装饰手段中，绘画占据主要地位。沈德符《敝帚斋剩语》卷中说："本朝窑器，用白地青花，间装五色，为今古之冠。如宣窑品最贵，近日又重成窑，出宣窑之上，盖两朝天纵，留意曲艺，宜其精工如此。然花样皆作八吉祥、五供养、一串金、西番莲，以至斗鸡、百鸟及人物故事而已。"谢肇淛《五杂组·物部四》说："宣窑不独款式端正，色泽细润，即其字画亦皆精绝。余见御用一茶盏，乃画'轻罗小扇扑流萤'者，其人物毫发具备，俨然一幅李思训画也。"画工都来自民间，但其中高手，笔下功夫不让著名的宫廷画师或文人画家。唐秉钧《文房四考图说·古窑器考》就说："古瓷画彩，成窑为重，画手高，画料精，其点染生动，有出于丹青家之上者。"

丽华女士清楚地知道，历史上的瓷画作品，精湛者高不可攀，那是难以企及的。但一个时代有一个时代的风尚，一个时代有一个时代的瓷画语言，因此既要学习传统，又要从民间艺术中汲取丰富的营养，更要反映出时代的特色，反映出时代的审美观念。这就需要了解传统工艺、原料特性、器物造型，尽可能将绘画与瓷器完美地结合起来，做到相得益彰。

她率先尝试青花，这是最常见也是最雅致最耐久的釉下彩品种。它以钴料为着色剂，在瓷胎上描绘纹饰，然后罩上透明釉，经高温还原焰一次性烧成，呈现的白地蓝花，色彩鲜艳，明净素雅。早期青花可上溯至唐代，但出土很少，成色也差。至元代中后期，景德镇开始大量烧制青花，很快流布全国并输出海外。陶瓷以青为贵，这是一个审美传统。唐秉钧《文房肆考图说·古窑器考》说："陶器以青为贵，五彩次之。夫瓷器之青花、霁青大釉，悉藉青料。晋曰缥瓷，唐曰千峰翠色，柴周曰雨过天青，吴越曰秘色，其后宋瓷虽具诸色，而汝器宋烧者淡青色，官窑以粉青为上，哥窑、龙泉窑其色皆青，白地青色，亦资青料。"青料的品质决定青花效果，同书又说："用青之法，画坯上罩以釉水，入窑烧之，俱变青翠，若不用釉，其色仍黑，火候稍过，青花多散漫矣。明宣窑青花器用苏泥、勃青，成化时已绝。正德朝大珰镇云南，得外国回青。嘉窑御器用回青，搥碎有硃砂斑者，曰上青；有银星者，曰中青。淳回青，则色散而不收；石青多加，则色沉而不亮。回青一两加石青一钱谓之上青，四六分加谓之中青，用以设色，则笔路分明，上青用混水，则颜色明亮。"

因此丽华女士在画青花时，不但对整个瓷器的烧制过程作了全面的考察，更对瓷土、釉水、青料等悉心研究，特别是青料，它是决定画瓷成败的重要物质因素。她对青料的产地和成分、青料与火候的关系，青料调色时芸香油、胶水和清水的比例，都了然于心，对它了解得越全面越详细，对它的判断就越准确，对它的把握就越稳切。在旧时窑场里，青花的画和染是分工的。唐英《陶冶图说》说："青花绘于圆器，一号动累百千，若非画款相同，必致参差互异。故画者止画而不染，染者止染而不画，所以一其手而不分其心也。画者、染者各分类聚处一室，以成其画一之工。"这是为了适应批量生产的需要。但要体现个人风格特点，画和染必须出一人之手，丽华女士就既画又染，保持了笔墨的和谐，这也是由工匠之制转化为文人之制的途径。她还关注烧造时还原焰的温度，这是保证器物完整、青花光泽的关键。龚轼《景德镇陶歌》云："白釉青花一火成，花从釉里吐分明。可参造物先天妙，无极由来太极生。"自注："青花、白釉，入火始明。"几经试验，终于取得了相对满意的效果。

丽华女士在深入了解青花的同时，还掌握了釉里红的特性。釉里红是用铜红料在瓷胎上描绘纹饰后，罩以透明釉，在高温还原焰中一次烧成，铜发红色，又在釉下，故名釉里红。这一技术是景德镇瓷工的重要发明。更有将青花和釉里红技术应用于同一器物，就成了青花釉里红。由于青花的钴料和釉里红的铜红料发色温度不一，将两者成功地结合起来，乃是釉下彩装饰技术进步的重要标志。元代后期就有青花釉里红，江西凌氏墓就曾出土一组瓷器，其中一件堆塑瓷仓有"戊寅"纪年，当是后至元四年（1267）。明代前期再度出现，至清雍正朝这一工艺进入炉火纯青的境地。由于青花釉里红丰富了青花的色彩，鲜艳夺目，相映成趣，丽华女士就创作了大量青花釉里红作品，这是她在画瓷方面的成功实践。

在选择器形上，丽华女士并不宽泛，主要有瓶、罐、碗、钵、盂、缸、壶等陈设器，笔筒、笔洗、水盂、印池、画碟、镇纸等文房雅玩，以及成套的茶具、酒具等。造型都以传统为多，以风雅为尚，有的也富有现代性，款格规正，色泽细润。凡所绘画，都能相物赋形，即根据器形的不同，择取最适合表现的题材，或花卉，或飞禽，或草虫，或山水，各得其所。既有简洁洗练的大写意，又有兼工带写的挥洒之作，也有笔墨精微的小品，或浑厚天成，或丝毫不爽，不但耐人寻味，且不失传统瓷画的固有风貌。器物是立体的，不同于纸的平面，要做到面面可观，无论器形是圆是方，都可满足不同视角的欣赏，甚至是器底的绘画，无论转向，也都一一成画。由此可见得她对瓷上构图的深刻理解。

正因为丽华女士尊重传统，尊重陶瓷，有着对画瓷在技术和艺术两方面的综合思考，有着一个艺术家不负时代的情怀，才取得如此的成绩。在《杨丽华画瓷艺术》即将出版之际，我为她写了这篇文字，说了一点自己的想法。真希望她在这条道上继续走下去，哪怕是杖藜而行，那又何妨呢？以执着精神创造的艺术，总是值得期待的。

二〇二二年一月十二日

《永以为好》序

　　我很歆慕姚永强先生，学的是画，如今做的事也是"游于艺"，且就在小巷深处的曲园里，长廊蜿蜒，亭馆幽静，在闲暇的时候，就调粉弄墨，画起园林来。他既熟悉园林，又深切体验日常生活中的园林，故从画山水而转入画园林，得心应手，笔下的园林，面貌新异，自备一格。

　　园林画是从山水画中分流出来的，那是随着造园活动的发展而逐步形成的。园林本身就是摹仿自然山水，在有限的空间里，将山水景观进行浓缩和提炼。郭熙《林泉高致·山水训》说："世之笃论，谓山水有可行者，有可望者，有可游者，有可居者，画凡至此，皆入妙品，但可行可望不如可游可居之为得，何者？观今山川地占数百里，可游可居之处十无三四，而必取可居可游之品，君子之所以渴慕林泉者，正为此佳处故也。故画者当以此意造，而鉴者又当以此意穷之，谓不失本意。"这段话揭示了山水和绘画的关系，又引申出造园追求画境的理念。园林就是既可行可望，又可游可居的人居环境。

稽考画史，园林画出现较早。郭若虚《图画见闻志》卷五著录晋顾恺之《清夜游西园图》，乃据曹植诗意所作；裴孝源《贞观公私画史》著录隋史道硕《金谷园图》，乃追摹晋石崇奢侈的园居生活。这两件虽都不是写实，乃出于想象，但也是当时造园活动的曲折反映。至唐代，出现了园林的真实写照，如卢鸿《草堂十景图》，据周密《云烟过眼录》卷下记载，园有十景，它们是草堂、樾馆、幂翠庭、洞玄室、期仙磴、涤烦矶、云锦淙、金碧潭、倒景台、枕烟亭。再如王维在蓝田建辋川别业，《辋川集序》说："余别业在辋川山谷，其游止有孟城坳、华子冈、文杏馆、斤竹岭、鹿砦、木兰柴、茱萸沜、宫槐陌、临湖亭、南垞、欹湖、柳浪、栾家濑、金屑泉、白石滩、北垞、竹里馆、辛夷坞、漆园、椒园等，与裴迪闲暇，各赋绝句云尔。"园有二十景，自作《辋川图》。这两件作品向被认为是园林画的嚆矢。由于唐代造园活动频繁，园林和绘画已建立相当的联系，如王周《早春西园》云："如何将此景，收拾向图中。"李中《题徐五教池亭》云："凭君命奇笔，为我写成图。"李德裕则有诗，题曰"近于伊川卜山居，将命者画图而至，欣然有感，聊赋此诗"云云。由此可知，园林建成后，除诗文记咏外，还要绘之以图，通过图像来记录和赏析园林的意境。

唐五代大量涌现的是宫苑楼阁图，如李思训的《宫苑图》、《九成宫图》，李昭道的《湖亭游骑图》、《洛阳宫图》，杨昇的《望贤宫图》等。又朱景玄《唐朝名画录》"妙品中"著录张萱《长门怨图》："虑思曲槛金亭、金井梧桐之景也。"郭若虚《图画见闻志》卷六著录《南庄图》："李后主有国日，尝令周文矩画南庄图，尽写其山川气象，亭台景物，精思详备，殆为绝格。"这一题材经久不衰，一直延至清代，如《圆明园长春园图》、《避暑山庄图》、《避暑山庄三十六景册》等。这种宫苑楼阁的宏大叙事，不能算是真正意义上的园林画，而周文矩的《荷亭弈钓仕女图》、《水榭看凫图》、《水阁清娱图》中反倒有描写细腻的园林景象。

宋元时期，私家造园活动兴盛，园林画日趋于成熟。如张维在吴兴筑南园，其子张先绘《十咏图》。司马光筑独乐园，自为之图，李日华《紫桃轩杂缀》卷四说："司马温公尝写山水小景，酷仿李思训。余家有其《独乐园图》，张即之题语云：'公自作，验楮色墨采与其格度，果非南渡以后物。'大都才思艳发处，何能不一寓意。"更多是将人物活动置于园林场景之中，如苏汉臣《桐阴玩月图》、《重午戏婴图》，赵大亨《薇亭小憩图》，刘松年《围炉博古图》、《松阴谈道图》、《十八学士图》，马远《雪中水阁图》，等等。元代也有不少园林画名作，如龚开《天香书屋图》、钱选《山居图》、何澄《陶潜归庄图》、朱德润《秀野轩图》和《狮子林图》，王蒙《秋山草堂图》和《素庵图》、倪瓒《水竹居图》、张渥《玉山雅集图》、张可观《万玉清秋图》等，可以发现，苏州园林图已占相当比例。

进入明代，园林画进入繁盛阶段，并从山水、宫苑、楼阁中游离出来，成为一个自成体系的题材。这在苏州特别有代表性，反映了苏州造园活动的兴盛。黄省曾《吴风录》说："至今吴中富豪竞以湖石筑峙奇峰阴洞，至诸贵占据名岛，以凿琢而嵌空妙绝，珍花异木，错映阑圃，虽闾阎小户亦饰小小盆岛为玩。"这样炽热的造园风气，园林画的大量出现是必然的。既有全景式的卷轴，又有分景式的册页，如倪瓒《狮子林图》、徐贲《狮子林图》，均为菩提正宗寺作；杜琼《南村别墅十景册》，为陶宗仪园作；沈周《东庄图册》，为吴融庄园作；沈周《草庵图》，为吉草庵作；沈周《耕学斋图》，为徐衢园作；文徵明《拙政园三十一景册》、《拙政园图》，为王献臣园作；顾大典《谐赏园图》，自为家园作；钱穀《求志园图》，为张凤翼园作；钱穀《徐氏园亭图》，为徐氏榆绣园（今留园）作；钱穀《小祇园图》，为王世贞园作；文伯仁《南溪草堂图》，为顾氏庄园作；张茂贤《越溪庄图》，为王子阳庄园作；张宏《止园图册》，为周天球园作；吴令《西庐八景册》，为王时敏园作；沈士充《郊园十二景册》，为王时敏园作。还有园林故事图，如杜琼《友松图》、刘珏《清白轩图》、沈周《杏林书馆图》、唐寅《事茗图》、文徵明《深翠轩图》等。数量之多，难以悉数。

这里只举两个例子，以见山水、造园和画境的关系。一件是文徵明为徐封作《山园图》，即阊门外紫芝园的前身。《清河书画舫》卷十二上著录："太史公又为默川先辈作山园图长卷，绢本，大着色。前后位置，泉石楼阁极古雅，中间杂写桃杏芙蕖、拒霜橙橘之属，一图皆备，尤为斐娓绝伦。识者称其远师右丞遗法以成之，真仙品也。"王穉登《紫芝园记》说："园初筑时，文太史为之布画，仇实父为之藻缋，一泉一石，一榱一题，无不秀绝精丽，雕墉绣户，文石青铺，丝金缕翠，穷极工巧，江左名园未知合置谁左。"且园中颇多文徵明题额。另一件是陈淳为徐缙作《薜荔园图》，陆深《陈白阳薜荔园图》说："夫山水之胜泄之乎人，高贤之以声光垂世也。建置经位，心目之所及，则山益高，水益深，景益清远，造化之巧，所不能与者，又托之乎人，若徐氏之于洞庭，洞庭之有薜荔园。是园之广凡数亩，地产薜荔，因以名园云。园之景，凡十有三，曰思乐堂，曰石假山，曰荷池，曰水鉴楼，曰风竹轩，曰蕉石亭，曰观畊台，曰蔷薇洞，曰柏屏，曰留月峰，曰通泠桥，曰花源。四时朝暮之变态无穷，而高下离立，足以当欣赏而游高明，可谓胜矣。"袁裒题诗云："七十二峰浮五湖，崦西山水赛蓬壶。辋川金石闻人说，薜荔园中即画图。"薛蕙题诗云："可怜池上楼，俯映池中水。点缀画难成，分明镜相似。"到了晚明，董其昌在"园可画"的基础上更提出了"画可园"。《兔柴记》说："余林居二纪，不能买山乞湖，幸有草堂、辋川诸粉本著置几案，日夕游于枕烟廷、涤烦矶、竹里馆、茱萸沜中。盖公之园可画，而余家之画可园，大忘人世之家，具略相埒矣。"这是一个新观念。童寯《江南园林志·杂识》说的"一则寓园于画，一则寓画于园，盖至此而园与画之能事毕矣"，就强调了这一认识的意义所在。

明代苏州画家，不但状写当下园林，还追摹早期名作，寄托了发扬光大的愿望。如仇英就有仿古巨作，朱谋垔《画史汇要》卷四称其"工临摹，落笔乱真，至于发翠豪金，丝丹缕素，精丽艳逸，无惭古人。曾写四大幅在弇州家，一西园雅集，一清夜游西园，一独乐园，一金谷园，而独乐园图则恢张龙眠之稿，皆一丈有馀，人物位置皆古伟"。这在客观上推动了园林画的发展。

入清以后，苏州园林画更其多矣，如王翚、高简、黄鞠、释济航均有《沧浪亭图》，恽寿平、戴熙、方士庶都有《拙政园图》，叶震初有《复园嘉会图》，柳遇有《兰雪堂图》（在归田园居，今拙政园东部），王仲纯有《怡老园图》，潘曾沂有《临顿新居图》，蒋宝龄有《移居图》、《移居第二图》（为朱绶作），张庚、张鹏翀有《月湖丙舍图》，王学浩有《石林小院图》（在今留园），钱杜有《燕园图册》，顾沄有《怡园图》，等等。这些作品，不但是当时园林的写照，也为今世研究者提供了接近真实园景的资料。

铺叙了不少，再来谈谈永强的园林画。

永强的山水画，迹近米家云山。山水画发展到北宋，米氏父子在大自然阴晴雨雪、晨夕早晚的景象变化中获得了灵感，抛弃了传统"正宗"的勾皴之法，漫不经心，以落茄法信手点染，故自创一格。赵希鹄《洞天清录·古画辨》说："米南宫多游江浙间，每卜居，必择山水明秀处，其初本不能作画，后以目所见，日渐摹仿之，遂得天趣。"这种"天趣"正是对自然山水的真切体验，董其昌《容台别集·画旨》举了一个例子："米元晖作《潇湘白云图》，自题云：'夜雨初霁，晓烟欲出，其状若此。'此卷余从项晦伯购之，携以自随，至洞庭湖舟次，斜阳篷底，一望空阔，长天云物，怪怪奇奇，一幅米家墨戏也。自此每将暮，辄卷帘看画卷，觉所将卷为剩物矣。湘江上奇云，大似郭河阳雪山，其平展沙脚与墨沈淋漓，乃似米家父子耳。"这是米氏"师造化"的典型故事。

永强在绘画技法上，虽受米家云山影响，但也有变化，不仅用点染，还运用线条。在他看来，即使如米家云山法，也不是凭空而来，是在前人基础上的变化和提升。董其昌《容台别集·画旨》就说："云山不始于米元章，盖自唐时王洽泼墨，便已有其意。董北苑好作烟景，烟云变没，即米画也。余于米芾《潇湘白云图》，晤墨戏三昧，故以写楚山王晋卿写武昌樊口景。"米芾在用王洽泼墨法时，又参以破墨、积墨、焦墨，故融厚有味。董其昌欣赏米家山水，曾说："盖唐人画法，至宋乃畅，至米又一变耳。余虽不学米画，恐流入率易，兹一戏仿之，犹不失董、巨意，善学下惠，颇不能当也。"这就是借鉴，故在董画中有米家云山的影子，而永强画中则又有董画的影子。

历来画园林，有写古、写实、写意三路。永强是写意，写意自然不能得园林实景之"真"，画的不是一个可以具体落实的某园，却又似某园，却又似某园某景，这是一种取舍和归纳。当然园林画以写实的居多，写实的容易落套，故在似与不似之间，也是古人所追求的。王世贞《云林西园图》说："云林此图，乍看不似西园，而细求之，乃无不合作。其用笔似弱而老，似浅而深，工力最多，是得意笔也。"永强想做的就是在不似之中求似，或一个较完整的场景，或一方山池、一隅花石，他并不实录，面是舍弃累赘，剪取精华，来反映园林之美，体现园林之韵。这有点近乎"墨戏"，但这个纸上园林，让人能走得进去，观赏者可以想象是某园某景，也可以神游于画家臆想的园林天地中。

今年春上，永强收掇近作，拟印一集，题名"永以为好"。这"好"字，有两个读音，一读 hǎo，一般作形容词；一读 hào，一般作动词。就永强来说，在客观上，园林和园林画确乎有自身的美；在主观上，他是爱好园林和园林画。既然两者兼而有之，永强的进一步探索和实践，应该是值得期待的。

二〇二二年五月六日

《最太湖》小引

太湖是我国第三大淡水湖，为东南巨浸，号称"三万六千顷"，其三分之二水域属苏州。自古以来，不断治理太湖，它的下委系统，即东南出水的太湖流域，形成了田畴一望无际、湖荡星罗棋布、河港纵横交错的格局，苏州因此而被誉为鱼米之乡。

在我看来，苏州人如果不了解太湖，或来苏州不领略太湖，就不知道那里独特的山川之美，不知道生活的宁静和悠闲，不知道乡味的可口。如果从历史地理学角度来说，不全面了解太湖，就不会知道苏州城的由来，以及它的前世今生。在这个意义上来说，太湖真是苏州的"母亲湖"。

这本《最太湖》，作为"轻奢"读物，以轻松的笔致，精美的图版，介绍了太湖的自然和人文环境，将那里的山水景观、寺庙钟鼓、民居建筑、物产资源、饮食风尚、民间风俗，一一娓娓道来，让读者从纸面上认识太湖。俗话说，百闻不如一见，那就不妨做一番"旅游攻略"，走进太湖，哪怕是一山一岛，一镇一村，饱览湖光山色，品尝美味佳肴，体验日常生活，收获一定是满满的。

我去过太湖中心的平台山，只有一座禹王庙建在几与水平的小岛上，再大的水，也不会被淹侵，岛上没有居民，庙中香火都是渔民供奉。我在那里发现了光绪时吴县知县李超琼立的小碑，证明当时这里就属吴县，解决了苏州与无锡"争壤"的矛盾。我去过东西山两个雕花楼，西山仁本堂起建于清乾隆，东山春在楼建于民国初，前者简雅，后者繁饰。如果考察民居建筑史，仁本堂建筑东西并列三路，如果自东往西一路看去，乾隆、嘉庆、咸丰的不同建筑特点，就一目了然了，胜过建筑学的高头讲章多多。从这两座雕花楼，可以知道洞庭商人的生活变迁。我也多次去过紫金庵，南宋雷潮夫妇造像之说，乃民间故事，即使是明人邱弥陀所塑的十八罗汉像，也早已毁于咸丰兵燹，再细细揣摩今存的一堂罗汉，顾颉刚说出于民国无锡塑工之手，真一点不错。最可惜的玄墓山圣恩寺，明清时为一大丛林，规模宏壮，《红楼梦》中妙玉住过的"玄墓蟠香寺"，就是以它为原型。最近去寺里调查古籍，建筑已面目全非，欣慰的是那部明刻《大藏经》仍在。光福的梅花，闻名遐迩，前几年友人为了编《梅事儿》，举行一次雅集，我也忝列了，在细雨梅香里度过了难忘的半天。正月里的东山猛将会，俗称"满山转"，已是如今很少见到的迎神赛会，我读过民国《莫釐风》杂志上的几篇文章，发现出会的仪式，基本没有变化。即就饮食而言，太湖蟹在宋代就颇有名，"太湖三白"更是餐桌的常品，地产蔬菜也很丰富，虽说各有时令，但都能得土膏露气之真。离去时在路旁小摊上买一袋虾干，那是最合适的土宜。

从文献中了解太湖，那就更多故事了。就说太湖冰封吧。太湖水面浩瀚无垠，倘若遇上极端严寒天气，也会结冰，甚至连底皆冻，茫茫一片冰原，人车在冰上行走，往来七十二峰间，真是难以想象。这个现象的出现，开始于第三寒冷期的两宋时期，最后一次是光绪十九年（1893）。那年冬天，大雪严寒，太湖冰厚逾尺，有的渔船因下碇湖心，粮食断绝，就在桅杆上悬一只饭箩，岸上看到的人，就乘浴盆或门板从冰上撑过去救济。冰封的时候，湖上的冰山如琼楼玉宇一般，常看到有红灯千百，聚散冰上。当冰融化时，巨大的冰块在湖上漂荡，行船不小心，就会被撞破撞沉，这就有性命之虞了。一百多年来，太湖冰封的事，没有再发生过，这应该是全球性气候逐渐转暖的缘故。如今气象预报准确得多，防灾措施有力，假设再来一次，那是一定要举行"太湖冰封旅游节"的。

太湖是说不尽的。在《最太湖》的介绍之外，我再补说一点，以期引起读者的兴趣，即希望在"浅尝辄止"游太湖后，作进一步的"深度游"。惟有如此，才能真正体会到太湖的巨大魅力，真正体会到太湖的"最"。

二〇二二年七月二十四日

《书是人类的避难所》序

　　安武林先生是儿童文学作家，著作甚丰，在业内外都很有影响。我一向佩服给孩子写书的人，因为这有它的特殊性，既要懂得儿童心理、生理特点，了解儿童的接受能力，又要在真、善、美的观照下编写故事，这就不是具有写作才华的人都能去做的。

　　在传统中国社会，无所谓儿童文学。训蒙的《三字经》、《神童诗》、《龙文鞭影》之类，自然不在其内，有一点童谣，但少得可怜。除此而外，就是图画了，戏文年画，小说绣像，各类画谱，乃至晚清的石印画报，都成为儿童喜欢的读物。难怪鲁迅在三味书屋读书时，要在薄纸上描摹人物绣像，还将《点石斋画报》附刊的《淞隐漫录》、《漫游随录图记》、《风筝误》等析出保存，后来又装订成册，加以题跋，作为儿时读书生活的纪念。新文化运动后，关心儿童，给儿童提供适时的读物，成为时代的要求，知堂《儿童的书》就说："这是现在很切要的事业，也是值得努力的工作。凡是对儿童有爱与理解的人都可以着手去做，但在特别富于这种性

质而且少有个人的野心之女子们，我觉得最为适宜。本
于温柔的母性，加上学理的知识与艺术的修养，便能比
男子更为胜任。我固然尊重人家的创作，但如见到一本
为儿童的美的画本或故事书，我觉得不但尊重而且喜
欢，至少也把他看得同创作一样的可贵。"想不到的是，
从事儿童文学的，女性作者固然不少，男性作者似乎成
就更大，如叶圣陶、俞平伯、黎锦晖、张天翼、陈伯
吹、丰子恺等，都有传世之作。特别是将儿童文学引入
国文教科书，那更具有重要的意义了。

时至今日，儿童文学已有长足的进步，呈现出前所
未有的绚丽景象，这是几代人努力的结果。没料想风和日
丽的时候，也会有阴风酸雨，那就特别要向儿童文学的作
者致敬。他们为孩子写书，那是明媚春光里的歌唱，就像
是枝上的黄莺，檐头的喜鹊，应该得到理解和尊重。

我的童年是在二十世纪六十年代前期，虽然生活在
城市，也没有如今乡村孩子们的阅读条件。大人给我订
了一份《小朋友》，偶尔逛街到新华书店，也买几本我
看的书，记得的只有绘本《动脑筋爷爷》、漫画《三毛
流浪记》。当时小书摊已管得很紧了，就经常去那里
"坐看"，一分钱两本，看了些什么，已一点记不得了。
识字稍多了，就看《木偶奇遇记》、《安徒生童话》、《格
林童话》、《伊索寓言》。在我读小学二年级时，"文革"
发动，整个灿烂的童年就此结束了。儿子童年时，给他
买过不少外国童话，还有《365夜》、《古代诗歌选》等，
至今还存着一长排，几乎触手如新，奥特曼的吸引力是
远远超过纸本书的。如今孙女已读小学三年级了，那真
是要看什么书就看什么书，朋友们见我含饴弄孙，就说
给孩子寄些书看看，像止庵、武林就给寄来好几箱，还
有就是印刷厂，去了随便挑就是，可是孙女对它们的兴

趣，远不如平板电脑上的动漫片。这大概就是六十年来，儿童在接受美学、接受知识方面的一个缩影。时代在变化，儿童读物也应随之变化，做童书的作家、画家、装帧家们正在不断尝试和探索，包括武林在内。

几年前，浙江古籍出版社推出一套"蠹鱼文丛"，拙作《剪烛小集》有幸忝冒其中，最近武林的一本随笔集也加盟了，他来电话，让我写篇小序。"人之患，在好为人序"，这一点我是明白的，但武林的成就和影响都很大，不需要我多作"游扬"，彼此又是老熟人，以一纸之序，做个书缘的证明，应该也是可以的。责任编辑孙科镂先生给我发来排样，那是发在手机上的，我戴着老花镜，翻上翻下，左移右移，粗粗拜读了一过。

武林这本书，共分五辑，每辑标揭的四个字，如"书海泛舟"、"灯下夜读"等，都很"大路"，意思宽泛，故其篇什也就不能严格分类，各辑的内容也就参差互见了。大致说来，这本书的散篇，谈的无非是书和人，重点则与他的"胜业"有关，拿《叔苴子》的话来说，"一矢不能两中的，一车不能赴两途"，他的读书和交游大致在这个范围内。

就书的方面说，一是读书，武林广泛涉猎，中外兼顾，外国的如毛姆《月亮和六便士》、茨威格《看不见的珍藏》、欧文·华莱士《名人隐私录》、怀乐德《草原上的小木屋》、拉格纳尔·霍夫兰德《半夜飙车》、基罗加林《丛林中的故事》、聂姆佐娃《童话故事选》等，中国的如李心田《闪闪的红星》、石康《奋斗》、蒋韵《隐秘盛开》、肖复兴《红脸儿》等，他并不就书谈书，往往生发开来，说点书外故事，以引起读者的兴趣。二是淘书，武林足迹颇广，所到之处，访冷摊，拨寒灰，乃是常态，在长沙、株洲、常州、天津的访书，都有专篇，如果更多记录一点，则从个人视角反映出各地旧书业的现状。三是藏书，武林至今也有两三万册的收藏，蔚然可观了，他特别喜欢签名本，所记寻觅留有萧乾、苏叔阳、施咸荣等前辈手泽的著译，都是有趣的故事，《转赠书》则是书籍流通的掌故。

就人的方面说，一是人物印象，如严文井、谢璞、彭文席、李心田、金波等几篇，写的虽是武林敬重的长者，下笔却没有高山仰止，几乎都是平视，故读来感到亲切。金波送他北新版《冰心诗集》、商务版《繁星》，一本题诗，一本题识，不但是对他的厚爱，也是两代人的书缘。二是记书房，如曹文轩、金波、文洁若等几位，他落笔并没有多写屋内陈设，架上缥缃，主要还是写人，书房成了人物的环境。武林这本书提到的不少人，我都熟悉，如兴化姜晓明送他北新版"苏联儿童文学丛书"中的卡诺尼斯《复仇》，那是"红粉赠美人"，最合适不过；天津王振良、罗文华约他写"老童书"，也是投其所好。让我扼腕叹息的是上海刘绪源、成都吴鸿两位，都英年早逝，我时常惦记他们，武林的心情，想来与我是一样的。

武林的文章，平实而流丽，不去做烦琐的引征和考订，就读书随笔而言，也是一路写法，或许读者更多一点。书中《独坐书房》、《何必读尽天下书》、《剪报情缘》等几篇，我特别欣赏，欣赏他的态度，欣赏他的文字，也欣赏他的想法。

最后说说书名。"避难所"这个词，有点以偏概全，有点轻重失宜，或许这是武林的真切体会。如果真要将书作为"避难所"，就很有点不堪了，希望那一天永远不要来临。

二〇二二年九月四日

后记

立夏那天，沪上李福眠、韦泱、鱼丽来舍间吃茶，相谈甚欢。鱼丽说文汇出版社正在刊行"聚学文丛"，问我是否愿意加盟，恰好韦泱送我一册《在家淘书》，就是这套丛书的一种，印装都好，在文字编辑上，也中规中矩，这是我欣赏的。因此也就未加思索，对鱼丽说，给你一本"小集"如何？

"小集"是我写作的一个系列，十几年来已印出"看云"、"听橹"、"采桑"、"怀土"、"读园"、"剪烛"、"吹箫"七集。所收的文章，鸡零狗碎，杂格咙咚，长长短短，不成统系。我还学周氏兄弟的做法，每集篇什的排列，不按内容，而按写作时间先后，那就显得更杂乱了。"小集"系列的梓行，在我来说，无非是敝帚自珍，将自认为有点意思，写得还算合格的文章结个集子而已。

这本小集，依然是前七集的套路，分两辑，一是杂写二十二篇，二是给人家写的序引十二篇。书前《题记》，交代了"拾荒"的由来。

　　叶炜《煮药漫抄》卷下说："少年爱绮丽，壮年爱豪放，中年爱简练，老年爱淡远。学随年进，要不可以无真趣，则诗自可观。"这是就大概而论的。知堂《谈文》就说："少年壮年中年老年，各有他的时代，各有他的内容，不可互相侵犯，也不可颠倒错乱。最好的办法还是顺其自然，各得其所。北京有一首儿歌说得好，可以唱给诸公一听：'新年来到，糖瓜祭灶。姑娘要花，小子要炮。老头子要戴新呢帽，老婆子要吃大花糕。'"在我的阅读经历，固然是少年壮年，与中年老年有别，但笔下写来，也不尽然。虽然我已年过花甲，却还远远做不到简练、淡远，甚至有时还不经意流露出"少年狂"。就我的关注的话题来说，越来越偏重于乡土，桑梓之情，没齿能忘，这也说明我确乎已进入晚境了。读者诸君，看了这本小集，就更加明白了。

王琢明

癸卯立春，二○二四年二月四日

图书在版编目(CIP)数据

拾荒小集 / 王稼句著. -- 上海：文汇出版社，2024.8.
-- (聚学文丛 / 周伯军主编). -- ISBN 978 - 7 - 5496 -
4285 - 4

Ⅰ. I267.1

中国国家版本馆 CIP 数据核字第 20248NH335 号

(聚学文丛)

拾荒小集

主　　编／周伯军
策　　划／鱼　丽
篆　　刻／茅子良

著　　者／王稼句
责任编辑／鲍广丽
封面装帧／王　峥

出版发行／Ｗ文匯出版社
　　　　　上海市威海路 755 号
　　　　　(邮政编码 200041)
经　　销／全国新华书店
排　　版／南京展望文化发展有限公司
印刷装订／上海颛辉印刷厂有限公司
版　　次／2024 年 8 月第 1 版
印　　次／2024 年 8 月第 1 次印刷
开　　本／889×1194　1/32
字　　数／170 千字
印　　张／8

ISBN 978 - 7 - 5496 - 4285 - 4
定　　价／56.00 元